© Charly Essenwanger

First to Find

Kriminaldrama

ISBN: 978-3-7431965-7-5

2.Auflage August 2017

© Karl-Heinz Essenwanger

Herausgeber Karl-Heinz Essenwanger

charly.essenwanger@gmail.com

Lektorat: Angela Hochwimmer

Covergestaltung: Dominik Haf

Alle Rechte vorbehalten

Sämtliche Personen und Handlungen sind frei erfunden

Ähnlichkeiten mit real existierenden Personen sind rein zufällig und unbeabsichtigt

Herstellung und Verlag:
BoD - Books on Demand, Norderstedt

Kapitel 1

11. Mai 2016

New Traditional Cache: Schau aufs Dorf GC3WTVH, 5,6 km SW
A new geocache was just published
Diese Informationen las Siegfried in der Mail, die von der Webseite geocaching.com automatisch auf sein Smartphone gespielt wurde, wenn in seiner Nähe ein neuer Geocache veröffentlicht wurde. Er klickte auf den dazugehörigen Link, eine App öffnete sich und er konnte auf der sich öffnenden Landkarte sehen, wo sich der neue Cache befand. Das Terrain und die Schwierigkeit des Caches waren recht einfach. T 1,5 D 1,5. Pillepalle.

Er blickte auf die Uhr. Um 13 Uhr hatte seine Frühschicht in der Traktorenfabrik geendet und jetzt war es schon 15:45. Kinder, wie die Zeit vergeht. Seine Frau Karin hat um 17 Uhr Feierabend. In der Stunde konnte er noch locker diese Dose eintüten, wie man umgangssprachlich in Cacherkreisen zu sagen pflegte. Allerdings musste er sich sputen, wenn er als Erster diesen Cache finden wollte. Die FTF-Jäger lassen gern alles stehen und liegen und rasen dem Objekt der Begierde entgegen. So ein FTF, ein First to Find ist eine besondere Auszeichnung, lediglich in der eigenen Statistik tauchte der Erfolg auf. Man kann sich nichts davon kaufen, aber es ist ein tolles Gefühl, als Erster im Logbuch zu stehen. Na gut, auf der Webseite können alle anderen Nutzer sehen, dass man es geschafft hat, den ersten Log zu machen. Den meisten ist es schlichtweg egal, andere finden aber, dass es sich durchaus lohnt, auch mal nachts um 3 loszurennen, wenn ein neuer Cache veröffentlicht wird. Vor ein paar Jahren noch, als er das Geocachen anfing, musste man zwingend ein GPS-Gerät haben, mit dem man die Koordinaten von Geocaches hochlud und auf Dosenjagd gehen konnte. Heutzutage kann der User mit jedem guten Handy auf Cachejagd gehen und hat sämtliche Informationen am Mann. Voraussetzung war natürlich, dass das Smartphone GPS-Empfang hat. Man lädt eine der Geocache-Apps herunter, legt sich einen Account bei geocaching.com an, gibt einen Usernamen ein, und schon kann es eigentlich losgehen.

Siegfried hatte noch 140 Meter bis zum Ziel und konnte als erfahrener Geocacher schon ahnen, wo sich der Cache befand. Dafür bekommt man mit der Zeit ein ganz gutes Auge. Kürzlich erst feierte er mit seiner Frau und seiner Tochter den 5000. gefundenen Geocache.

40 Meter und Siegfried spürte das vertraute Kribbeln. Bei einem neuen Cache war dieses Kribbeln noch stärker. Er kam an einem kleinen Wäldchen an, natürlich, ein Klassiker. Sein Handy teilte ihm mit, dass er noch acht Meter zum Cache hatte, der Kompass zeigte etwas nach links. Siegfried hob den Kopf, sah sich einen Baum an, der geradezu danach schrie, dass hier der Cache versteckt war. Er umrundete den Baum und sah den „Hasengrill". So wird ein Versteck genannt, das mit Hölzern, Zweigen und Fichtenzapfen betont unscheinbar den Cache verbirgt. Grinsend bückte sich Siegfried. Es wurde spannend, er legte die Zweige und die Zapfen zur Seite und wurde von einer 400 ml Tupperdose begrüßt. Siegfried hob die Dose, öffnete den Deckel. Das

obligatorische Logbuch lag obenauf. Darunter ein paar Kleinigkeiten, die zum Tausch luden.

Die Ursprungsidee des Geocachens war, dass der Sucher eine Kleinigkeit mitnimmt, den Cache findet, etwas hinterlässt und etwas aus dem Cache herausnimmt. Aber das funktionierte schon seit Jahren nicht mehr richtig. Es ging eigentlich nur noch darum, dass man sich ins Logbuch einträgt.

Siegfried öffnete das Logbuch und tatsächlich, er war als Erster an diesem Ort und würde den FTF klar machen.

Die Dose auf den Boden gelegt und nach dem Kugelschreiber gesucht – Siegfried fuhr plötzlich zusammen.

Eine Stimme etwa 50 cm hinter seinen Ohren fragte laut: „Gefunden?"

Siegfried drehte sich wie von der Vogelspinne gebissen um und schlug sich erstmal schmerzhaft den Kopf an einem Ast an. Vor ihm stand breit grinsend ein Mann in etwa Siegfrieds Alter, um die 45. Dunkelblond, blaue Augen und eigentlich nicht in den Klamotten, die man im Wald vermutet. Ein teuer scheinender Anzug, geleckte Frisur, Schuhe, die zum Anzug passten und den Leuten vermitteln sollten, dass dieser Herr im Anzug Geschmack hatte und sich etwas leisten konnte. Die ganze Erscheinung war einfach fehl am Platz. Dieser Typ war mit 1,80 Meter ein paar Zentimeter kleiner als Siegfried und seine ganze Aura versprühte eine Arroganz, die fast greifbar war.

„Ja, gefunden, FTF." Siegfried konnte in Anbetracht dieses Schnösels seine Genugtuung nicht wirklich verbergen.

Schnösel sagte: „Na, dann gratuliere, du hast dich noch nicht eingetragen?"

„Nö, war grad im Moment dabei."

„Sag mal, würde es dich denn arg stören, wenn ich mich vor dir ins Logbuch eintrage? Denn schließlich sind wir ja praktisch zeitgleich hier angekommen. So ein weiterer *First to find* würde gut in meiner Statistik aussehen."

Siegfried nahm das Logbuch, zeigte Herrn Schnösel, der ihn ungefragt duzte, das Logbuch, der wollte danach greifen, aber Siegfried zog es zurück und signierte dieses mit seinem Usernamen KaSiMir, setzte das Datum dazu und ein fettes FTF. Hinzu fügte er noch einen Dank an den Owner, den Besitzer des Caches. Erst dann hielt er Schnösel wieder das Büchlein hin, der es sich grabschte und etwas murmelte, das verdächtig nach *Arschloch* klang.

Mr. Arroganz holte einen Aufkleber aus seiner Handytasche, pappte diesen mitten in das Logbuch, setzte noch ein TFTC rein und schaute sich den Log von Siegfried an: „Kasimir? Nicht ernsthaft, oder? Du hast dir den Namen Kasimir zugelegt? Ich fass es nicht." Der Typ haute sich auf die Schenkel vor Lachen, „Kasimir, haha. So hieß unser Dorfesel. Das ist ja göttlich. Da, nimm", sagte er herablassend und gab das Logbuch zurück an Siegfried, der aber keine Anstalten machte, das Buch entgegenzunehmen.

„Kannst du gern verpacken und die Dose wieder verstecken", sagte Siegfried und ging an Kotzbrock vorbei in Richtung Weg.

Hörte er da nochmal dieses Wort, das mit ‚A' anfing und mit ‚rschloch' endete? Ihm war es egal; Siegfried freute sich dreifach. Über den FTF, dass er diesen Typen auflaufen ließ und ihm noch die Arbeit überließ, mit seinen ach so tollen Schuhen in den Wald zu latschen.

Siegfried machte sich schon auf den Weg zurück, als Mr. Arroganz zu ihm aufschloss und meinte: „Nochmal volle

Gratulle zum FTF. Tja, war knapp, muss man wohl sportlich sehen."

Siegfried erwiderte nur ein ungefähres „Hmhm" und ging weiter.

Irgendwie merkte dieser Mensch nicht, dass er keinen Bock auf Konversation mit dem hatte. Jeder Satz von ihm war Angeberei. Es ging um ihn, wie oft es ihm schon gelungen war, als Erster bei einem Cache zu landen, was für tolle Routen er mit Geocaching gemacht hatte, dass alle andern eh dämlich sind usw. usw. Siegfried hörte kaum hin und wollte weg von hier. Bis er auf einmal hörte: „Sag mal, kennen wir uns nicht?"

Siegfried blieb stehen und sah sich seinen Begleiter genauer an.

„Klar", frohlockte Kotzi, „wart, ich hab's gleich, Dingsbums, na. Ja, genau, du bist doch der Sigi, ja richtig. Der Sigi, ich glaub, ich spinn."

Sigi, wie er jetzt genannt wurde, erstarrte zu Eis. Ihm fiel es wie die guten alten Schuppen von den Augen. Auch er erkannte diesen Vogel jetzt wieder und er hatte gehofft, dass er diese Fresse in diesem Leben nicht wiedersehen würde.

„Jakob!" Das war keine Frage, sondern eine Feststellung.

„Ja, genau, du erinnerst dich an mich, super, oder?" Er griff sich die Hand von Siegfried und schüttelte diese euphorisch.

Siegfried erinnerte sich auch noch an diesen Händedruck, kein fester Druck, sondern eher schwammig und feucht. Ekelhaft wie der ganze Typ. Die Euphorie von Jakob konnte Siegfried nicht wirklich teilen; dennoch lächelte er verkrampft und sagte: „Ja, schön, dich wiederzusehen. Ist schon lang her."

„Ja, verdammt lang, wie die Zeit vergeht. 20 Jahre waren das schon, oder? Ich fass es nicht, der Sigi. War doch eine geile Zeit damals, nicht wahr? Boah, was haben wir es krachen lassen. Bist du noch mit der Manu zusammen? Ich hab mich ja nie so wirklich festgelegt. Ich mach das so wie immer. Ich sag dir, ich schlepp die Mädels immer noch reihenweise ab. Da würd ich ja was verpassen, wenn ich 'ne feste Beziehung hätt. Also ich könnt das echt nicht. Spießer und so. Man lebt ja schließlich nur einmal. Ich fahr oft weg in den Urlaub, manchmal nehm ich eine mit, manchmal nicht, dann such ich mir halt dort so 'ne Tussi. Gibt ja genug davon."

,Meine Güte, mach den Kopf zu, du Pisser', dachte sich Siegfried. Er war früher ein Arsch und ist seitdem ganz schön gewachsen, zum Riesenarsch. Bald ist es überstanden, dort vorne stand schon der betagte Mazda 3.

Jakob laberte weiter und zeigte schließlich auf den kleinen roten Wagen.

„Sag mal, das ist ja wohl nicht dein Ernst. Du fährst mit so einer Reisschüssel durch die Gegend? Das hat ja mal überhaupt keinen Stil. Mit sowas kannst dich ja nirgends blicken lassen, das ist voll peinlich, Alter. Na, der passt ja eigentlich zur Manu."

„Ich bin seit 18 Jahren nicht mehr mit Manu zusammen."

„Na, sei froh, so was Verstocktes wie die. Die hat es bestimmt nur im Dunkeln gemacht, hab ich recht? Und immer schön auf'm Rücken liegen", quäkte er, haute Siegfried auf die Schulter und fand sich sensationell witzig.

„Ja, so ungefähr."

„Und jetzt hast 'ne Neue?"

„Seit 18 Jahren, ja. Ist noch ganz frisch und wir sind sehr verliebt."

„Na, das freut mich doch für das junge Glück. Schau mal, das ist mein Auto. Ich mein, das ist ein Auto, nicht dieses Opferteil von dir. BMW X6 mit 340 PS, bissle was beim Spezialtuner machen lassen. Summasummarum lockere 120.000 Flocken oder so. Ich weiß es nicht so genau. Ist ja auch egal, ist nur Kohle, gell."

Unerträglich, fand Siegfried, er musste hier weg, er musste sofort weg, bevor er diesem Simpel auf seine Designerschuhe reiherte.

„Du, ich muss dann auch schnell weg, meine Frau abholen. Hat gleich Feierabend", sagte Siegfried. „Dann pass auf, dass deine Laube nicht auseinanderfällt", spottete Jakob. „Wir müssen unbedingt mal wieder was machen und über alte Zeiten plaudern, das wär doch geil, oder?"

„Ja, klar, das müssen wir unbedingt."

Jakob haute Siegfried nochmal auf die Schulter, zog seinen Autoschlüssel aus der Hosentasche, hob ihn provokant in die Höhe und öffnete per Fernbedienung sein göttliches Mobil.

Siegfried wartete noch, bis Jakob startete und Staub hinterlassend verschwand. Siegfried stieg in sein Auto. Stöhnend lehnte er sich zurück, atmete tief durch und merkte, wie sehr ihn diese Begegnung aufgewühlt hatte und wie sehr er zitterte.

Kapitel 2

1991

18 Uhr. Ein Anruf. Siegfrieds Vater ging ans Telefon, lauschte eine Weile und sagte dann: „Ja, der ist da, Moment ... für dich." Er reichte schulterzuckend den Hörer an Siegfried weiter. Dieser schaute fragend zurück und nahm den Hörer ans Ohr.

„Ja? Siegfried Distl?"

„Hallo, hier Muschke. Ich wollte mal mit Ihnen über Ihre Finanzen reden. Ich hab zunächst nur eine Frage, zahlen Sie gerne Steuern? Ich nehme an, dass dies nicht der Fall ist. Wer zahlt schon gerne Steuern, nicht wahr? Haha. Aber wir sorgen dafür, dass Sie dem Staat nicht mehr willkürlich die Steuern in den Rachen werfen. Vielleicht haben Sie ja ein paar Minuten Zeit für ein Aufklärungsgespräch. Sie wohnen in Marktoberdorf, nicht wahr? Ich kann in 15 Minuten bei Ihnen sein, wenn Sie mir sagen wollen, wo ich Sie treffen kann."

Siegfried war einigermaßen überrumpelt ob der Dreistigkeit dieses Anrufes, aber als freundlicher Mensch, der zuvorkommend ist und nett, wollte er diesen Anrufer auch nicht in die Schranken weisen und willigte ein, dass man sich beim Parkplatz des Gasthofes Meitinger treffen könnte. In 20 Minuten wäre völlig okay. Siegfried konnte sich ja freundlicherweise anhören, was dieser Typ zu sagen hätte.

Siegfried beendete das Gespräch. Seine Eltern sahen ihn an und wollten wissen, wer das wohl war.

„Ich weiß es nicht, will mir etwas über Finanzen erzählen."

„Unterschreib bloß nix!", drohte seine Mutter mit erhobenem Zeigefinger, um den noch die Wolle hing, mit der sie gerade einen Pullover strickte.

„Nönö, mach ich schon nicht, ich horch halt zu, was der von mir will, hab eh nicht viel Zeit, weil ich dann zu Manu fahre."

Seine Eltern waren einigermaßen beruhigt. Aber ein ungutes Gefühl hatten seine Erzeuger immer, denn sie wussten natürlich auch, dass Siegfried der Typ ist, der es allen recht machen will und nur sehr schwer nein sagen, geschweige denn auf den Tisch hauen konnte.

Siegfried lebte mit seinen 21 Jahren noch bei seinen Eltern. Weder er noch seine Eltern hatten einen Grund, ihren Sohn in eine eigene Wohnung zu stecken. Sie harmonierten gut miteinander, im eigenen Haus war genug Platz und Siegfried hatte unter dem Dach praktisch sein eigenes Reich, in dem ihn keiner störte. Er konnte tun, was er wollte. Freunde einladen, mit seiner Clique Party machen, wenn auch bitte nicht allzu laut. Aber Sigi, wie er von allen genannt wurde, war eh nicht der Hau-Drauf und eher ein ruhiger, angenehmer junger Mann. Ausschweifungen und Exzesse, dafür war Siegfried nicht der Typ. Klar, er trank durchaus seine Bierchen, gerne auch bis zu einer gewissen Heiterkeit, aber alles im Rahmen. Warum also etwas an seiner Situation ändern.

Seit etwa einem Jahr war er mit seiner Freundin Manuela zusammen. Manu war 18 Jahre alt, hatte wunderbare blonde Haare, eine nette Figur, die man nicht schlank nennen konnte, aber auch nicht dick. Naja, so ein Mittelding. Griffig würde es vielleicht treffen.

Manu war ebenso wie Sigi ein angenehmer, bodenständiger Typ. Sie ging mehr aus sich heraus. Gerne nahm sie Sigi mit zum Tanzen. Sehr gerne auch mit der ganzen Clique zusammen. Dann hatten alle Spaß und auch ihr Freund konnte dann richtig witzig und frech sein. Die Clique fand durchaus, dass das Paar herrlich zusammenpasste.

Siegfried war glücklich mit Manu. Für beide war es die erste richtige Beziehung und es dauerte immerhin neun Monate, bis sie sich gegenseitig entjungferten. Wer damals nervöser war, konnte man so nicht feststellen. Es war jedoch das aufregendste Erlebnis des Paares in ihrem jungen Leben. Es wurde nicht viel geredet, aber sehr viel falsch gemacht. Aber letztendlich kam dann doch zusammen, was zusammen gehörte. Seit diesem Tag schien die Liebe ins Unendliche zu wachsen.

Siegfried hatte bei der Traktorenfabrik in der Stadt einen sicheren Job als Mechaniker am Band und verdiente für sein Alter doch schon recht ordentlich. Bei dieser Fabrik hatte er nach der Realschule auch die Lehre als Industriemechaniker gemacht und nach drei Jahren den Abschluss mit guter Note geschafft.

Er war ein gern gesehener Mitarbeiter. Zuverlässig, hilfsbereit und immer ein angenehmer Ansprechpartner. Das lag auch daran, dass Siegfried nicht gerne widersprach.

Siegfried strahlte aber immer eine gewisse Konservativität aus. Das fing bei seiner Frisur an, die schon seit Jahren immer gleich war. Für Experimente war Siegfried diesbezüglich nicht zu haben. Immer die gleiche Kurzhaarfrisur mit immer demselben Scheitel, unscheinbare hellbraune Haarfarbe und ebenso unscheinbar der ganze Kerl.

Natürlich experimentierte er auch nicht an seiner Kleidung herum. Am liebsten waren ihm die blauen Jeanshosen, die obligatorischen T-Shirts, die sich nur unwesentlich in den Farben unterschieden. Dazu noch die Turnschuhe, dann war Siegfried fertig angezogen.

Doch auch das änderte sich etwas, seit er mit Manu zusammen war. Sie hatte ihre Arbeitsstelle in einem Modeladen und schaffte es tatsächlich, Siegfried immer mal wieder von modernen Klamotten zu überzeugen. Tatsächlich sah man Siegfried sogar hin und wieder mit einer gelben Hose und einer schneeweißen Jacke. Die Krönung war Gel in seinen Haaren, eine neue Frisur, die Manu mit diesem Hilfsmittel kreiert hatte. Und Siegfried fühlte sich damit, nach anfänglichem Unbehagen, ganz wohl. Auch dadurch, dass seine Kumpels und deren Freundinnen nicht gelacht hatten, sondern ziemlich angetan waren von seinem neuen Look.

Da stand doch wirklich ein ansehnlicher junger, schlanker Mann vor ihnen, der sich sehen lassen konnte und nach dem auch andere Mädels bei Tanzveranstaltungen aus dem Augenwinkel linsten. Manu verspürte das erste Mal Eifersucht und freute sich paradoxerweise darüber.

Überpünktlich, wie es für Siegfried üblich war, nach genau 20 Minuten, stand er vor dem Gasthaus Meitinger und wartete. 10 Minuten später wollte er schon wieder zurückgehen, als dann doch ein Mercedes 350 neben ihm hielt und mit einem Surren das Fahrerfenster herabgelassen wurde.

„Herr Distl?"
„Ja, schon."
„Ach DU bist der Herr Distl, Mensch, hättest ja direkt am Telefon sagen können, dass du das bist. Ich steig mal aus", sagte Jakob Muschke.

Locker flockig hüpfte Jakob aus dem Auto und sperrte den Benz ab. Mit etwas Theatralik wischte er einen ominösen Dreck vom weißen Lack und drehte sich breit lächelnd Siegfried zu.

Als Siegfried diesen Jakob das letzte Mal gesehen hatte, war er noch gar nicht mit Manu zusammen und Jakob fuhr noch einen ramponierten, rostigen Ford Fiesta. Jakob hatte nie Geld, musste immer eingeladen werden, wenn man ihn mitnahm am Wochenende. So richtig dicke wurde Siegfried mit Jakob nicht. Er war zwar ab und zu witzig, aber meist einfach nur nervig mit seiner ichbezogenen Art. Seine Freundin damals hatte schnell die Faxen dicke und beendete die Beziehung. Ihr wurde es auch einfach zu teuer. Denn ging sie mit ihm weg, war klar, wer den ganzen Abend über zahlen würde. Hemmungen hatte Jakob keine; da schluckte er schon gern ein Weißbier mehr, kostete ja nix. Diese Dreistigkeit gegenüber dem Geldbeutel seiner bemitleidenswerten Freundin war so extrem, dass er sogar andere Leute auf Getränke einlud und sie fast vom Hocker fiel, als ihr die Rechnung präsentiert wurde. Dass Gisela, seine Freundin, Schluss machte, störte ihn deshalb insofern, dass der Geldgeber weggebrochen war.

Aber auch so schmarotzte er sich durchs Leben und lieh sich ungehemmt Geld von jedem, der in seinen Dunstkreis kam. Das Unglaubliche war, dass er immer einen fand, der ihm Geld gab. Seine Maxime lautete: „Jeden Tag steht ein Depp auf!"

Schön war dieser Jakob auch nicht. Mit Anfang 20 hatte er seltsam buschige Augenbrauen und tiefliegende Augen, die einen unergründlich anstarrten. Siegfried war bei diesem Blick immer unwohl, aber Jakob schleimte sich in die Clique und so wurde er halt mitgenommen.

War der ganze Freundeshaufen beim Pizza essen, fiel Jakob sehr spät ein, dass er ja kaum Geld dabei hatte. Bloß fünf Mark und die bräuchte er ja noch für Zigaretten. Ob ihm wohl jemand was leihen könne? Und immer wieder wurde ein Trottel gefunden.

Einmal jedoch wurde Jakob richtig hereingelegt. Aber vom Allerfeinsten. Wieder einmal stand ein Essen an. Die Clique verabredete sich zu einem Chinesen.

Natürlich wanzte Jakob sich mit rein und wollte mit. Er habe zwar kaum Geld, aber für ein Getränk würde es schon reichen. Es wurde zum Schein beraten und verkündet, dass Jakob gern mitkommen könne.

Es wurde gegessen, getrunken und gelacht, es war ein netter Abend. Irgendwann verabschiedete sich das erste Pärchen von der Runde. Sie sprachen an der Theke mit dem Kellner und verschwanden. Zwei Kumpels hatten noch etwas vor, darunter auch Siegfried. Sie sprachen mit dem Kellner und verließen das Lokal. Nun waren sie nur noch zu dritt. Selbstredend hatte Jakob sich ordentlich was zu essen kommen lassen. Aus einem Getränk wurden drei Weizen. Nachtisch gab es auch noch.

Markus merkte an, dass er jetzt mal aufs Klo gehen müsse. Klaus sagte: „Nimm meins gleich mit."

„Nene, mein Lieber, da musst du schon selber mitkommen, ich tu viel für dich, aber da hört die Freundschaft auf. Auf, komm mit, Schwanzvergleich."
„Na gut, du weißt, du wirst verlieren", erwiderte Klaus, und gemeinsam gingen die zwei Kumpels aus der Tür, latschten an der Toilette vorbei, raus aus dem Restaurant und dann im Laufschritt und laut lachend zu ihrem Auto. Sie klatschten sich ab ob dieser genialen Aktion und boxten sich vor lauter Gaudi gegenseitig immer wieder auf die Schultern.

So saß Jakob alleine beim Chinesen und konnte zusehen, wie die Rechnung für alle beglichen würde. Ob er beim Spülen helfen musste, oder wie er sich aus der Patsche half, darüber hat Jakob nie ein Wort verloren. Er war auf jeden Fall sensationell angepisst und hat der Clique, *zu deren Bedauern*, die Freundschaft gekündigt. Es sollte klar sein, dass der ganze Freundeskreis danach Tränen in den Augen hatte ... vor Lachen.

„Servus, Sigi", sagte Jakob und schüttelte ihm mit einem läppischen Händedruck die Hand. „Ich hab jetzt seit ein paar Monaten einen neuen Job, wie du dir vielleicht schon gedacht hast", sagte Jakob mit betontem Blick auf diesen weißen Mercedes. „Komm, gehen wir in die Kneipe hier rein, dann erzähl ich dir was."

Gemeinsam gingen sie in die Gaststätte, setzten sich und bestellten ein Getränk.

„Klar, dass das Weizen auf meine Rechnung geht, gell?", sagte Jakob generös.

„Wie geht's dir denn, was macht die Liebe, alles super im Job?"

„Ja, alles super. Ich bin ja jetzt schon eine Weile mit Manu zusammen, läuft ganz gut, bin in der Traktorfabrik am Band und kann mich nicht beschweren."

„Ach, die Manu, ja. Nettes Mädel, da hast du echt Glück in der Liebe. Beneidenswert, freut mich so richtig für dich. Hör ich da schon die Hochzeitsglocken läuten?", blinzelte Jakob Siegfried frech zu.

„Ne, darüber haben wir noch überhaupt nicht nachgedacht, so lange sind wir jetzt auch noch nicht zusammen, etwas mehr als ein Jahr, aber wer weiß"Siegfried hatte den Eindruck, dass Jakob seinen Job gern machte und er ihm gefiel. Er schien tatsächlich sehr interessiert zu sein, was im Leben von Siegfried vor sich ging. Auch dass er ihn auf das Getränk einlud, das waren ja ganz neue Seiten an Jakob.

Sie prosteten sich zu und nahmen einen großen Schluck. „Also", wechselte Jakob nun das Thema. „Da hab ich ja den Richtigen angerufen. Warum ich dich kontaktiert hab: Ich hab ja schon am Telefon eine Andeutung gemacht. Ganz einfache Frage, zahlst du gerne Steuern?"

„Hm, ich weiß nicht, ich hab da nie drüber nachgedacht. Steuern muss man doch zahlen, und es geht doch alles ganz automatisch vom Lohnzettel weg", war Siegfried der Meinung.

„Ich sag dir was, niemand zahlt gerne Steuern. Das ist so sicher wie das Amen in der Kirche. Dann gleich die nächste Frage: Wie viele Steuern zahlst du?" Jakob verschränkte auf dem Tisch die Arme und sah Siegfried mit hochgezogenen Augenbrauen herausfordernd an.

„Äh, weiß ich nicht auswendig", erwiderte Siegfried etwas überrumpelt.

„Aber ich kann es dir sagen", sagte Jakob nun mit erhobenem Zeigefinger. Er legte eine Kunstpause ein und verkündete dann, indem er sich zurücklehnte und langsam die

Arme verschränkte: „Viel zu viel. Pass mal auf, du zahlst mehr Steuern als zum Beispiel der Chef von BMW." Wieder eine künstlerische Pause, bevor Jakob weitersprach. „Und warum zahlst du mehr Steuern als Mr. BMW? Weil du dir keine Gedanken darüber machst, stimmt's?"

„Ne, eben, das macht doch alles der Arbeitgeber? Das ist halt einfach so, dass man Steuern zahlt. Ohne Steuern würde doch ein Land gar nicht funktionieren."

Jakob schnellte nach vorne, stützte sich auf den Tisch und hob wieder den Zeigefinger. „Ja, Sigi. Genau das ist der Punkt. Weil solche Schafe wie du sich nie Gedanken darüber machen, ob das völlig in Ordnung ist, wie viele Steuern du zahlst. Was würdest du davon halten, wenn ich dir sage, dass du deine Steuerlast senken und dabei noch Rendite machen kannst? Stell dir das mal vor, du schlägst dem Staat völlig legal ein Schnäppchen und verdienst dabei sogar noch etwas." Jakob starrte Siegfried tief in die Augen.

Über solche Dinge hatte er sich natürlich noch nie Gedanken gemacht. Aber Jakob ließ da etwas bei Siegfried klingeln. Sicher tat es weh, jeden Monat in der Lohnabrechnung zu sehen, wie viel sich der Staat monatlich unter den Nagel riss. Und klar war auch, dass Siegfried nicht gerne Steuern zahlte. Hier hatte Jakob auf jeden Fall recht. Und es ist schließlich auch eine Sauerei, dass der Vorstand von BMW, der mit Sicherheit mehrere Hunderttausend Mark bekam, kaum Steuern zahlte. Das Interesse von Siegfried war geweckt. Und das entging den forschenden Blicken seines Gegenübers nicht. Auch die Haltung von Siegfried mit dem vorgebeugten Körper signalisierte Jakob, dass er den Köder geschluckt hat.

„Und wie soll so eine Steuerersparnis aussehen? Und das ist alles legal?"

„Meinst du, der BMW-Chef würde illegale Sachen machen? Wenn sowas rauskäme, dann wär er die längste Zeit Chef gewesen. Natürlich gibt es viele Steuersparmodelle. Und glaub mir, die oberen Zehntausend wissen, wie man die letzte Mark vom Staat zurückholt."

Das hatte für Siegfried durchaus eine gewisse Logik. Trotzdem war ihm nicht wohl bei der Sache. Er nahm einen Schluck von seinem Weizen und fragte Jakob: „Und wie kann zum Beispiel ich als kleiner Mann Steuern sparen?"

„Natürlich steigst du nicht bei Öltankern ein. Du glaubst nicht, wie findig die Rechtsanwälte der Millionäre sind. Und was der große Mann für Möglichkeiten hat, die hat auch der Kleine, also du."

Jakob zauberte einen Kugelschreiber mitsamt einem Block hervor. Legte den Block vor sich und fuchtelte beim Reden mit dem Kugelschreiber in der Luft herum. Kam hin und wieder dem Block nahe, schrieb aber nichts auf. Diesen Trick, wie auch andere Tricks zur Beeinflussung von potentiellen Kunden, lernte Jakob auf einem speziellen Seminar, das z. B. auch Versicherungsvertreter besuchen.

Dieses Herumwedeln mit einem Schreibstift suggeriert dem Kunden, dass das ja schön ist, was der Herr von sich gibt, aber er solle doch endlich etwas aufschreiben. Denn dazu ist der Stift da, zum Schreiben. Aber der Anbieter von Dienstleistungen wird zunächst den Teufel tun. Der Kunde wird unbewusst irre deswegen. Irgendwann schreibt der Mensch, der nur das Beste für den Kunden will, etwas auf, und das ist für den Kunden wie ein Tor für seine Lieblingsfußballmannschaft. Erleichterung ist das gewollte Ergebnis.

Den Kuli immer noch in der Luft fragte Jakob nun Siegfried: „Willst du denn wirklich Steuern sparen? Ich will dich zu nichts drängen. Das musst du wissen, ob du weiterhin dem Fiskus dein Geld in den Rachen werfen willst oder lieber das Geld für dich verwendest. Überleg mal, was du mit dem gesparten Geld alles machen könntest. Schnappst dir deine Manu und fährst spontan für eine Woche in Urlaub an einen schönen Strand. Was glaubst du, wie sie dir aus der Hand frisst?" Jakob legte bewusst unbewusst eine Hand auf seinen Autoschlüssel und legte nach, „oder kannst dir ein schönes Auto kaufen, ohne auf der Bank nach einem Kredit betteln zu müssen." Jakob legte eine Pause ein und starrte Siegfried motiviert an.

„Ja, klar, das wär schon toll. Und was käme denn da für mich infrage?"

„Immobilien!" sagte Jakob mit fester Stimme und klopfte fest auf den Tisch, so dass das Weißbierglas einen leichten Hüpfer machte.

Siegfried glotzte Jakob an, als hätte er nicht richtig gehört.

Jakob fuhr nach ein paar Sekunden fort. „Ja, mein Freund, diesen Blick kenne ich von anderen Kunden. Das haut dich jetzt erst mal um. Ich wette, dass du noch nie darüber nachgedacht hast, dir eine Immobilie zu kaufen. Und genau das ist der Fehler vom braven Steuerzahler. Ihr lasst euch melken und denkt nicht weiter darüber nach. Aber durch mich", Jakob lehnte sich zurück und zeigte mit beiden Händen auf sich, „wirst du nicht mehr zu den Melkkühen gehören. Du wohnst ja noch bei Papi und Mami, nicht wahr? Aber stell dir bloß mal vor, du ziehst von zu Hause aus und suchst dir eine Mietwohnung. Diese Wohnung gehört doch jemandem, oder? Und jetzt frag dich mal, warum der Eigentümer dieser Wohnung nicht selbst darin wohnt." Sprach Jakob energisch weiter. Und er sah, dass ein Groschen, der über Siegfried schwebte, anfing zu fallen. Tatsächlich hatte Siegfried nie über solche Dinge nachgedacht und fand, dass Jakob Argumente hatte, die man kaum dementieren konnte.

„Der Eigentümer einer Wohnung, in die du einziehst, der wohnt ja auch irgendwo. Du glaubst es nicht, aber auch Eigentümer wohnen oft zur Miete."

Nein, Siegfried fiel es schwer, dies zu glauben. „Wenn einer eine Wohnung hat, die er vermietet, dann wohnt er bestimmt in einem großen Haus und hat Kohle ohne Ende?", legte Siegfried seine Sichtweise dar. Aber diese Sicht wurde von Jakob zerstört.

„Tja, Sigi, unser Freund, der Vermieter, ist keine Melkkuh. Er hat sich schlau gemacht, hat sich diese Wohnung gekauft, bekommt vom Staat Geld dafür und von dir als Mieter auch noch deine sauer verdiente Kohle."

Das ließ Jakob eine Weile wirken, nahm einen großen Schluck vom Weizen und sagte erst mal gar nichts.

In Siegfried arbeitete es; seine Gehirnsynapsen versuchten, das Gehörte auf einen Nenner zu bringen, schafften es aber immer noch nicht. Das wusste Jakob und ließ sein Gegenüber noch etwas in seinen Gedanken schmoren. Auch was nun kommen würde, das wusste Jakob bereits.

„Ich hab überhaupt kein Geld, um mir 'ne Wohnung zu kaufen. Ich hab überhaupt nichts gespart. Das können wir voll vergessen", meinte Siegfried. Ihm war das überhaupt nicht recht, dass er Jakob praktisch über seine Finanzen aufklärte. Doch Jakob blinzelte nicht mal. „Sigi", lehnte Jakob sich wieder auf den Tisch und zeigte mit der Kulispitze auf dessen Nase, „die wenigsten Kunden von uns haben viel Geld. Du kannst eine Wohnung kaufen, völlig ohne Kapital, und hast trotzdem nicht weniger Geld!" Er machte weiter seine Überzeugungsarbeit. „Sieh mal, Sigi", der Kuli zeigte nun wieder auf den unbeschriebenen Block, „ich muss dich das fragen, damit ich dir ein tolles Angebot machen kann. Wieviel verdienst du in deiner Traktorfabrik?"

Siegfried druckste etwas herum, sagte schließlich, „So um die 2.000 Mark, mal etwas mehr, mal etwas weniger. Kommt auf die Schichtzulagen an."

„Das ist ja super", freute sich Jakob offensichtlich, als hätte Siegfried soeben verkündet, dass er einen Lottogewinn mit ihm teilen wolle.

„2.000 Mark, da können wir tatsächlich richtig was in die Wege leiten. Ich habe Kunden, die verdienen weniger als du und haben sich eine tolle Wohnung gekauft. Und ich sag dir, die Kunden bereuen. Und weißt du, was sie bereuen? Dass sie nicht schon früher darauf gestoßen wurden, dass es so einfach ist, Steuern für sich zu behalten und dabei auch noch eine Immobilie zu besitzen."

Jakob klatschte in die Hände, lehnte sich noch weiter vor und zielte erneut mit dem Kugelschreiber auf die Nase von Siegfried. „Du kannst dich jetzt schon mal bedanken, ich schau bis morgen, was sich machen lässt. Ich glaub, wir haben tatsächlich momentan die optimale Immobilie für dich. Das wird super." Scheinbar überschlug sich schon die Stimme von Jakob, so freute er sich für Siegfried, dass er ihm was Gutes tun würde. Dann wurde er plötzlich wieder leiser und um einige Stufen ernster. Klickte mit seinem Kugelschreiber und fing nun endlich an, etwas auf den Block zu schreiben.

„Okay, Sigi, pass auf", Jakob schrieb ganz oben 2.000 auf das Papier und zeigte direkt wieder mit dem Kuli auf Siegfried. „Was hast du für Ausgaben? Du kannst gern großzügig sein mit den Zahlen, denn irgendetwas Unvorhersehbares ist immer, gell?"

Siegfried legte die Stirn in Falten, sah in Gedanken nach oben und überlegte.

„Also, ich zahl meinen Eltern 700 Mark im Monat, fürs Wohnen und Essen und so weiter."

„Wow, das ist aber ein ganz schönes Brett. 700 Mark, also für dieses Geld könntest du schon eine hübsche Wohnung mieten. Schon mal drüber nachgedacht?", fragte Jakob.

„Ja, schon, da hab ich natürlich darüber nachgedacht. Aber eigentlich wohne ich ganz gut bei meinen Eltern", argumentierte Siegfried.

„Klar, bei Mutti ist es einfacher, nicht wahr? Aber irgendwann, wenn nicht jetzt, dann in ein paar Jahren spätestens, wirst du ausziehen. Manu will ja auch nicht immer mit Sigi ins Kinderzimmer zum …" Jakob hob und senkte schnell hintereinander seine buschigen Augenbrauen und grinste dabei über das ganze Gesicht.

„Ja, stimmt, irgendwann werde ich bestimmt mal was suchen zum Mieten."

„Wie auch immer, wir rechnen jetzt mal mit 900 Mark." Jakob schrieb die Zahl schwungvoll unter die erste und sah wieder hoch. „Was kommt noch dazu? Hast Versicherungen, Bausparer, sonstige Ausgaben?"

„Jo, Versicherungen hab ich, das Übliche halt", legte Siegfried die Stirn in Falten, um nachzudenken, „ich glaub, das sind um die 200 Mark im Monat und einen Bausparvertrag, wo jeden Monat 100 Mark drauf kommen."

Jakob schrieb die genannten Zahlen untereinander und fragte erneut, „sonst keine festen Kosten? Auto hast du ja auch noch, da kommt Benzin dazu, Versicherungen, Rücklagen für ein neues Auto irgendwann? Wie viel dürfte da zusammenkommen? 250 Mark im Monat?" Der Kugelschreiber von Jakob harrte über dem Papier.

„Ja, das könnt wohl hinkommen", stimmte Siegfried zu.

Jakob sah wieder mit seinen tiefliegenden Augen zu Siegfried und schien nachzudenken.

„Das ist echt super. Da können wir was machen. Du hast jetzt", Jakob zählte zusammen und meinte: „1450 Mark, dann hast du immer noch 550 Mark übrig, die du jeden Monat auf den Kopf hauen könntest, also wenn wir da nicht was Tolles für dich finden, dann kannst mich Hofnarr nennen, Sigi."

Siegfried schwieg, Jakob schwieg und ließ sein Gegenüber denken. Dann nach einer Weile beendete Jakob die Stille und sagte: „Weißt du, wie wir es machen? Du gehst jetzt zu deiner Schnecke und machst dir noch einen schönen Abend, denkst darüber nach, ob du weiterhin Geld verlieren willst und morgen treffen wir uns wieder um …, sagen wir Nachmittag um 4 Uhr? Da musst du nicht arbeiten, oder? Bis dahin hab ich dir was Schnuckeliges ausgesucht und dann reden wir weiter. Aber ich sag dir ganz klar, ich will dich zu nix zwingen. Du bist da selber deines Glückes Schmied, oder eben deines Peches, wenn du dich weiterhin vom Staat melken lässt. Also, morgen 16 Uhr?", fragte Jakob und stierte Siegfried unverwandt an.

Dieser grübelte immer noch vor sich hin, hatte eigentlich momentan genug von der neuen Informationsflut.

„Das war jetzt alles etwas viel auf einmal", sagte Siegfried. „Ja, ich denk jetzt mal drüber nach. Ich müsst eh schon lang bei Manu sein, die wartet auf mich. Ich hab ja nicht gewusst, dass das hier so lange dauert."

„Ach weißt, Sigi, das ist es wert, dass du einmal etwas später zu deiner Maus kommst. Glaub mir das."

Jakob winkte der drallen Bedienung in der Dorfgaststätte, die in ihrem Dirndl schwungvoll rüberkam und fragte, ob's noch was sein dürft. Das verneinte Jakob. Siegfried wollte seinen Geldbeutel zücken, aber Jakob hielt ihn davon ab.

„Ach komm, Sigi, ich hab dir doch gesagt, dass die Getränke auf mich gehen. Ist doch klar."

Die Bedienung nannte Jakob die Summe, der großzügig aufrundete und gut sichtbar einen 20-Mark-Schein hochhielt. Die Bedienung steckte den Schein in ihre Börse und bedankte sich höchst erfreut bei Jakob.

Auch Siegfried sagte höflich danke und war erstaunt über die Reinkarnation von Jakob, der vor nicht allzu langer Zeit noch jede Situation nutzte, um billig durchs Leben zu kommen.

„Kein Problem, Sigi. Auf geht's, gehen wir."

Jakob voraus, Siegfried hintendrein, stapften die beiden durch den Gasthof, der lediglich noch mit dem Stammtisch besetzt war, an dem lautstark Schafkopf gespielt wurde. Eine dicke Wolke aus Zigarettenrauch schwebte über deren Köpfen, neben vollen Aschenbechern hatte jeder Gast sein Lieblingsbier stehen. Ein paar Kiebitze schauten den Spielern beim Karteln zu und gaben ihren mehr oder weniger kompetenten Kommentar zum Besten.

Kurz wurde das Spiel unterbrochen, um die Fremdlinge zu begutachten. Befanden, dass die beiden uninteressant waren und widmeten sich wieder ihrer Freizeitgestaltung.

Draußen vor der Tür schüttelten sich Siegfried und Jakob die Hand und vermeintlich plötzlich kam Jakob eine Idee.

„Hey, du könntest doch mit meinem Autotelefon dein Schnuckel anrufen, oder? Was meinste, wie die guckt, wenn du ihr sagst, dass du von einem Autotelefon aus anrufst! Wart mal kurz."

Jakob sperrte den Benz auf, steckte den Schlüssel ins Zündschloss, langte zur Mittelkonsole und präsentierte Sigi voller stolzer Beiläufigkeit das Autotelefon.

Die übliche Telefonschnur, die im Innern des Mercedes verschwand, wie sie jeder Haushalt zu Hause hatte, wirkte seltsam deplatziert hier in einem Auto.

Siegfried staunte nicht schlecht. Klar hatte er schon von Autotelefonen gehört, aber gesehen hatte er noch keines.

Vorsichtig nahm Siegfried das Telefon entgegen.

„Kannst ganz normal telefonieren, drück auf den grünen Knopf, dann kommt irgendwann ein Freizeichen, und schon kannst die gewünschte Nummer eingeben. Geil, oder?"

Siegfried war natürlich beeindruckt, drückte den Knopf, lauschte dem Freiton, der sich seltsam entfernt anhörte, und tippte umständlich die Telefonnummer von Manu ein. Es tutete ebenso entfernt im Hörer, und schließlich meldete sich mit einem Knacken in der Leitung Manu.

„Hallo, ich bin's. Ich weiß, dass ich zu spät bin, ich hab noch Jakob getroffen, mit dem ich noch eine Weile geredet hab, aber ich komm jetzt dann gleich."

„Du weißt aber schon, wie spät es jetzt ist, oder? Du wolltest um 7 da sein und jetzt ist es fast 8. Wenn ich etwas hasse, dann ist es Unpünktlichkeit, und das weißt du auch!", schimpfte es aus dem Hörer.

Manu war eigentlich immer recht ausgeglichen, aber wenn sie versetzt wurde, dann wurde sie pampig. Da hatte sie eigentlich Glück mit Siegfried, der eben normalerweise auch immer sehr zuverlässig war.

„Und warum hörst du dich eigentlich so komisch an?", fragte Manu skeptisch.

„Ich ruf mit dem Autotelefon von Jakob an", antwortete Siegfried, mit der Betonung auf das Wort Autotelefon.

„Wo hat der das denn her? Geklaut oder was? Ja, klar, was denn auch sonst, selber kann der sich das nicht leisten! Also, kommst du jetzt noch, oder soll ich allein ins Bett?"

„Ne, Mäusle, ich komm jetzt. Bin in 20 Minuten da. Ich muss jetzt aufhören, das ist ja auch sauteuer mit so 'nem Telefon anzurufen."

„Nicht mein Problem", sagte Manu säuerlich, „und wenn's auf die Kosten von Jakob geht, umso besser", kicherte sie nun versöhnlicher. „Also, bis gleich, ich freu mich trotzdem auf dich, Bussi."

„Bussi", erwiderte Siegfried und suchte den roten Knopf, um das Gespräch zu beenden.

„Bussi", wiederholte nun auch Jakob und grinste Siegfried breit an. „Mach dir mal wegen der Kosten keine Gedanken. Eine Minute kostet bloß zwei Mark. Das geht schon beim D-Netz."

Zwei Mark, das geht schon, resümierte Siegfried in Gedanken. Der spinnt doch.

Jakob nahm Siegfried das Telefon aus der Hand, beugte sich in den weißen Mercedes und steckte es zurück auf die

Station, kam wieder zum Vorschein und sagte blinzelnd zu ihm: „Zahlt auch der Staat."

Die beiden verabschiedeten sich voneinander und Jakob wiederholte nochmal den Termin für den Folgetag. „Also dann bis morgen. Gruß an die Holde, ich muss dann", stieg in den Mercedes und fuhr mit aufheulendem Motor davon.

Auch Siegfried stieg in seinen roten Ford Sierra und fuhr mit 1.000 Gedanken im Kopf auf schnellstem Weg zu seiner Freundin.

Kapitel 3

11. Mai 2016

Um 16:58 Uhr stand Siegfried vor dem Kindergarten in Kaufbeurens Norden, wo seine Frau Karin als Erzieherin arbeitete. Die Kinder waren schon eine Stunde weg, aber Karin blieb immer noch bis 17 Uhr, räumte die Spielsachen des Tages weg, putzte die Tafel und wollte einfach die Räumlichkeiten ordentlich verlassen. Und in der Stunde bis zu ihrem Feierabend machte sie sich gerne noch Gedanken über den Ablauf des folgenden Tages. Ihre Kreativität mit den drei- bis fünfjährigen Steppkes kannte keine Grenzen. Sie wurde gleichermaßen geliebt von den Kindern und den Eltern. Sie konnte einfach gut mit Menschen umgehen. Egal welchen Charakters, egal welchen Alters.

Begeistert erzählten ihre kleinen Schäfchen meist schon kurz nach dem Rausrennen aus dem Kindergarten den wartenden Eltern von ihren Erlebnissen des Tages. Glänzende Kinderaugen und lächelnde, stolze Eltern. Das war der Alltag vor dem Kindergarten Sonnenschein.

Karin leitete diesen Kindergarten schon seit über vier Jahren. Ihre Kolleginnen, deren Vorgesetzte sie war, sprachen untereinander selten negativ über ihre Chefin. Karin hatte so eine natürliche, angenehme Autorität, bei der sich jeder wohlfühlte. Es kam den Erzieherinnen überhaupt nicht in den Sinn, diese Autorität anzuzweifeln. Dabei legte Karin großen Wert auf die Meinungen und Vorschläge ihrer Mädels, wie sie sie gern nannte.

Karin ging noch kurz auf die Toilette, um ihren braunen, langen Pferdeschwanz zu richten, der trotz ihrer 42 Jahre noch von keinem grauen Haar durchzogen wurde. Mit Kajal betonte sie noch ihre ebenso braunen, freundlichen Augen und machte sich auf, den Kindergarten zu verlassen.

Sie musste nicht nachsehen, ob Siegfried schon auf sie wartete. Sie wusste es. Sie schloss ab, federte die Treppe hinab und küsste ihren Mann durchs Autofenster auf den Mund, umrundete den Mazda und schwang sich auf den Sitz.

„Huhu, Feierabend", rief Karin fröhlich aus und schnallte sich an. „Wie geht's, wie war dein Tag, alles fit?", fragte sie sich durch.

Siegfried lächelte Karin etwas gekünstelt an, während er losfuhr, sagte dann: „Alles ok, war ein ganz guter Tag und fit bin ich doch immer."

„Was hast gemacht? Lass mich raten", Karin legte gespielt nachdenklich die Hand unters Kinn, um dann den Zeigefinger blitzartig in die Luft zu strecken, wie Wickie bei den starken Männern, der eine tolle Idee hat, „Dooose!"

Siegfried musste grinsen. Es war eine Art running Gag. Sie wussten gar nicht mehr, wie es dazu kam, aber irgendwann sagte Karin mal Dooose zu Siegfried, worauf dieser wie ein Hund glotzte, dem man ein Leckerli versprach. Damals schmiss sich Karin fast weg vor Lachen und Siegfried musste bei Karins Anblick mitlachen. So weinten die beiden vor Fröhlichkeit Tränen, bis sie sich wieder einkriegten. Und immer, wenn nun dieses ‚Dooose' von Karin kam, guckte Siegfried immer betont wie ein Hund. Fehlten nur der wedelnde Schwanz und die raushängende Zunge.

„Ja, Dose", antwortete Siegfried. „In Biessenhofen wurde ein neuer Cache gelegt, da bin ich hin und hab den FTF klargemacht."

„Gratuliere, so kenn ich meinen Mann. Immer auf der Lauer, wenn's 'ne Dooose gibt", lachte Karin. „Wo war der Cache? Erzähl mal."

„Naja, nix Besonderes. Der liegt oben, über Biessenhofen in einem kleinen Wäldchen, easy zu finden, 'ne normale Tupperdose, aber Erster."

„Mein Held, der Kasimir", lächelte sie ihren Sigi an, „na, wenigstens nicht so 'ne schnöde Filmdose mit Logbuch drin."

„Darf ich dich dran erinnern, dass du ein Teil von Kasimir bist?"

„Ok, dann war ich ja auch ein Teil des FTF. Hast du für mich TFTC geschrieben?"

„Nein, ich hab es ausgeschrieben, Thanks for the Cache. War genug Platz. Ich gratuliere dir", bemerkte Siegfried mit einem schiefen Grinsen.

Dass Siegfried eine Begegnung mit diesem Jakob hatte, das erwähnte er nicht.

Zehn Minuten später kam das Paar bei seinem Wohnblock in Neugablonz an, das zu Kaufbeuren gehört und nach dem 2. Weltkrieg für tausende Flüchtlinge aus Gablonz an der Neiße, im heutigen Tschechien, aus dem Boden gestampft wurde. Heute leben hier neben den Menschen aus den damaligen Flüchtlingsgebieten sehr viele Russlanddeutsche, die hier übergesiedelt sind. Zudem wohnen hier auch noch einige türkische Staatsbürger. Dieses Zusammenleben von diversen Menschen ist Nährboden für Reibereien zwischen den Kulturen. Der Vorteil ist, dass die Mieten hier erschwinglicher sind als in der Kernstadt Kaufbeuren.

Und hier, in diesem Teil der Stadt, wohnten Siegfried und Karin zusammen mit ihrer 15-jährigen Tochter Mirjam im 4. Stock dieses Blocks in einer 90 m² großen 3-Zimmer-Wohnung.

Siegfried fuhr den Mazda in die Tiefgarage, stellte den Wagen ab und das Paar fuhr mit dem Aufzug bis zu ihrem Stockwerk.

Karin öffnete mit ihrem Schlüssel die Haustüre und wurde direkt mit einem aktuellen Song aus den Charts begrüßt, der viel zu laut aus dem Zimmer des Teenagers dröhnte.

„Mach leiser!", schrie Karin in die Wohnung hinein, nachdem die Haustüre geschlossen war. Doch nichts geschah.

„Herrgott, macht mich diese Musik krank, echt", erzürnte sich Karin. Sie schritt durch den Flur, hämmerte mit der flachen Hand gegen die Zimmertür und rief nochmal: „Mach diesen Müll leiser, sonst ist in 3 Sekunden die Sicherung draußen!"

Karin war sehr ausgeglichen, aber nicht bei lauter Musik. Nein, so konnte man es nicht sagen. Bei lauter Musik dieser Art, diesem kalkulierten Popmist, der, Karins Meinung nach, nur dafür gemacht wird, um die jungen Leute auszunehmen, dieser Murks aus der Studioretorte, da sah Siegfrieds Frau rot.

Die Lautstärke wurde im Innern auf ein erträgliches Maß reduziert. Kurz darauf sogar abgestellt. Sehr zur Nervenberuhigung der Mutter. Sekunden später linste Mirjam mit etwas mürrischem Gesicht aus dem Zimmer.

„Hallo Mum, sorry, hab nicht auf die Uhr geschaut. Sonst hätt ich leiser gemacht, bevor ihr kommt. Hallo Babba", rief sie über die Schulter ihrer Mutter zu Siegfried, der auf direktem Weg zum Kaffeevollautomaten war. Kaffee, Siegfrieds Lebenselixier. Auf Luxus konnte die Familie verzichten, aber diese Maschine, die musste man sich unbedingt gönnen.

Versöhnt beugte sich Karin zu ihrer Tochter und gab ihr ein sanftes Küsschen auf die Wange. „Wie geht's dir? Was macht die Schule? Alles fit?" fragte sie nun ähnlich wie zuvor ihren Mann ihre Tochter. Die auch in etwa wie ihr Vater antwortete.

„Mir geht's gut, in der Schule hab ich für die Mathearbeit eine 2 bekommen. Fit bin ich doch immer", sagte Mirjam, „wusstest du, dass das Licht eine Geschwindigkeit von fast 300.000 km pro Sekunde hat? Pro Sekunde! Das heißt, dass das Licht theoretisch die Erde in einer Sekunde 7,5 Mal umrunden könnte. Pro Sekunde!", wiederholte Mirjam mit dem Zeigefinger, der imaginär einen Planeten umkreiste.

„Nein."

„Doch!"

„Ooh!"

Beide lachten. Auch Siegfried lächelte mit der Kaffeetasse in der Hand zu seinen Lieben ob der täglichen Louis de Funés Parodie. War aber in Gedanken immer noch bei seiner Begegnung mit Jakob.

Mirjam sah ihrer Mutter sehr ähnlich. Sie hatten die fast identische Haarfarbe, hatten auch ungefähr die gleiche Haarlänge und favorisierten den praktischen Pferdeschwanz. Beide hatten sie braune Augen und auch Mirjam lächelte meist sehr warmherzig ihre Mitmenschen an.

Charakterlich war sie eher dem Vater näher. Trotz ihrer offenen Art den Menschen gegenüber, war sie doch eher ruhig. Sie drängte sich nicht auf und hatte nur wenige Freunde, aber diese Freundschaften waren dafür sehr ehrlich.

Was etwas untypisch war: Sie ging mit ihren 15 Jahren sehr gerne mit dem Vater mit, wenn eine Geocachingtour anstand. Siegfried genoss diese vielen Stunden zusammen mit seiner Tochter, und sie erlebten dank ihres Hobbys tolle Tage in vielen Dörfern, in Wäldern, bei Wanderungen in den Bergen, wie zum Beispiel im Tiroler Tannheimer Tal. Bei solchen Touren konnte es durchaus vorkommen, dass bei einem Powertrail 60 oder mehr Geocaches gefunden wurden. Abends saßen sie dann zusammen vor dem PC und loggten ihre Funde Dose für Dose auf der offiziellen Webseite geocaching.com.

Karin ging zwar auch ganz gern mal am Wochenende mit zur Jagd auf die Tupper- oder Filmdosen. Es war für die Familie ein schönes Hobby. Man kommt an die frische Luft, ist immer in Bewegung und man kommt selbst als Einheimischer oft an Orte, die einem unbekannt waren. Sie hatte aber nicht den Feuereifer ihres Mannes oder der Tochter.

Jeder Geocacher konnte einen Cache legen. Dieser macht sich Gedanken darüber, was er mit seiner Dose bezweckt. Will er einen besonderen Ort zeigen, dann legt er dort seinen Behälter ab, hält an dieser Stelle die Koordinaten fest und macht auf der Webseite ein Listing dazu. Dies wird geprüft, und wenn alles ok ist, wird das Listing veröffentlicht. Dann geht die Jagd los, die Geocacherkollegen bekommen eine Nachricht von der Neuveröffentlichung und machen sich früher oder später auf den Weg zu diesem Ort.

Der Besitzer des Caches bekommt schließlich, wenn die Dose gefunden und geloggt wird, eine Nachricht über den Fund.

Karin, Siegfried und Mirjam hatten einen gemeinsamen Account. Durch die Anfangsbuchstaben der drei bot sich der Name KaSiMir an, über den sie sich schnell einig waren.

„Babba, warst heut suchen?", fragte Mirjam.

Aus seinen Gedanken gerissen antwortete Siegfried: „Was? Ja, war aber nur eine in Biessenhofen, aber immerhin ein FTF."

„Babba, was ist los? Normal gehst immer ab wie dein AC/DC-Gitarrenmann, wenn mit einer Dose prahlst, bei der du Erster bist!"

„Angus Young"

„Was?"

„Angus Young heißt der Gitarrist von AC/DC," sagte Siegfried automatisch.

„Ach so. Wie auch immer, was hat der Babba denn?"

„Nix, Maus, bin bloß müde heute. Alles ok mit Babba." Dass er immer noch an Jakob dachte, musste er nicht erwähnen, fand Siegfried.

„Ok, Mam, was ist mit Essen?"

„Statt deine jämmerliche Musik zu hören, hättest ja Kartoffeln kochen können, oder Nudeln, dann wären wir schneller am Esstisch", appellierte Karin an das Gewissen von Mirjam.

„Genau Mam, dann mach ich Nudeln oder Kartoffeln und dann hat Mutti keine Lust auf Nudeln oder Kartoffeln, das kenn ich."

„Ich mach heut Spaghetti Aglio Olio. Geht schnell und ist immer lecker, oder?" lockte Karin.

„Auja", hüpfte ihre Tochter und klatschte in die Hände, „super, ich setz das Wasser auf."

Keine 20 Minuten später saß die Familie am Küchentisch und ließ sich das Nudelgericht mit Knoblauch, geschnippelter Paprikaschote und Olivenöl schmecken. Das Ganze mit gehackter, frischer Petersilie verfeinert, herrlich. Dazu tranken die Eltern eine schöne Flasche Pinotage vom Norma.

Die Familie redete noch ein wenig über den Tag, wobei sich Siegfried etwas reserviert verhielt. Mirjam hatte noch einiges über die Lichtgeschwindigkeit zu erzählen. Über die Dimensionen des Weltalls. Sie ging völlig auf in ihrer Erzählung vom Physikunterricht. Siegfried und Karin erfuhren, dass das Licht nur etwas mehr als eine Sekunde benötigte, um vom Mond auf die Erde zu gelangen. Wenn die Sonne kaputtginge, dann dauerte es noch 8,5 Minuten, bis hier auf dem Planeten das Licht ausginge.

Mirjam war eine recht gute Schülerin. Ihre Lieblingsfächer waren neben Physik Mathematik und auch Sport. Am Liebsten hatte sie die Ausdauersportarten und kündigte jetzt schon an, dass sie mit 18 ihren ersten Marathon laufen wolle. Große Töne, aber die Eltern ahnten, dass es Mirjam durchaus ernst damit war. Nur wussten Siegfried und Karin nicht, ob sie dann stolz oder besorgt sein sollten, wenn es so weit wäre.

Siegfried war durchaus auch sportlich. Lief auch mal 10 km oder fuhr mit dem Rad einige Kilometer, aber eine Strecke über 42,195 Kilometer? Nein, da sträubte sich etwas ganz gewaltig in seinem Körper. Lieber wanderte er durch die Berge und suchte die geliebten Dosen.

Während nun die Frauen des Hauses das Geschirr abräumten und die Küche wieder in einen ordentlichen Zustand brachten, nutzte Siegfried die Zeit, um an den PC zu gehen. Schließlich musste er noch seinen Fund, seinen FTF, loggen.

Während der Computer hochfuhr, schenkte er sich noch ein Glas Pinotage ein.

Der PC war bereit und Siegfried loggte sich im Internet mit dem Usernamen Kasimir ein. Er gab im Suchfeld Biessenhofen ein und kurz darauf wurde ihm die Landkarte um das Dorf herum angezeigt, mit allen Geocaches der Gegend. Sehr viele Smileys lächelten ihn von der Landkarte an. Diese Smileys standen je für einen Cache, den Siegfried bereits gefunden hatte. Dazwischen waren noch ein paar grüne oder orangefarbene Schatzkistchen, die ihm anzeigten, dass diese von Siegfried noch nicht gefunden worden waren. Warum er diese Dosen noch nicht gefunden bzw. noch nicht gesucht hatte, lag daran, dass die Caches zu schwer zu finden oder zu erreichen waren. Denn bei manchen Dosen musste man auf Bäume klettern oder gar mit Kletterausrüstung anrücken. Das war Siegfried eindeutig zu viel Aufwand oder es war ihm zu gefährlich. Da siegte die Vernunft über die Gier.

Er fand auf der Landkarte die neu ausgelegte Dose von Biessenhofen und klickte auf das Symbol. Es öffnete sich das virtuelle Logbuch dieses Caches und Siegfried sah, dass bereits fünf User ihren Eintrag gemacht hatten für den Fund, und dann hustete er fast den Pinotage, den er gerade im Mund hatte, gegen den Monitor.

„Diese Ratte, diese ekelhafte, stinkende Drecksratte. Du Drecksau, du linke Bazille!", dachte Siegfried voller Wut. Ein roter Schleier legte sich über seine Augen, so einen Hass entwickelte er gerade; dagegen konnte er überhaupt nichts machen. Siegfried las nochmal den Logeintrag von Jakob und konnte es nicht fassen. Diese Dreistigkeit. ‚Dieses Arschloch, Ratte, Ratte, Ratte!', Siegfried trank das Glas in einem Zug leer und setzte es so heftig auf dem Schreibtisch ab, dass der Fuß des Glases abbrach. Siegfried merkte es kaum. Er starrte nur auf den Monitor.

Dieser Jakob hatte seinen Logeintrag schon gemacht und ließ das Fass bei Siegfried überlaufen.

Rich or dead --- Gefunden

FTF – YES! Kaum bekam ich die Nachricht, dass ein neuer Cache in meiner Homezone gelegt wurde, hab ich mich in meinen BMW X6 gesetzt und bin mit überhöhter Geschwindigkeit über die B16 gebretert. Einen eventellen Strafzettel nehm ich doch gern in kauf, wenn es um den FTF geht. Auf dem Weg zum Cache noch den Dorfesel getrofen. Bin dann weiter zur Dose, die sich nicht lange verbergen konnte. Ein blüdenweises Logbuch begrüsste mich und ich konnte den FTF klar machen.

Vielen Dank an den Owner fürs legen und pflegen der Dose.

‚Warum hat dem noch keiner die Fresse poliert?', flüsterte Siegfried gefährlich leise vor sich hin. Mit rotem Kopf und hitzigem Blick starrte Siegfried diesen frechen, arroganten Eintrag an. Nicht genug, dass der sich den FTF unter den Nagel riss, nö. Er musste Siegfried auch noch beleidigen als Dorfesel. Und dann die Rechtschreibfehler. ‚Du bist so ein unfassbar dummer Kotzbrocken', flüsterte Siegfried mit zusammengebissenen Zähnen.

,Ich glaub, wenn das sonst keiner macht, dann hau ich ihm seine blöde Visage ein, mal schauen, wie er dann schaut', dachte Siegfried wütend weiter. Erst der Ruf aus der Küche ließ ihn wieder etwas klarer werden.

„Willst noch was trinken, Schatz?"

„Äh, ja schon. Ich könnt ein Bier brauchen", rief Siegfried zurück und schaute verwundert auf das kaputte Weinglas. Er riss sich zusammen, dass sich seine Stimme einigermaßen normal anhörte.

Bevor er den PC wieder herunterfuhr, schrieb er seinerseits noch den Logeintrag.

KaSiMir --- Gefunden

Schnell entdeckt. Sehr schöne Stelle, um einen Cache zu verstecken. Heute alleine unterwegs gewesen. TFTC und lieben Gruß, KaSiMir.

Direkt nach dem Abschicken seines Logs fuhr er den PC runter, nahm das kaputte Glas vom Tisch und warf es in den Müll. Er atmete in der nun aufgeräumten Küche ein paarmal tief durch, bevor er ins Wohnzimmer ging, seine Frau anlächelte, sich aufs Sofa setzte und sein Bier aufmachte. Es war 19:06 und das war die Zeit, wo seine Frau ihre beiden Lieblingsserien auf RTL ansah. Siegfried sah sich die Serien seit ein paar Jahren auch an oder las ein Buch, hatte heute aber nicht den Sinn dafür. Er grübelte vor sich hin, während Karin in ihre Serie vertieft war. Aus dem Kinderzimmer kam in moderater Lautstärke Chartmusik. Siegfried musste an damals denken.

Kapitel 4

1991

15:58 Uhr
„Der Sigi! Tritt ein, bring Glück herein. Hätt ich nicht gedacht, dass du tatsächlich heute kommst. Die meisten sagen ‚ja, sie kommen', ziehen dann aber den Schwanz ein."

Eine schwammige Hand begrüßte Siegfried, bevor er durch ein Büro geführt wurde, in dem links und rechts Türen abgingen. Jakob bugsierte Siegfried in einen Raum hinein, bot ihm einen Platz an und fragte, was er denn trinken wolle. „Kaffee? Bier? Alles da. Hab an dich gedacht und dir Weizen gekauft. Super, oder? Magst eins?"

„Ne, jetzt mag ich kein Bier, aber Kaffee wär gut", sagte Siegfried.

„Kaffee kommt sofort!" Jakob verschwand aus der Tür und redete offensichtlich mit einer Sekretärin. Durch die Türe konnte er Anweisungen vernehmen, hörte die Worte ‚Kaffee' und ‚schnell' bevor diese wieder geöffnet wurde und Jakob sich mit Elan auf seine Seite des wuchtigen Schreibtisches in einen weißen Ledersessel fallen ließ. Eine Weile sagte er nichts, schwenkte nur nach links und rechts auf dem Stuhl mit hinter dem Kopf verschränkten Händen, bevor er diese wieder herab nahm, die Arme ausbreitete und Beifall heischend fragte: „Na, was sagst dazu? Mein … Reich. Es läuft."

„Ja, beeindruckend", musste Siegfried zugeben. „Dein Büro, oder musst du das teilen?"

„Ne, das ist allein mein Büro, da redet mir keiner rein, da kann ich machen, was ich will und mit wem ich will." Jakob kicherte.

Es klopfte an der Tür, es erschien die Sekretärin. Siegfried staunte nicht schlecht bei deren Anblick. Sie hatte rotblondes Haar, das dauergewellt ihren hübschen Kopf umschmeichelte. Zu den Haaren passten ihr grünen, leicht schräg stehenden Augen perfekt. Ihr dezent geschminktes Gesicht unterstrich ihre Schönheit. Sie trug ein schwarzweißes Kostüm, dessen Strenge nicht zu ihrem hübschen Gesicht passen wollte. Sie trug ein Tablett, darauf standen eine Kanne Kaffee, Zucker, Milch, zwei Tassen mit Untertassen und noch ein Tellerchen mit teuer aussehenden Pralinen. Sie stellte das Tablett ab, stellte jedem eine Tasse hin, dazu noch die restlichen Utensilien auf den Tisch. Sie lächelte Siegfried freundlich an und verschwand wieder aus dem Büro. Auf ein ‚Danke' von Jakob wartete sie vergeblich. Und offensichtlich rechnete sie auch gar nicht erst mit Dank von Jakob.

„Geiler Arsch, gell? Und ich kann hier machen, was ich will und mit wem ich will", wiederholte Jakob grinsend in etwa seinen Satz von vorhin. Ihm war der Blick von Siegfried nicht entgangen, den er dieser Schönheit hinterherwarf. „Lang zu, Sigi, die Pralinen sind der Hammer. Sind aus Belgien. Weißt schon selber. Nur vom Feinsten", sagte er und nahm sich eine davon.

Wusste Siegfried nicht, nickte aber trotzdem. Er nahm sich nun auch eine davon und hob anerkennend die Augenbrauen. „Echt lecker, die Dinger", sagte er.

Der Kaffee war verteilt, Milch und Zucker zugegeben, umgerührt und schon mal ein Schlückchen genommen.

Jakob nestelte an seiner Krawatte herum und nahm diese schließlich ab.

„Bei Kumpels brauch ich wohl nicht so ein Spießerteil, gell?", sprach's und nahm sie ab.

Jakob arrangierte einige Papiere auf seinem Schreibtisch, sah seinen Stapel noch einmal durch und wendete sich Siegfried zu.

„Also, Sigi, warum du jetzt vor mir sitzt. Wir haben ja gestern schon ein bisschen darüber geredet, wie wir beide vom Staat unser sauer verdientes Geld zurückbekommen können. Wie gesagt, alles legal. Ich erklär dir das jetzt mal, wie das genau abläuft."

Jakob schlürfte an seinem Kaffee, bevor er weitersprach. „Wir reden über eine Immobilie als Steuersparmodell. Der Staat fördert Immobilienerwerb. So ein Haus oder eine Wohnung ist schließlich nie billig. Und kaum ein Mensch kann sich direkt eine Bleibe leisten. Wer hat schon so viel Geld auf dem Konto, nicht wahr? Häuserbau ist aber ein hoher wirtschaftlicher Faktor, da hängen hunderttausende Arbeitsplätze dran. Und damit sich so viele Menschen wie möglich ein Haus oder eine Wohnung kaufen können, fördert der Staat eben mit Zuschüssen und Steuervorteilen die Finanzierung. Fragen bis hierher?" Jakob wartete ab.

„Nö, ist eigentlich logisch soweit, ja. Aber ich will doch gar nicht in ein Haus oder eine Wohnung ziehen?!"

„Nein, das willst du nicht, das brauchst du auch gar nicht. Aber da komm ich gleich dazu. Also, der Staat will dich unterstützen beim Kauf einer Immobilie. Ob du die Wohnung selber nutzt oder jemand anderes, ist im Prinzip egal. Hauptsache ist der Erwerb von Immobilien. Hast du eine Vorstellung davon, wie der Staat dir Geld gibt dafür?"

„Ne, eigentlich nicht. Ich nehm an, durch Steuerersparnis", lächelte Siegfried schief.

„So ist es", lehnte sich Jakob zufrieden in seinem Sessel zurück. „Du hast gut zugehört bis jetzt. Durch Steuerersparnis. Du zahlst etwa 500 Mark Lohnsteuer im Monat. Was hast du davon? Schöne Straßen. Es wäre doch viel netter, wenn du die Lohnsteuer für dich nutzen könntest. Genau, durch Finanzierung einer Immobilie."

„Ja, aber trotzdem, ich hab doch kein Geld übrig, hab ich doch schon gesagt. Man muss doch Kapital haben, soviel ich weiß."

„Natürlich wär's toll, wenn man ein Haus abzahlen kann. Aber überleg mal, du kaufst ein Haus, indem du die Kohle auf den Tisch legst. Dann? Dann hast du ein Haus gekauft. Aber wie willst du nun bitteschön Unterstützung vom Staat bekommen? Brauchst du ja nicht, hast ja direkt gekauft. Du musst eine Immobilie auf Pump kaufen, dann erst gibt's Geld."

Bei Siegfried fielen ein paar Groschen. Dieser Logik konnte man doch nicht widersprechen.

„Leuchtet dir offensichtlich ein", sagte Jakob zufrieden. „Du bist einfach ein schlauer Kerl. Kein Wunder, dass wir befreundet sind", meinte er weiter, nahm sich noch eine Praline und füllte seine Kaffeetasse nach.

„Nimm dir, nimm dir", zeigte Jakob auf den Tisch. „Wenn nix mehr da ist, lass ich von Lara Nachschlag holen. Das ist unsere scharfe Sekretärin", blinzelte Jakob Siegfried zu.

Siegfried grinste.

„Ok, weiter im Text. Ich erzähl dir jetzt, was der Staat dem glücklichen Immobilienbesitzer in den Rachen wirft. Du wirst staunen. Nehmen wir der Einfachheit halber eine kleine Wohnung für 100.000 Mark. So eine Wohnung ist wie ein Auto, sie nutzt sich ab. Aber das ist ok, denn du kannst sage und schreibe 50 Jahre lang 2% AfA beantragen." Jakob ließ das so im Raum stehen, um Siegfried darauf reagieren zu lassen.

„AfA? Was soll das sein? Hab ich noch nie gehört."

„Eben, hast du noch nie gehört. AfA heißt Abschreibung für Abnutzung. Verstehst du? Du bekommst praktisch innerhalb von 50 Jahren die Wohnung geschenkt. Da staunst du, gell?"

„Ja, ich staune. Die können einem doch nicht die Wohnung schenken."

„Ist uns doch egal. Uns interessiert doch bloß, *dass* wir Geld bekommen. Aber das ist nicht alles, du kannst jährlich 3.000 Mark absetzen beim Einkommensteuerausgleich, die Ehefrau kann 1.500 Mark geltend machen und pro Kind kann man auch noch je 500 Mark absetzen. Also mach hin, Sigi. Heiraten, Kinder machen", lachte Jakob laut auf.

Siegfried lachte mit und es fiel ihm schwer, das alles zu glauben.

Aber Jakob war mit seiner Argumentation noch längst nicht fertig.

„Das hört sich gut an, gell? Aber das ist nicht alles. Neben dem Geld, das du vom Staat geschenkt bekommst, gibt es noch einen ganz wichtigen Faktor. Kannst du dir denken, was ich meine?"

Siegfried schüttelte erwartungsvoll den Kopf.

„Eine Wohnung ist eine Kapitalanlage. Wenn du ein Auto kaufst, dann ist das irgendwann nichts mehr wert. So schick mein Mercedes auch aussieht, in 10 oder 15 Jahren ist der

Benz ein gepresster Metallwürfel." Jakob lachte. „Bei einem Haus ist das eben nicht der Fall, natürlich nutzt sich eine Immobilie auch ab, aber dafür gibt's ja AfA, nicht wahr? Aber sie wird dennoch im Laufe der Zeit immer mehr wert. Hast du vor 50 Jahren ein Haus gekauft, zahltest du dafür vielleicht 40.000 Mark. Was bekommst du heute für das Geld? Eben", antwortete Jakob ohne das weiter auszuführen. „Du würdest für dieses Haus heute meinetwegen 200.000 Mark zahlen und das geht immer so weiter. Also, kaufst du nun eine Immobilie für 100.000, bekommst du nach 7 Jahren einen ganzen Batzen mehr dafür. Verstehst du?"

Siegfried war sichtlich erstaunt, nickte. Er fragte sich nun tatsächlich, warum er sich nie für dieses Thema interessiert hatte. Er schenkte sich nun Kaffee nach und nahm sich ebenfalls eine Praline.

„Pass auf, Sigi. Ich zeig dir hier eine Statistik." Jakob schob einen Zettel mit diversen Diagrammen und Charts über den Tisch. Nahm einen Kugelschreiber und begann zu erklären.

„Hier links oben siehst du das Diagramm", zeigte Jakob mit dem Kuli darauf.

„Am linken unteren Rand davon siehst du die 100.000 Mark, die die Immobilie gekostet hat. Der Balken nach rechts ist ein Zeitstrahl in Jahren. Nach oben siehst du verschiedene Zahlen bis 200.000 Mark. Jetzt gehen wir dieser Linie mal nach. Wir haben momentan eine Wertsteigerung von 3% jährlich bei Häusern und Wohnungen. Wir sind aber in der heutigen Zeit recht niedrig. Also logischerweise müsste jemand, der erst in einem Jahr diese Wohnung kaufen möchte, schon 103.000 Mark auf den Tisch legen. In 2 Jahren wären das schon über 106.000. Nach nur 10 Jahren müsste unser Käufer für die gleiche Wohnung über 134.000 Mark hinlegen, wahrscheinlich sogar mehr, wenn die Rendite höher wird. Das ist doch super spannend, oder?", begeisterte sich Jakob.

„Ja, absolut. Stimmt eigentlich, so ein Haus wird nicht billiger, obwohl es immer älter wird. Hm, aber völlig klar.", stimmte Siegfried zu.

„Du hast es erfasst, Sigi. Und noch ein Grund, warum wir eine Wohnung auf Pump kaufen: die Inflationsrate. Der Käufer hat einen bestimmten Betrag, den er über eine Bank finanzieren muss. Aber das Geld wird im Laufe der Jahre weniger wert. Das soll heißen, dass sich eine Finanzierung einer Immobilie immer leichter anfühlt, je länger man sie hat." Jakob lehnte sich wieder in seinem Sessel zurück und legte die Hände an den Mund, wie im Gebet gefaltet, und machte ein zufriedenes, intelligentes Gesicht.

„Klingt alles ziemlich logisch. Aber so eine Wohnung kriegt man ja auch nicht so einfach, oder? Muss doch erst einer verkaufen. Und wenn doch jeder Häuser will, dann verkauft doch keiner."

„Tja Sigi, du als mein Freund hast da jetzt ein Riesenglück. Wie du ja erkennen konntest an der Eingangstüre, bist du bei ‚Immoglück' gelandet. Und ich hätte dir ja nicht den Mund wässrig gemacht, wenn ich nicht direkt eine Lösung hätte. Da hast du schon recht, Immobilien sind heiß begehrt, aber wir hier im Büro hatten das Glück, dass wir ansprechende Wohnungen im Portfolio haben. Du kennst den Zusammenbruch der DDR. Die meisten Wohnungen waren in Staatsbesitz. Die DDR gibt's nicht mehr, aber die Immobilien natürlich noch. Und die Bundesrepublik hat diese praktisch geschenkt bekommen und verkauft die nun an die

Bürger. Da profitieren beide davon. Der Käufer und der Staat, und deshalb sind die Immobilien, die wir anbieten, so supergünstig."

„Wie jetzt ‚DDR'. Die Dinger stehen da drüben?" Siegfried lehnte sich etwas zurück und verschränkte die Arme vor der Brust. Ein klares Zeichen für Jakob, dass sich sein potentieller Kunde etwas zurückzog. Aber er wusste, wie er Siegfried wieder hervorlocken konnte.

„Ja, in den neuen Bundesländern und zwar in Leipzig. Dort haben wir ganze Wohnblöcke mittlerweile verkauft und alle sind zufrieden. Musst du mal nachdenken, die ehemalige DDR ist wirtschaftlich nicht mit den alten Bundesländern zu vergleichen. Doch was macht die Regierung? Die können die Neuen nicht einfach sich selbst überlassen. Es wird unfassbar viel Geld in die Hand genommen, um dort kräftig zu investieren. Das Ziel ist, dass es den Menschen dort drüben so schnell wie möglich ebenso gutgeht, wie uns. Und warum? Weil sonst die Gefahr besteht, dass die ganzen Bürger in den Westen übersiedeln. Das will niemand. Die ehemalige DDR wird die modernste Gegend in Europa, wenn nicht gar der Welt", ereiferte sich Jakob überschwänglich.

Siegfried hatte sich wieder zum Tisch vorgebeugt und lauschte gefesselt der Rede von Jakob.

„Hast du in den letzten zwei Jahren dein Auto verkauft, Sigi?"

„Was? Wieso jetzt Auto?"

„Also nicht. Schade für dich. Kannst du dich an die Bilder der Grenzöffnung erinnern? Was ist da bei dir hängengeblieben? Ich sag es dir. Es sind Menschen, die mit dem Trabant über die Grenzen gefahren sind. Und wie viele

Trabbis siehst du heute noch? Nahezu alle neuen BRD-Bürger haben jetzt Autos, wie sie auch die Westdeutschen fahren. Die Preise am Automarkt sind explodiert. Wer da nicht aufgesprungen ist, der hatte halt Pech, und genauso ist es nun mit den Wohnungen dort drüben. So billig wie jetzt kommst du nie wieder an eine Immobilie."

„Ja, jetzt versteh ich das auch. Hab mich ja nie damit beschäftigt", sagte Siegfried erneut.

„Genau, deshalb gibt es ja uns." Jakob zeigte mit beiden Zeigefingern auf sich. „So, schau mal." Jakob schob ein weiteres Papier über den Tisch und zeigte mit dem Kuli drauf. Ich hab hier ein richtig gutes Angebot für dich rausgesucht. Hier, eine 90 m² Wohnung in Leipzig. Aber nicht in der Stadtmitte, sondern etwas außerhalb. Du weißt ja bestimmt die drei Prioritäten bei der Auswahl einer Immobilie, gell?"

„Äh, nö, eigentlich nicht", verneinte Siegfried.

Jakob streckte einen Finger in die Luft und hielt eine Kunstpause. „Erstens, die Lage", ein zweiter Finger gesellte sich zum ersten, „zweitens, die Lage", wieder eine Kunstpause und der dritte Finger, der ausgestreckt wurde. „Drittens."

„Die Lage", antwortete Siegfried und nickte.

„Richtig", rief Jakob begeistert aus und breitete gleichzeitig die Arme aus. „Die Lage des Objektes ist das Allerwichtigste. Und ich kann dir versichern, dass die Lage von diesem Block perfekt ist. Es ist ruhig und trotzdem bist du schnell in der Stadt. Du hast gute Straßenverbindungen in sämtliche Himmelsrichtungen, die zudem durch die Investitionen aus der alten BRD noch viel besser werden. Leipzig ist die Zukunft, dort will in naher Zukunft jeder hin.

Große Firmen, die billiges Bauland wittern und günstige Fabriken." Jakob klatschte in die Hände und schlug auf den Tisch. „Der normale Bürger kapiert das bisher nur noch nicht. Aber du, Sigi, du weißt es jetzt."

„Ja klar, logisch. Da hast du recht. Na klar hab ich da nie so weit drüber nachgedacht. Und was kostet die Wohnung, die für mich infrage kommt?"

„Das ist das Allerbeste, Sigi. Die hier, die kostet gerade mal 181.000 Mark. Das ist ein Angebot, das kriegst du kein zweites Mal, das versprech ich dir."

Siegfried schluckte hart bei dieser Zahl. Das ist so viel Geld, das ist doch utopisch, dachte er bei sich.

Jakob hatte sich wieder zurückgelehnt und sah Siegfried an. „Du siehst geschockt aus, Sigi", grinste Jakob und gab sich seelenruhig. „Ich weiß, was du denkst, eine Menge Kohle, so viel hast du noch nie auf einem Haufen gesehen, etc. etc. richtig?"

„Ja, richtig. Das sind Zahlen, die sind einfach zu hoch für mich, das kann ich nicht, das will ich nicht. Da muss ich drüber nachdenken." Siegfried blickte dabei niedergeschlagen auf den Tisch.

„Du hast mir aber schon zugehört, oder? Ich geb dir eine einmalige Chance auf eine höchstbillige Wohnung. Natürlich kannst du darüber nachdenken. Das Problem ist nur, ich hab nur noch zwei Wohnungen davon im Bestand und es gibt noch ein paar Leute, die *nachdenken*", sagte Jakob mit einer abfälligen Handbewegung. „Durch Nachdenken ist noch keiner reich geworden, das kannst du mir glauben." Jakob machte ein äußerst enttäuschtes Gesicht und fuhr fort: „Aber nimm dir ruhig alle Zeit der Welt zum Nachdenken." Jakob zeigte auf sich, „komm mir aber später bloß nicht mit ‚Hätt ich doch, hätt ich doch', denn dann ist es wahrscheinlich zu spät. Klar haben wir später auch noch Wohnungen, auch in ein paar Jahren, aber dann musst du auch den entsprechenden Preis dafür hinblättern. Wie du meinst, Sigi." Jakob machte Anstalten, seine Papiere einzusammeln.

„Ne, warte, Jakob. Zeig mir mal, wie du dir das vorstellst mit mir", griff Siegfried schnell ein.

„Ja, okay, ich mach das hier ja auch nicht zum Spaß. Das ist meine Arbeit und ich hab auch keine Zeit zu verschwenden. Also", schob Jakob wieder seine Papiere auseinander. „Ich hab hier die Wohnung und die ist vermietet. Ich nehm nicht an, dass du nach Leipzig ziehen willst?"

Siegfried schüttelte den Kopf. „Aber ich muss doch mal die Wohnung ansehen."

„Sigi", sagte Jakob nur und zeigte auf sich. „Das ist doch alles mein Job. Wir können doch nicht bei jedem Interessenten hoch nach Leipzig fahren und Hausbesichtigungen machen. Wir haben mit unseren Mitarbeitern natürlich alle Wohnungen inspiziert, haben sondiert und auch nicht jede Wohnung in unser Angebot genommen. Nur ausgewählte. Was glaubst du, wer hat mehr Ahnung von Immobilien und deren Umfeld, du oder wir hier von der Firma?"

„Ihr natürlich, klar. Aber eigentlich würd ich die Wohnung trotzdem gern mal sehen, die ich kaufen soll."

„Sigi, hier in dem Exposé von der Wohnung hast du den Grundriss, ich hab dir die Lage erklärt und ich sag dir, dass in dem Objekt eine nette Dame im mittleren Alter wohnt. Als wir die Wohnung besichtigt haben, lud sie uns zu Kaffee und Kuchen ein. Und sie hat auch versprochen, dass sie absolut nicht vorhat, aus der Wohnung auszuziehen. Wenn du da hinfahren willst, dann ist das Zeit- und Benzinverschwendung. Vertrau mir, ich würd meinem Kumpel Sigi doch keinen Scheiß erzählen?!" Er sah Siegfried betont verletzt an.

„Ne, das glaub ich dir ja auch alles. Und die Miete krieg ich?"

„Die kriegst du. Das heißt, nach Abzug der Fixkosten. Also, ich zeig dir jetzt den Finanzierungsplan. Hier bei der Hypo-Allgemeinbank hab ich dir eine Finanzierung klar gemacht. Nun lese und staune, du brauchst keine Mark Eigenkapital, das hab ich für dich so durchgeboxt." Er sah Siegfried wieder Beifall heischend an. „Die Bank gibt dir die 181.000 Mark plus die Notarkosten von 1,5 % plus Gewerbesteuer 3,5 %. Das Darlehen beläuft sich dann auf 190.050 Mark. Du bekommst das Darlehen über 7 Jahre zu einem Zinssatz von nur 8 % per anno. Du hast da gleich nochmal Glück, denn die Zinsen für Immobilien werden in Zukunft mit Sicherheit steigen. Du hast monatlich eine Belastung von 1245 Mark und das ohne Tilgung. Das Darlehen bleibt immer gleich hoch. Wär ja auch doof, wenn wir abzahlen, dann hätten wir ja irgendwann nix mehr zum Abschreiben, nicht wahr?", lachte Jakob über seinen Witz.

„1.245 Mark???" hörte sich Siegfried laut ausrufen. „Ich krieg doch bloß 2.000. Da bleibt ja kaum noch was für mich!"

„Irgendwie hörst du mir nicht zu, Sigi. Du bekommst doch monatlich von der netten Kaffeedame 530 Mark, das schmälert deine Belastung. Und du hast eine monatliche Steuerbefreiung, weil du einen Steuerfreibetrag vom Staat bewilligt bekommst. Du bekommst also 300 Mark vom Staat zugeschossen und du holst dir noch ein paar Tausender beim jährlichen Einkommensteuerausgleich ab. Die Belastung spürst du effektiv eigentlich gar nicht. Und vergiss nicht, du kannst alle 3 Jahre die Miete um 20 % erhöhen. 3 Jahre später wieder um 20 %, da verdienst du praktisch schon dazu, und du hast den jährlichen Mehrwert der Immobilie. Du kannst nichts falsch machen. Sollte die Mieterin dennoch ausziehen, ist die Lage so begehrt, dass du sofort einen Nachmieter findest. Darum musst du dich nicht mal kümmern, das macht die dortige Hausverwaltung", endete Jakob seinen Vortrag.

„Das klingt alles sehr gut, was du mir da erzählst, und sonst gibt's da keinen Haken?" fragte Siegfried noch mal nach.

„Kein Haken, Sigi. Der Haken sitzt mir gegenüber." Jakob sah Siegfried tief in die Augen.

In Siegfrieds Kopf arbeitete es gewaltig. Schließlich sagte er. „Ja, okay, das ist scheinbar echt eine gute Sache. Aber trotzdem würd ich gern noch ein bisschen nachdenken", wiederholte Siegfried.

„Ja, gut, denk drüber nach, etwas Zcit kann ich dir schon noch geben, aber echt nicht zu lange. Ich kann meine anderen Kunden nicht so lange hinhalten."

Jakob stand auf und richtete seine Garderobe. Auch Siegfried stand auf, schüttelte Jakob die schwammige Hand und versprach, sich bald zu entscheiden. Jakob führte ihn noch zur Bürotür und ging nochmal auf die Dringlichkeit ein, haute Siegfried freundschaftlich auf die Schulter, bevor sie sich voneinander verabschiedeten.

Siegfried nahm sich vor, erst seine Eltern um deren Meinung zu fragen.

Kapitel 5

12. Mai 2016

Siegfried schlief schlecht in dieser Nacht. Immer wieder musste er an damals denken, wie er von Jakob übers Ohr gehauen wurde. Was hatte er ihm den Mund wässrig gemacht! Und es klang doch alles so plausibel und logisch. Und an dieser *Freundschaft* von damals hatte er heute noch zu knabbern. Von wegen Freundschaft. Siegfried hatte gehofft, diesen Typen nie wiederzusehen. Aber nun kam alles, das er verdrängt hatte, wieder in seinen Kopf zurück.

Schon den ganzen Abend über war er in sich gekehrt. Seine Frau fragte ihn zwar, ob alles okay ist, weil sie spürte, dass eben nicht alles gut war bei Siegfried. Aber er beruhigte sie, indem er sagte, dass er müde wäre von der Frühschicht. Sie akzeptierte diese Begründung, da sie ja auch wusste, wie sehr ihn die Frühschicht, die schon um 5 Uhr begann, schlauchte.

Während Karin gemütlich vor dem Fernseher saß, eingemummelt in ihre Lieblingsdecke, ging Siegfried nochmal an den PC um sich bei geocaching.com einzuloggen. Er suchte sich das Profil von Jakob und klickte auf sein Profil *Rich or dead*. Natürlich, was sollte dieser Idiot auch sonst für einen Namen wählen. Das war so typisch für ihn. Geht praktisch über Leichen, rücksichtslos und nur auf den eigenen Vorteil bedacht. Andere Menschen interessierten diese Made einen Dreck. Er sah sich das Profil an und bekam schon wieder diese Wut wie schon vor ein paar Stunden. Diese Arroganz war unmöglich zu toppen.

Rich or dead --- Funde 874

Ein Foto von ihm und seinenmBMW X6 zierte das Profilbild. Ein stolzes Grinsen aus der hässlichen Fresse komplettierte die Erscheinung. Das ganze Bild zeigte Arroganz, Angeberei und Wichtigtuerei, und das war offensichtlich von Jakob so gewollt.

Siegfried las sich den Profiltext durch:

Mein X6 und ich bretern über das Land um Dosen zu finden. Meist sind wir zwei alleine unterwegs. Aber wir haben auch gar nix dagegen wen sich jemand uns anschliest um mit meinem Freund X6 und mir zusamen auf die Suche geht. Vorrausetzung dafür ist, dass die Begleidperson weiblich ist und nicht nur Dosen suchen will. Es gibt noch andere dinge die Spaß machen. *blinzel*

Siegfried wusste nicht, ob er jetzt kotzen sollte. Den Monitor einschlagen war keine Option, der konnte ja nichts dafür. Er wünschte sich, dass er diesem Widerling die Visage einschlagen könnte. Doch womöglich wehrte der sich noch und Siegfried kannte sich gut genug; er war kein Schläger. Eher bekam er im Gegenzug ordentlich auf die Lampe. Doch die Wut schwelte in Siegfried.

Er klickte nun auf die Statistik von Jakob. Er wollte wissen, welche Caches der so fand und was er dazu loggte.

874 Funde Gesamt
872 Traditionell Caches
2 Multi Caches

Aha, Jakob war also eher der Typ für die einfachen Dinge, nicht sehr überraschend, fand Siegfried. Na, immerhin hat er zwei Multicaches gemacht. Caches, bei denen erst eine oder mehrere Zwischenstationen gemacht werden mussten oder Aufgaben geschafft werden mussten, um die finalen Koordinaten für den Cache zu bekommen.

Siegfried wollte wissen, welche Caches Jakob in den letzten Wochen geloggt hatte und was er dazu schrieb. Als die Liste auf dem Monitor erschien, klickte er durch die einzelnen Caches und wurde nicht überrascht. Meist suchte Jakob Dosen in der näheren Umgebung, ein paar wenige waren etwas weiter entfernt, bis in München. Siegfried begann die Einträge von *Rich or dead* zu lesen.

Manis erster in Mod
Schwierigkeit 1 Gelände 1,5

Rich or dead 18. Mai
Mit meinem Schatzl, dem X6 hier vorbei gekomen und schnell geloggt.
TFTC

‚Warum auch die Mühe machen und ausführlicher schreiben', dachte sich Siegfried. ‚Und das übliche TFTC für ‚Thanks for the Cache' ist auch Zeitsparender.' Siegfried klickte weiter durch die Einträge:

Mauerstetten Geothermie
Schwierigkeit 1 Gelände 1

Rich or dead 15. Mai

Super. Endlich ein gscheider Feldweg auf dem mein X6 sich austoben konte.
TFTC

Die Einträge ähnelten sich. Kurze Einträge, lieblos und pflichterfüllend. Wimmelnd von Fehlern. Auch die Schwierigkeit und das Gelände der gesuchten Caches ähnelten sich. Immer einfach, nichts Schwieriges. Hauptsache man kam mit dem Auto hin. Doch dann staunte Siegfried. Da war tatsächlich ein Logeintrag von Jakob, der so gar nicht reinpasste. Jakob machte einen Cache, bei dem man mit Seilausrüstung auf einen Baum klettern musste? Siegfried kannte den Cache, hatte ihn selber aber nie geloggt, weil ihm einfach die Ausrüstung dafür fehlte. Der Cache hing in 10 Metern Höhe an einem Querast. Daher auch die Geländewertung 5, die höchste Terrainwertung. Siegfried war auf den Logeintrag gespannt und las:

Rich or dead 22. April
Mein kleiner T5
Schwierigkeit 1,5 Gelände 5

Wow, toller Baum. Als ich hierherkam traff ich zufällig BennyF und Auffi in die Wand die gerade dabei warn auf den Baum zu kletten. Ich sah den beiden zu und lies mir die Dose runter bringen in die ich meinen Aufkleber rein machen konnte. Hurra mein erster T5
TFTC

Das war so klar. Dieser Trottel lässt sich von Kletterern das Logbuch runterbringen, trägt sich ein und die andern beiden konnten den Cache wieder nach oben bringen. Das ist so dermaßen dreist. Aber für Jakob natürlich typisch. Siegfried schüttelte den Kopf. Alle anderen Einträge hatten ähnliche Einträge, bis er wieder stutzig wurde.

Rich or dead 18. April
Summ Summ Summ
Schwierigkeit 1 Gelände 1

Yeah, wieder mal ein FTF. Kaum dass ich über mein neues Iphone die Mail rein bekam das es eine neue Dose gibt bin ich in meinen BMW X6 gesprungen und hierher gebretert. Schnell gewust wo die Dose versteckt ist. Das Logbuch mit meinem Aufkleber geschmückt und weiter gefahren. Zwichen diesen Häusern röhrt mein BMW so herlich. TFTC

Interessant war nicht dieser Eintrag, sondern die folgenden. Da stand an zweiter Stelle der Eintrag von Frankenmaus89

Eins will ich doch mal klar stellen. Den FTF den habe ICH gemacht. Als ich den Behälter öffnete und das Logbuch ergriffen habe, war ich definitiv die Erste die sich in das Logbuch eingetragen hat. Und es war auch weit und breit sonst niemand zu sehen. Also vielen Dank an den Owner für diesen kreativen Cache und bis bald im Wald. FTF FTF FTF

Mountainbiker
Ich kann die Frankenmaus bestätigen. Als ich zu der Dose kam und hoffte, dass ich vielleicht den FTF schaffe, wurde ich enttäuscht. Denn kurz vor mir leuchtete mir ihr Logeintrag, ein fettes

FTF entgegen. Ich hab somit den second to find gemacht. Gratulation an Frankenmaus und vielen Dank an FrauLisl + Wuff fürs Legen des Caches.

Alphornbläser
Immerhin hab ich es noch aufs Treppchen geschafft. Wenn ich im Logbuch richtig mitgezählt habe und ich kann bis 3 zählen *hihi* dann hab ich gerade noch Bronze ergattert.
Ich sage ein fröhliches Danke an die Veröffentlicherin des Caches.

Soso, der Jakob. Das hat er also nicht zum ersten Mal gemacht, dass er sich den *First to find* ergaunerte. Bestimmt ist er damit richtig glücklich. Macht ihn bei den Mitcachern aber mit Sicherheit nicht sympathischer. Doch Siegfried war auch klar, dass das dem Jakob am Arsch vorbei ging.

Siegfried hatte genug gelesen und fuhr den PC herunter. Atmete wieder ein paarmal durch, bevor er sich wieder zu Karin aufs Sofa setzte. Er sah zwar auf den Fernseher, bekam aber nichts davon mit.

Später, als sie zu Bett gingen, versuchte Karin ihren Mann von seinen Gedanken abzubringen und nahm sein Glied in die Hand. Sie rieb daran und gab sich Mühe, doch bei Siegfried regte sich überhaupt nichts. Nach ein paar Versuchen gab es Karin auf und beruhigte sich damit, dass Siegfried eben doch sehr müde war von der Schicht. Sie ahnte aber dennoch, dass in ihm einiges brodelte. Schließlich kannte sie ihn schon ein paar Jahre. Sie kuschelte sich an ihren Schatz und schlief sofort ein.

Siegfrieds Gedanken kamen aber in dieser Nacht kaum zur Ruhe; immer wieder dachte er an früher und an das

Desaster, das Jakob verschuldet hatte. Und diese Gedanken förderten immer mehr seine Wut und den Hass. Wenn er nicht an dieses Fiasko dachte, dann daran, wie er es seinem Feind heimzahlen konnte. In Siegfried manifestierte sich ein Plan. Als er in seinen Gedanken gereift war, fiel er in einen traumlosen, kurzen Schlaf.

Kapitel 6

1991

Siegfried wurde aus dem Schlaf gerissen, er schaute auf die Uhr: kurz nach 16 Uhr. Es war das Telefon, das ihn geweckt hatte. Er stand auf und wankte halbwach zum Telefon. Seine Eltern waren anscheinend nicht zu Hause. Nachdem er in der Nacht so schlecht geschlafen hatte, legte er sich nach der Frühschicht direkt ins Bett und schlief wie ein Stein.

Nach dem fünften Klingeln hatte er das Telefon erreicht und meldete sich.

„Distl?"

„Sigiiiii, ich hab's geschafft. Du musst unbedingt bis um 5 hier sein!"

Siegfried peilte überhaupt nichts und rieb sich erst mal die Augen.

„Bitte, was ist los?", fragte Siegfried ins Telefon.

„Ich bin's doch, der Jakob. Ich mach dich glücklich. Ich hab einen Termin bekommen, das fasse ich selbst nicht!", jubelte Jakob in den Hörer.

„Was denn für ein Termin?" Siegfried war völlig überrumpelt.

„Komm einfach zu mir ins Büro, dann sag ich dir alles. Bis gleich. Bring deinen Ausweis mit."

Siegfried starrte den Hörer an. Aufgelegt. Einfach so. Jakob hörte sich dringend an, befand er. Halbwegs wach stapfte er zurück zu seinem Zimmer und zog sich an. Dann machte er sich einen schnellen löslichen Kaffee, den er hastig trank. Anschließend verließ er das Haus und fuhr zu Jakob in dessen Büro.

Jakob öffnete Siegfried die Türe, kaum dass dieser geklingelt hatte. Dieser war etwas enttäuscht darüber, dass er nicht in das schöne Gesicht der Sekretärin blickte.

„Lara hat schon Feierabend", sagte Jakob, als hätte er die Gedanken von Siegfried erraten. „Schön, dass du es geschafft hast. Zeit ist Geld und das jetzt im wahrsten Sinne des Wortes. Sigiii, ich hab dir einen Notartermin klar gemacht. Da staunst du, was?", sah er Siegfried mit hochgezogenen, buschigen Augenbrauen an und grinste breit.

„Wieso jetzt Notartermin? Ich hab doch noch gar nicht gesagt, dass ich die Wohnung kaufen will?!", erwiderte Siegfried.

„Doch, Sigi, du willst die Wohnung, das weiß ich für dich. Also pass auf, wir fahren jetzt in die Stadt zum Notar, der erzählt dir dann ein paar Sachen, du schaust interessiert aus der Wäsche. Er wird dir einen Vortrag halten und dich fragen, ob du sicher bist, dass du die Immobilie willst. Das ist alles so Rechtsdeutsch, das braucht dich nicht groß zu jucken. Wichtig ist, dass du am Schluss den Vertrag unterschreibst, dann ist der Notar glücklich, dann bin ich glücklich und vor allem bist du glücklich", sagte Jakob begeistert und tippte Siegfried mit dem Zeigefinger auf die Brust.

„Das kommt jetzt aber trotzdem alles ein bisschen schnell. Ich wollt halt noch nachdenken", äußerte Siegfried nochmal seine Bedenken.

„Wie lange, Sigi? Einen Tag, eine Woche, ein Jahr? Hör mal, ich hab mir so Mühe gegeben, dass du den Termin bekommst", gab sich Jakob geknickt und starrte enttäuscht auf seine Schuhe. Wenn ich das gewusst hätte, dann hätt ich mich nicht so reinhängen brauchen. Die Zeit des Notars muss dann halt ich zahlen. Zugehört hast du mir dann gestern auch nicht. Die Zeit hätt ich mir auch sparen können. Ich rede ja gerne, nur damit die Luft scheppert. Und dann geb ich meinem Kumpel, blöd wie ich bin, noch den Vorzug", endete Jakob schließlich höchst enttäuscht.

„Ich glaub ja auch, dass das eine gute Sache ist mit der Wohnung, ich habe auch wirklich zugehört gestern. Aber das geht halt so schnell."

„Ein Danke wäre nett, wenn ich dir das möglich mache. Also, gehen wir jetzt dahin oder sollen wir das hier und jetzt beenden?", setzte Jakob Siegfried die imaginäre Pistole auf die Brust.

Siegfried war nicht der Typ, der seine Mitmenschen enttäuschte. Ihm fiel es sehr schwer, nein zu sagen. Freunde und Bekannte vor den Kopf stoßen, das konnte er nicht. Also stimmte er dem Termin zu.

„Jawohl, so kenn ich meinen Sigi", gab sich Jakob jetzt wieder höchst versöhnlich. Er umarmte Siegfried und sah ihn dann dankbar lächelnd an. „Super Entscheidung. Du wirst mir jeden Monat einen Kasten Bier vor die Tür stellen, wenn du merkst, was ich für dich gemacht habe."

Siegfried war sich da nicht so sicher; das ungute Gefühl blieb dennoch.

„So, Sigi. Ich hab jetzt hier einige Papiere, die Finanzierung von der Bank, kannst du dir noch ganz schnell durchlesen. Wie gesagt, 190.050 Mark mit 8 % Zinsen pro Jahr, keine Tilgung, der Rest ist Rechtsanwalts-Blabla. Hier noch das Exposé von deiner Wohnung, ich hab hier auch noch den Mietvertrag von der netten Kaffeefrau, mit der Miete, die du bekommen wirst, und schon kann's losgehen. Auf, ich fahre. Geht erstens schneller und zweitens fährst du mal in einem richtig geilen Auto mit." Kaum die letzte Silbe ausgesprochen, drehte sich Jakob ab und ging zur Ausgangstüre.

Auf dem Weg zum Notar sprach Jakob die ganze Zeit wie ein Buch. Er redete mit Siegfried so, als wäre er jetzt einer von ihnen. Ein gleichwertiger Partner, der jetzt auch in Immobilien macht. Dass Jakob die ganze Zeit redete, hatte einfach den Grund, dass er Siegfried nicht die Gelegenheit geben wollte, weiter über den bevorstehenden Termin nachzudenken.

Und dann standen sie vor der schweren, hohen Massivholztür des Notars, die kurz darauf von innen persönlich vom Notar geöffnet wurde.

Er schüttelte erst Siegfried die Hand. „Herr Distl, nehme ich an? Schön, dass Sie es einrichten konnten. Oskar Glaser, meine Sekretärin hat schon Feierabend. Wenn etwas unstimmig ist in den Verträgen, dann muss ich mich eben selbst an die Schreibmaschine setzen", machte Herr Glaser einen lockeren Witz. Dann gab er Jakob die Hand und Siegfried verwunderte es, dass der Notar per Du mit seinem Freund war. Gemeinsam ging das Trio in das beeindruckende Büro von Herrn Glaser. Ein schwerer Schreibtisch in Massivholz zog den Blick auf sich. Die holzgetäfelten Wände waren mit echt scheinenden Gemälden geschmückt. Auch die Decke war mit dunklem Holz verkleidet. Alles wirkte schwer und geschmackvoll alt. Die einzigen modernen Dinge im Raum standen auf dem Schreibtisch. Ein Telefon ohne Schnur, ein Faxgerät stand am rechten Rand. Zentral auf dem Tisch herrschte ein hochmoderner IBM Computer mit einem großen Bildschirm. Die elektrische Schreibmaschine von Olympia wirkte dagegen alt und deplatziert.

„Wenn Sie mir dann mal eben ihren Personalausweis geben würden, Herr Distl", sagte der Notar.

Siegfried reichte Herrn Glaser das gewünschte Dokument.

Der Notar las vor: „Distl, Siegfried, wohnhaft in der Albert-Singer-Straße 41, Wohnort 8952 Marktoberdorf. Geboren ebenfalls in 8952 Marktoberdorf am 13.03.1968. Ist das richtig, Herr Distl?

„Ja, das stimmt alles", bejahte Siegfried.

„Gut. Wir sind hier, um den Kauf der Immobilie an der Ostparkstraße 83b in 7010 Leipzig/Sachsen abzuwickeln." Herr Glaser sah sich die nötigen Dokumente durch. Dann hielt er Siegfried einen kleinen Vortrag über das weitere Vorgehen, dass das Geld der Bank zunächst über ein Anderkonto geleitet wird, um Betrug auszuschließen. Schließlich machte der Notar ein paar Stempel in den Kaufvertrag und reichte Siegfried die diversen Dokumente zur Unterschrift. Siegfried hörte noch die Stimme seiner Mutter: „Unterschreib bloß nichts!" Siegfried unterschrieb.

Herr Glaser und Jakob beglückwünschten Siegfried zu seinem tollen Entschluss des Immobilienerwerbs. Der Notar fügte noch hinzu, dass er mit der Wohnung sehr viel Freude haben würde. Dann wurde sich verabschiedet und mit einem *Rumms* schloss sich die schwere Ausgangstüre hinter Siegfried.

„Super, Sigi. Hat doch gar nicht wehgetan, oder? Und denk dran, ich hätte gerne jeden Monat einen Kasten Bier vor der Bürotür stehen."

„Danke, Jakob", sagte Siegfried. Er war durchaus erleichtert, und dennoch wollte dieses miese Gefühl nicht weggehen.

Jakob fuhr wieder zurück zu seinem Büro, dort angekommen schüttelte er nochmal seinem Freund Sigi die Hand, wie immer schwammig und feucht, bevor er ihn verabschiedete. „Sigi, du hast das Geschäft deines Lebens gemacht."

Dass Jakob damit absolut recht hatte, wusste Siegfried zu dem Zeitpunkt noch nicht. Allerdings in dem Sinne, dass es Siegfried das Leben versaute.

Kapitel 7

13. Juni 2016

New Traditionel Cache – Am Bärensee – GC63HTZ – SO

A new Geocache has just published

Jakob bekam diese Mail von geocaching.com auf sein Smartphone. Er hob freudig seine buschigen Augenbrauen. Jawohl, das könnte wieder ein FTF werden. Er hatte heute eh nichts zu tun, so zog er eine Cargohose an, holte seine Sneakers vom Schuhregal, krallte sich seinen Autoschlüssel und saß flugs im BMW. Er aktivierte das GPS seines iPhones und stellte dabei fest, dass der Akku gerade noch 22 % Leistung hatte. Das war ihm zu wenig. Deshalb musste er nochmal ins Haus und holte sein GPS-Gerät. Jakob lud die Daten des Caches ungeduldig per Bluetooth darauf. Als das Piepsen erklang, dass die Daten übertragen waren, eilte er aus dem Haus. Er warf die Haustüre hinter sich zu und stieg wieder in den X6. Dann ließ er, wie eigentlich immer, den Motor ordentlich röhren, um die Kraft des Motors zu spüren. Ein geiles Gefühl, fand er. Dass der dämliche Nachbar seine Faust in seine Richtung schüttelte, amüsierte ihn.

Keine drei Minuten später kam er beim Parkplatz des ansässigen Segelclubs Bärensee an. Selbstverständlich war ihm völlig egal, dass hier nur Mitglieder parken durften. Und an diesem bewölkten Vormittag war sowieso nichts los hier. Nur ein paar Leute, die mit ihren Hunden Gassi gingen. Bevor er den Motor abstellte, ließ er ihn nochmal röhren, stieg grinsend aus und sperrte den Wagen ab. Ein Jogger kam gerade des Weges, der bewundernd den X6 ansah. Jakob ließ es sich nicht nehmen, nochmal die Entriegelung des BMW per Autoschlüssel theatralisch zu nutzen, um diesem Jogger klarzumachen, dass dieses sensationelle Auto Jakob gehörte. Der Läufer sah vom Auto zu Jakob und schüttelte den Kopf.

„Blöder Bauer", murmelte Jakob vor sich hin, lächelte dabei aber boshaft. „Deine Armut kotzt mich an!", rief er ihm hinterher.

Er richtete nun den Blick auf sein GPS-Gerät um sich zu orientieren. Er checkte den Wegpunkt: N 047° 51.558' O 10° 38.755'. Der integrierte Kompass sagte ihm, dass er 204 Meter vom Objekt der Begierde entfernt war. Es sah gut aus, um den FTF zu machen. Weit und breit kein Mensch, der nach Geocacher aussah. Jakob marschierte los, sah auf der Landkarte im Gerät, dass er den linken Weg nehmen musste. Als er in die Nähe der Koordinaten kam, stellte er wieder auf Kompass um, kam Meter für Meter näher an das Ziel, und schließlich schwenkte der Kompass nach rechts in die Büsche. Dort sah er sie schon, eine ziemlich große Tupperdose in einer alten Wurzel, etwas versteckt mit Stöcken und einem Stein. Er bückte sich in die Büsche, legte den Stein und die Äste zur Seite und hob den Behälter hoch. Er machte die Klickverschlüsse auf und hoffte auf ein jungfräuliches Logbuch. Ja, dieses Kribbeln kannte er, bevor er ein Logbuch öffnete und nicht wusste, ob er als Erster an einem Cache war. Und bei diesem Cache war es tatsächlich so,: noch kein einziger Eintrag im Logbuch.

„TSCHAKKA!", rief Jakob aus. „Hab ich dich, du Miststück." Er holte einen großen Aufkleber aus einem Seitenfach seiner Handytasche und klebte ihn mitten auf die erste Seite des Logbuches. Dazu kritzelte er noch ein fettes FTF in das Logbuch. *Rich or dead* hatte es wieder geschafft. Er schnappte das Büchlein zu und wollte es zurücklegen in die Dose. Jakob stutzte, in dem Cache lag noch ein Zettel. Neugierig zog er das Papier heraus und faltete es auseinander.

Gratuliere, du bist der Erstfinder dieses Caches. Viele weitere Geocacher werden noch an diesen Ort kommen und den Cache finden. Doch nur du wirst an erster Stelle stehen. Dafür einen herzlichen Glückwunsch.
Zu diesem Anlass habe ich mir etwas ausgedacht. Du siehst auf diesem Zettel eine Wegbeschreibung, nimm diesen Zettel mit, versuche dem Weg zu folgen und du wirst mit etwas Besonderem belohnt werden. Ich möchte betonen, dass dieses Geschenk einmalig ist und nur du als FTF es bekommst.

Jakob staunte nicht schlecht. Ein Geschenk für den FTF, das ist ja mal geil. So etwas hatte er auch noch nie erlebt. Er nahm den Zettel, legte das Logbuch wieder in die Tupperdose, verschloss sie und versteckte diese wieder an der Wurzel.

Nun sah sich Jakob seine Schatzkarte an und folgte dem aufgezeichneten Weg. Schien zunächst recht einfach zu sein, ganz nach dem Geschmack von Jakob. Nach weiteren 300 Metern gabelte sich wieder der Weg. Die Aufzeichnung auf dem Papier war eindeutig; es sollte der linke Weg sein.

Währenddessen machte sich eine andere Person am Geocache zu schaffen. Er nahm den Behälter aus dem Versteck, öffnete ihn, nahm das Logbuch heraus und riss die Seite mit dem Eintrag des FTF heraus. Danach wurde der Cache mit dem nun leeren Büchlein wieder in sein Versteck gebracht.

Jakob nahm den linken Weg, der etwas nach oben führte. Dieser führte in einen Wald hinein. Gemäß dem Plan musste er dem Weg noch 400 Meter folgen. Nach dem Bewältigen dieser Strecke soltle er wieder nach links, einem schmaleren Pfad folgen, der nach etwa 200 Metern zu einem Singletrail wurde. Der Wald war hier dichter als auf dem festen Kiesweg. Das war eigentlich nicht so Jakobs Ding. Er favorisierte dann doch eher die einfachen, flachen Wege. Aber nun war er schon mal so weit nach oben gekommen und bald hatte er es ja auch geschafft. Er kam dem dicken X auf der Karte näher. Am Ende des Singletrails zeigte ihm die Karte an, die sehr genau von Hand gezeichnet war, sogar die Bäume waren eingezeichnet, dass er zwischen den beiden dichten Baumreihen hindurchlaufen musste, aber nur etwa 20 Meter und dann wäre er am Ziel und bei seinem Geschenk.

Jakob war äußerst gespannt, was ihn dort erwarten würde. ‚Wehe dem Owner, wenn sich die Mühe nicht lohnt', dachte sich Jakob. Dann endlich erblickte er eine Schachtel, ziemlich genau die Größe von einem Bierkasten. „Na endlich", flüsterte Jakob, als könnte ihn jemand hier in der Botanik hören. Er war aufgeregt, was ihn erwarten würde. Die Schachtel hatte einen Deckel, den er abhob und er linste in die Box hinein. „Ja, da schau her, ein Bier", sprach er in die Kiste, als er das Kellerbier mit Bügelverschluss zutage förderte. Er fand auch noch einen Zettel, den er herausnahm, faltete ihn auseinander und las ihn sich selbst vor.

Hallo, mein FTF Cacher. Du hast es auch hierher geschafft. Und dafür sollst du belohnt werden. Ich hoffe, dir hat der Weg gefallen. Geheimnisvoll und einsam ist es hier. Wo sonst könnten sich Fuchs und Hase gute Nacht sagen? Nun genieß deine Belohnung und happy geocaching.
Der Owner

„Danke, herzallerliebster Veröffentlicher", redete Jakob mit dem Zettel und legte ihn beiseite. Neben dem Bier fand Jakob noch eine Schachtel mit Keksen, eine Packung Nüsse und einen Gutschein für einen Kinobesuch.

Das fand Jakob mehr als kurios. Da hat mich jemand aber ganz fürchterlich lieb, dachte sich Jakob und machte mit einem *Plopp* die Bierflasche auf, setzte sich auf den Boden, nahm einen ordentlichen Schluck, machte das übliche ‚Aaaahhhh', wenn jemand richtig Durst hatte und ein kühles Bier bekam. Er nahm noch einen Schluck, als plötzlich ein ‚Prost' zu hören war. Jakob fuhr vor Schreck fürchterlich zusammen und verschluckte sich an dem Bier. Erns nach einem heftigen Hustenanfall konnte er hochblicken, um zu sehen, wer sich hier angeschlichen hatte.

„Du blöder Arsch, ich wär fast tot umgefallen vor Schreck, bist du dämlich, oder irgend sowas?", rief Jakob zornig, als er Siegfried erkannte.

Siegfried stand vor dem sitzenden Jakob und starrte diesen an. „Hallo Jakob, ich war mir ziemlich sicher, dass du es dir nicht nehmen lassen willst, dass du als Erster bei meinem

Cache bist. Hab ich ja richtig spekuliert. Und für alte Freunde mach ich doch gerne ein Carepaket. Lass es dir schmecken." Das Wort *Freunde* spuckte Siegfried halb angewidert aus, was Jakob allerdings nicht bemerkte.

„Danke, Sigi, feiner Zug von dir, wirklich. Echt lecker das Bier. Hab ich gar nicht gelesen, dass du der Besitzer von dem neuen Cache bist. Weißt schon selber, wenn eine Mail kommt, dass es eine neue Dose gibt, dann pressiert's. Früher Vogel fängt den Cache, haha", lachte Jakob und nahm noch einen Schluck vom Bier. „Und dann hast gedacht, schaust mal, wer denn wohl der glückliche Finder ist?"

„Ja, so ungefähr. Ich habe sehr gehofft, dass du es bist, der hierhervorbeikommt, in diesen einsamen Wald, wo nur alle Jubeljahre mal ein Mensch vorbeikommt." Siegfried stutzte scheinbar etwas, sah sich die Geschenke an, die Jakob ausgebreitet hatte. „Das Beste hast du ja noch gar nicht entdeckt in der Schachtel, das gehört noch dazu", zeigte Siegfried wedelnd auf die Box.

Jakob zog seine dicken Augenbrauen hoch und wendete sich schnell der Schachtel zu. Der Boden war unten ausgefüllt mit Styroporchips. Während Jakob in den Chips kramte, holte Siegfried aus dem Hosenbund hinten am Gesäß einen schweren Fleischklopfer hervor, holte weit aus und schmetterte ihn mit aller Kraft auf den Hinterkopf von Jakob, der durch den Schlag, mit dem Kopf voraus, bis zu den Schultern in die Kiste einsank. Jakob rührte sich nicht. Blut strömte aus einer riesigen Platzwunde aus dessen Kopf. Siegfried dachte, dass Jakob durch den Schlag tot war, aber nach ein paar Sekunden bewegte sich Jakob, drehte sich um und sah mit glasigem Blick zu Siegfried hoch. Er kapierte überhaupt nicht, was da gerade vorgefallen war. Eben noch suchte er nach etwas, im nächsten Moment hatte er verheerende Schmerzen am Kopf.

„Was", sagte Jakob undeutlich, „was", wiederholte er und versuchte, Siegfried zu fokussieren, der mit einem Gegenstand in der Hand breitbeinig über ihm stand und mit versteinertem, kaltem Blick auf ihn heruntersah.

„Du blöde Drecksau wirst nie wieder jemanden betrügen! Du wirst nie wieder mit deiner hässlichen Visage Menschen um ihre Kohle bringen! Du wirst überhaupt nichts mehr tun auf dieser Welt, außer abkratzen, du beschissenes Arschloch!", sagte Siegfried mit völlig ruhigem, emotionslosen Ton. „Ich schlag dir deinen beschissenen Schädel ein und lass dich in diesem Wald verrotten!" Siegfried hob langsam, den Fleischklopfer über seinen Kopf.

„Was habsch denn getan?", fragte Jakob undeutlich und hob die rechte Hand, um den Schlag, der kommen würde, abzuwehren. Doch diese Geste war sinnlos.

Siegfried ließ den Fleischklopfer heftig auf die erhobene Hand von seinem Feind niedersausen, der ihm direkt das Handgelenk brach. Durch die Benommenheit Jakobs kam statt einem Schrei nur ein halblautes „Urgh" aus seinem Mund. Da die Hand nun nutzlos war, konnte er auch nicht den nächsten Schlag abwehren, der ihn mitten auf den Mund traf und einige Zähne ausschlug. Jakob gab ein Geräusch von sich, das sich wie ein nasses ‚Umpf' anhörte. Immer noch war der aus vielen Wunden Blutende bei Bewusstsein. Der nächste Schlag folgte auf die Stirn und ließ dort etwas vernehmlich brechen. Er begann zu schielen, das Blut strömte großzügig aus den frischen Wunden, das Hemd wurde ordentlich rot benetzt. Siegfried atmete schwer und rief halblaut: „Stirb schon, du Sau, stirb endlich, verrecke!", und schlug mit dem Klopfer seitlich auf Jakobs linke Schläfe, der daraufhin leblos zusammensackte.

Siegfried hielt inne, er ließ die Arme erschöpft hängen. Von dem Prügel tropfte Blut. Er starrte auf seinen Feind herunter. Die Kälte in Siegfrieds Augen war verschwunden. An dessen Stelle war Hoffnung getreten, Hoffnung, dass er Jakob erledigt hatte. Er atmete schwer, wie ein Sprinter nach einem 400 Meter Rennen. Wie lange er so dastand, wusste er nicht. Er ließ den Fleischklopfer fallen. Danach bückte er sich zu Jakob und drehte ihn um. Sein entstellter Kopf folgte der Bewegung zur Seite. Die tiefliegenden, blauen Augen starrten blicklos in die Baumwipfel. Jakob war tot, *Rich or dead* war Geschichte. Zur Sicherheit fühlte er nach einem Puls oder einem anderen Lebenszeichen, aber Siegfried konnte nichts davon feststellen. Zufrieden setzte er sich und nahm sich das halbvolle Bier, das Jakob nun nicht mehr brauchte und zitternd leerte er die Flasche.

Siegfried hatte kein schlechtes Gewissen, im Gegenteil. Er fühlte sich befreit und euphorisiert. Ihm war schwindlig vor Adrenalin und er war erregt.

Der frischgebackene Mörder saß lange nur da und starrte auf den Leichnam Jakobs. Aber irgendwann stand er auf, durchsuchte die Taschen von seinem nun toten Feind und förderte Geldbörse, Ausweis, etwas Kleingeld und einen Schlüsselbund zutage. Er nahm die Dinge, außer dem Kleingeld an sich, darunter auch das iPhone und das GPS-Gerät. Siegfried fischte aus seiner Hosentasche eine Plastiktüte. Die Geschenke aus der Box steckte er in die Tüte, und auch die leere Bierflasche wurde wieder mitgenommen. Nicht zu vergessen die Schatzkarte, mit der er Jakob herlockte. Dazu warf er noch Jakobs Utensilien hinein, zuletzt wanderte der blutige Fleischklopfer dazu, bevor er sich umdrehte und auf den Rückweg machte. Kurz überlegte er noch, ob er Jakob anspucken sollte, hielt sich aber zurück. Die Box mit den Schaumstoffchips ließ er stehen.

Siegfried nahm einen anderen Weg als den, den Jakob von dem Cache aus genommen hatte. Einfach aus dem Grund, weil mit Sicherheit schon andere Geocacher unterwegs waren, um seinen neuen Cache zu suchen. Auf solche Begegnungen konnte er aus naheliegenden Gründen verzichten. Vor allem, weil man sich ja in Cacherkreisen kannte. Sein Plan ging voll und ganz auf. Wäre statt Jakob ein anderer Geocacher erster gewesen, wäre eben dieser mit der Schatzkarte in den Wald gegangen und hätte sich über die Geschenke gefreut. Dann hätte Siegfried einen neuen Plan schmieden müssen, aber so lief alles wie am Schnürchen.

Nach einem großen Umweg kam Siegfried bei seinem Mazda an, den er in Hirschzell, abseits vom Bärensee, abgestellt hatte.

Zu Hause angekommen, säuberte Siegfried den Fleischklopfer, holte ein Holzschneidbrett aus der Küchenschublade und drosch mit dem Klopfer immer wieder auf das Smartphone von Jakob ein, bis er die SIM-Karte aus dem Gehäuse befreit hatte. Diese schnitt er mit der Schere durch und schob das zerstörte Handy mitsamt Karte in die Plastiktüte. Dann nahm er sich das GPS-Gerät vor, holte bereits mit dem Fleischklopfer aus, hielt aber inne und betrachtete das Gerät genauer. Es war ein Garmin Oregon 700. So ein Teil wollte er schon immer mal haben, aber der

Preis von 450 € hielt ihn immer davon ab, sich so ein teures Gerät zuzulegen. Viel zu schade, befand Siegfried und legte es beiseite.

Die Plastiktüte knotete er zusammen, ging zu den Mülleimern hinunter und verstaute sie tief in einer Tonne. Morgen kam eh die Müllabfuhr, dann wären diese Beweise auf Nimmerwiedersehen verschwunden. Siegfried klopfte sich die Hände ab, als hätte er einen äußerst staubigen Job erledigt, und ging zufrieden wieder zurück zur Wohnung. Dort machte er sich lächelnd mit seinem neuen GPS-Gerät vertraut.

Kapitel 8

1993

„Ich hätte gerne meine Kontoauszüge", sagte Siegfried zu der stets freundlichen Bankmitarbeiterin.

„Natürlich, Herr Distl, einen Moment." Sie wendete sich ab, ging zu dem orangen Schrank, in denen die Kontoauszüge der Kunden hinterlegt waren. Kramte eine Weile darin herum, bis sie wieder am Tresen stand.

„Sie wissen, dass Sie Ihren Dispo fast ausgeschöpft haben, Herr Distl?" fragte die braunhaarige, attraktive Bankangestellte, die er schon seit der Kindheit anhimmelte, obwohl sie gut und gerne 10 Jahre älter war als er, mit diesem Lächeln, das er so an ihr liebte. Schlank, groß und diese langen Locken, die bis zu den Hüften reichten.

„Ja, das weiß ich leider. Ich hab momentan etwas mehr Ausgaben. Aber das ändert sich bald wieder", versuchte Siegfried, sich zu rechtfertigen.

„Wir können für Sie gerne einen Konsumkredit einrichten. Der Vorteil ist, dass Sie monatlich eine feste, angenehme Rate zurückzahlen, und das mit einem wesentlich niedrigeren Zinssatz, als es bei einem Dispokredit der Fall ist. Ich schlage Ihnen vor, dass Sie den Kredit über 7.000 Mark beantragen. Dann wären Sie raus aus dem Dispo und hätten noch etwas Luft für die eine oder andere Anschaffung, die Sie vielleicht planen", lächelte sie weiterhin Siegfried an.

„Ich habe tatsächlich schon in diese Richtung gedacht, Frau Edelmüller, wenn Sie mir so einen Kredit geben würden, dann wär mir da bestimmt geholfen", erwiderte Siegfried.

„Wenn Sie eine halbe Stunde Zeit hätten, dann würde ich in Ihrem Sinne einen entsprechenden Vertrag ausarbeiten, Herr Distl." Sie verschwand in den Katakomben seiner Hausbank.

„Das wäre sehr nett von Ihnen", sagte er erleichtert zum leeren Tresen.

Siegfried setzte sich in eine Ecke mit orangefarbenen Stühlen und gleichfarbigen Tischen. In einer Ecke war ein kleines Fernsehgerät, in dem in Dauerschleife Comicfilmchen wie Tom und Jerry gezeigt wurden, um die Kinder zu bespaßen, während die Eltern ihren Bankgeschäften nachgingen. Er nahm sich die Allgäuer Zeitung und begann zu lesen.

Nach nur 20 Minuten kam Frau Edelmüller wieder zurück.

„Also, Herr Distl, das sieht doch alles ganz gut aus." Sie legte einige Papiere auf den Tresen. „Da wir Sie ja schon einige Jahre bei unserer Bank als Kunden haben, könnten wir Ihnen einen Kredit über 7.500 Mark einrichten, mit einem Zinssatz von 9,8 %. Laufzeit wäre 7 Jahre und die monatliche Rate läge bei 123,74 Mark", las Frau Edelmüller vor und zeigte mit ihrem Kugelschreiber auf die entsprechenden Zahlen.

„Das hört sich toll an, ich denke, das würde ich gerne so in Anspruch nehmen."

„Sehr gerne, Herr Distl. Dafür brauche ich lediglich noch Ihre Unterschrift und in zwei Wochen haben sie ein ausgeglichenes Girokonto."

Siegfried unterschrieb den Ratenkredit und schob den Vertrag wieder zu der hübschen Bankangestellten hinüber.

„Vielen Dank, Herr Distl, wissen Sie denn schon ‚ob oder was Sie sich kaufen möchten?", fragte sie im Smalltalk.

„Nein, eigentlich nicht, vielleicht spar ich mir das Geld einfach für schlechte Zeiten."

„Das ist eine sehr gute Entscheidung. Und wenn Sie Geld übrig haben, dann können Sie auch jederzeit eine Sonderzahlung für den Kredit vornehmen."

„Danke, Frau Edelmüller, ich will den so schnell wie möglich zurückzahlen", versicherte Siegfried.

„Gut, dann war es das für heute, Herr Distl. Ich wünsche Ihnen noch einen schönen Tag", verabschiedete sie ihn.

„Auf Wiedersehen, Frau Edelmüller", lächelte Siegfried.

Siegfried fühlte sich erleichtert. Aber er ahnte, dass die Erleichterung nur von kurzer Dauer sein würde. Das mit seiner Immobilie in Leipzig lief nicht so reibungslos, wie Jakob es ihm weisgemacht hatte. Ja, er bekam Steuererleichterung, ja, er bekam regelmäßig die Miete überwiesen, die aber nicht so hoch war wie eigentlich vorhergesagt. Leider hatte Jakob ‚vergessen' zu erwähnen, dass einige Kosten am Vermieter, also ihm hängen blieben. So war Siegfried jetzt in dem Dilemma, dass er zwar über 2.000 Mark verdiente, aber trotz aller Sparbemühungen 2.200 Mark Ausgaben hatte. Dass das so nicht funktionierte, dazu musste man kein Rechenartist sein. Nun hatte er diesen Ratenkredit, der ihm etwas Luft verschaffte. Seine Beziehung mit Manu war längst in die Brüche gegangen, nachdem Siegfried sich immer öfter geizig zeigte. Es gab keine Geschenke, nur an Weihnachten Kleinigkeiten, die Manu enttäuschten. Das Fass zum Überlaufen brachte, als Siegfried eines Tages in der Pizzeria eine getrennte Rechnung vom Kellner verlangte. Bis dahin hatten die beiden sich immer abgewechselt mit dem Zahlen. Wenige Tage später trennte sich Manu von ihm; so stellte sie sich nicht ihr junges Leben vor, mit einem Mann, der jede Mark zweimal umdrehte.

Am Abend, als er den Kredit unterschrieb, rief Siegfried im Büro von Jakob an und klagte ihm am Telefon seine Situation. Aber dieser war kurz angebunden und sagte Siegfried, dass er am nächsten Tag in sein Büro kommen könne.

So fuhr Siegfried mit seinem Sierra am Folgetag zu Jakob.

Eine andere Sekretärin als vor zwei Jahren öffnete ihm die Türe und begrüßte ihn. Sie war völlig anders als die Schönheit von damals. Diese Dame, die vor ihm stand, war über 50 Jahre alt, mit grauen, kurzen Haaren. Wenn sie 1,60 m hoch war, dann war es viel, schätzte Siegfried. Kein elegantes Kostüm zierte ihren korpulenten Körper, sondern eher Figur kaschierende Klamotten. Eine Stoffhose in schwarz, die über bequemen Straßenschuhen endeten, darüber ein weites, beigefarbenes Hemd.

„S' Gott. Sie wollen wohl zum Jakob, nehm ich an?", grüßte sie ihn unmotiviert.

„Ja, richtig, er wartet auf mich."

„Dann da gleich die erste Tür links", sagte sie und steuerte wieder ihren Arbeitsplatz an.

Siegfried öffnete die Tür und wurde begrüßt: „Servus, Sigi, gut schaust aus, komm rein, komm rein", wedelte Jakob mit einer Hand, um ihn reinzuwinken. „Wie kann dein

Freund Jakob dir behilflich sein?" Hochgezogene, buschige Augenbrauen unterstrichen die Frage. „Kaffee?"

„Ja, Kaffee wär nett", erwiderte Siegfried.

„Helgaaaaaa", brüllte Jakob direkt los. Drei Sekunden später stand die Sekretärin in der Tür. „Zweimal Kaffee, nach Hans Rosenthal Art", raunzte er Helga an und widmete seine Aufmerksamkeit wieder Siegfried.

„Was ist ein Kaffee nach Rosenthal Art?", fragte Siegfried.

„Dalli Dalli", lachte Jakob los und auch Siegfried musste darüber lachen.

Kurze Zeit später kam der Rosenthal Kaffee, der von Helga auf den Tisch gestellt wurde, mitsamt Milch und Zucker. Was fehlte, waren die belgischen Pralinen. Als Helga die Tür grobmotorisch, ob Absicht oder nicht, schloss, fragte Jakob, was er denn auf dem Herzen habe.

„Also Jakob, ich hab doch vor über zwei Jahren die Wohnung in Leipzig gekauft", rief er seinem Gegenüber in Erinnerung.

„Ja, genau. Da gingen fast alle Wohnungen über uns weg", sagte Jakob stolz. „Vergeblich hab ich auf die Bierkästen gewartet, die du mir versprochen hast."

„Die hast du dir selber versprochen, würde ich sagen."

„Egal jetzt. Was missfällt dir an deiner Wohnung?" Jakob stützte sich interessiert mit den Ellbogen auf den Tisch.

„Die Immobilie rechnet sich nicht unbedingt für mich. Es ist so, dass ich jeden Monat bis zu 300 Mark weniger auf dem Konto habe. Ich kann mir die Wohnung einfach nicht leisten. Das rechnet sich nicht, ich will die Wohnung so schnell wie möglich verkaufen", kam Siegfried auf den Punkt.

Jakob lehnte sich zurück, legte die aneinandergelegten Hände vor den Mund und starrte Siegfried mit den tiefliegenden, blauen Augen an. Nach einigen Sekunden beugte er sich wieder nach vorne, schöpfte zwei Löffel Zucker in den Kaffee und etwas Kondensmilch, rührte langsam um, klopfte den Löffel betont langsam ab und legte ihn auf die Untertasse, bevor er zu sprechen anfing.

„Das können wir schon machen, Sigi." Er legte eine Kunstpause ein. „Wir können deine Wohnung jederzeit verkaufen, da gibt es nur ein Problem."

Siegfried schaute Jakob mit großen Augen und verdammt ungutem Gefühl an. „Was gibt's da für ein Problem?"

„Beim Abschluss eines Immobiliendarlehens gibt es die sogenannte Zinspreisbindung, weißt du?"

Siegfried wusste das selbstverständlich nicht und fragte: „Zinspreisbindung?"

„Ja, Sigi. Es ist nämlich so, dass Darlehen auf Kredite wesentlich günstiger sind als normale Kredite. Die Laufzeiten sind in der Regel auch länger. Und weil man nicht weiß, wie sich der Zinssatz entwickelt, bekommst du zwar von der Bank den Kredit zu günstigen Bedingungen, aber die Bank sichert sich vor Zinsschwankungen ab, sonst würde ja jeder Kunde abspringen, wenn meinetwegen die Zinsen sinken würden, um dann einen neuen Vertrag zu machen. Andererseits trägt die Bank das Risiko, wenn die Immobilienzinsen steigen würden, dann hast du mit deinem Vertrag Glück. Und damit nicht immer Verträge gekündigt werden, bloß weil der Zinssatz sich ändert, haben die Banken die Zinspreisbindung in ihren Verträgen. Und die ist nicht ohne. Du kannst natürlich aus dem Vertrag, aber dann zahlst du eben dafür Strafe an die Bank." Diese Aussage ließ Jakob nun im

Raum stehen und legte wieder die Hände zusammen und an den Mund, um intelligent auszusehen.

„Scheiße", sagte Siegfried lapidar.

„Ja, ich denk, für dich wäre es besser, bevor du da einen Haufen Geld zahlen musst, weil du den Vertrag auflöst, musst du das aussitzen. Und schau mal, nächstes Jahr wird die Miete um 20 % erhöht, das hilft dir dann auch weiter. Und Lohnerhöhung bei deiner Treckerfirma bekommst du doch auch jährlich. Die Ausgaben für die Wohnung bleiben also gleich. Du brauchst ein bisschen Geduld, dann rechnet sich das auch. Und wenn dann in ein paar Jahren das Ende des Darlehensvertrags ansteht, DANN", Jakob schlug mit der flachen Hand auf den Tisch, dass die Kaffeetassen klirrten, „verkaufen wir deine Wohnung und machen ordentlich Kassensturz", argumentierte Jakob.

Das war bestimmt nicht das, was Siegfried hören wollte, aber die Sache mit der Zinsbindung, das leuchtete ihm völlig ein. Und jetzt ein paar tausend Mark ausgeben, dass er aus dem Vertrag rauskam, das Geld hatte er einfach nicht. So musste er wohl in den sauren Apfel beißen und so, wie Jakob gesagt hatte, die Sache aussitzen.

„Aber du hast mir doch damals eine völlig andere Rechnung präsentiert, dass ich Geld übrig habe. Und dann krieg ich die Miete, aber die ist viel niedriger, als du gesagt hast."

„Das tut mir echt leid, da hast du natürlich recht", gab sich Jakob geknickt. „Du siehst, auch als Immobilienmakler lernt man nie aus. Das hab ich nicht berücksichtigt."

„Und ich kann's jetzt ausbaden, dass du dich verrechnet hast, das ist doch Mist. Ich muss einen Kredit aufnehmen, dass ich einen Kredit zahlen kann, das ist doch völliger Blödsinn", regte sich Siegfried einigermaßen auf.

„Sigi, ich geb dir recht, aber wir können da jetzt nichts dagegen machen, wir müssen nach vorne schauen. Und wenn wir in die Zukunft sehen, dann kannst irgendwann die Ernte einfahren."

Siegfried war nur halb beruhigt und trank den Kaffee in einem Zug leer. „Du kannst mir also da überhaupt nicht helfen, oder wie?"

„Nein, Sigi, da kann ich dir leider nicht helfen, so leid es mir tut", schüttelte Jakob tieftraurig den Kopf.

„Aber eigentlich bist doch auch du schuld, dass ich jetzt so blöd dasteh", wurde Siegfried laut.

„Da kannst du auch nichts dagegen machen. Das ist jetzt so, wie es ist, tut mir leid. Du hast damals übrigens auch ein Papier unterschrieben, dass ich und wir als Firma nicht regresspflichtig sind, wenn der Kapitalanleger meint, dass beim Immobilienerwerb irgendetwas nicht nach seinen Vorstellungen ist. Und bevor du dich aufregst, das ist völlig normal, dass so etwas gemacht wird."

„Aber sowas hab ich doch nie unterschrieben!", empörte sich Siegfried.

„Doch, hast du, das war ein Papier, das du beim Notar unterschrieben hast. Wenn du das vorher nicht gelesen hast, dann ist das schade. Aber dein Name steht darauf."

Siegfried starrte Jakob an, der die Ruhe selbst war. „Dann steh ich ja jetzt als Volldepp da und kann sehen, wo ich bleibe!"

„Ach, Sigi, wart doch mal eine gewisse Zeit ab, dann wirst du sehen, dass sich das Geschäft für dich prächtig lohnt, glaub mir das."

„Fällt mir momentan äußerst schwer, daran zu glauben, wenn ich immer weniger Kohle habe."

Jakob sah auf die Armbanduhr. „Du, Sigi, ich muss jetzt dann auch weg, ich würd' gern noch eine Weile mit dir plaudern, aber ich hab noch einen Termin", schickte er sich an, Siegfried loszuwerden und stand auf.

Siegfried erhob sich ebenfalls. „Hm, find ich aber alles andere als in Ordnung. Ich bin gespannt, ob du recht hast." Er schüttelte die schwammige Hand von Jakob und verschwand aus dem Büro, empört und verzweifelt. Dass sich die optimistische Prognose nicht bewahrheiten würde, das sollte Siegfried bald erfahren.

Kapitel 9

13. Juni 2016

‚Master of Puppets' von Metallica dröhnte aus den Boxen der Stereoanlage. Siegfried stand headbangend in der Küche und sang lautstark, wenn auch nicht sonderlich textsicher mit, während er in den Töpfen rührte. Heute hatte er sich vorgenommen, für seine Lieben zu kochen. Angebratene Putenbruststreifen mit Erbsen und Möhrchen aus der Dose und Kartoffelpüree. Damit das nicht zu trocken wird, gab es eine Bratensoße von Maggi dazu. Siegfried ließ sein lichter werdendes Haupt rocken, während das Fleisch in der Pfanne brutzelte. Ihm ging ein eiskalter Schreck über den Rücken, als ihm auf die Schulter getippt wurde und er schreiend herumfuhr.

„KANN DER LÄRM WEG, ODER BRAUCHT DEN NOCH JEMAND?", brüllte ihn seine Tochter an.

Siegfried ging zur Stereoanlage und stellte die Musik ab. „Bist du denn wahnsinnig? Ich könnt tot umfallen!"

„Bist du aber nicht und bist ja auch selber schuld, wenn du so einen Krach machst!"

„Ich hab dich gar nicht gehört", lächelte er seine Tochter nun an.

„Ach, tatsächlich, wie kommt's?", fragte seine Tochter ironisch.

„Ich koche", erklärte Siegfried das Offensichtliche und zeigte mit dem Kochlöffel auf die Töpfe.

„Ach du Scheiße", kommentierte Mirjam lapidar. „Ich hol schon mal die Karte vom Pizzaservice."

Siegfried umarmte seine Tochter herzlich.

Mirjam legte überrascht ebenfalls die Arme um ihren Vater. „Geht's dir gut? Stirbst du bald an einer schweren Krankheit, oder was ist los mit dir?" Mirjam machte ein erstauntes Gesicht.

„Ne, alles gut. Ich bin froh, dass ich euch hab und hab euch halt lieb", antwortete Siegfried, nachdem er seine Tochter losgelassen hatte.

„Ich dich ja auch, Babba. Ist ungewohnt, von dir erdrückt zu werden."

„Deine Mutter dürfte auch gleich kommen, dann können wir direkt essen, magst 'nen Rotwein holen, Lieblingstochter?"

„Haha, kann man leicht sagen, wenn man nur eine Tochter hat, gell?" Sie sah in den Topf und stellte fest: „Da fehlen eindeutig noch Dosenchampignons." Mirjam schickte sich an, den Wein zu holen, als auch schon Karin in der Haustür erschien.

„Wieso riecht es hier nach Essen?", fragte Karin statt einer Begrüßung.

„Ich koche", wiederholte Siegfried und wedelte zum Beweis mit dem Kochlöffel in der Luft.

„Gott sei es gedankt", sagte seine Frau semibegeistert. „Was gibt's denn?"

„Putenstreifen, Gemüse, Kartoffelpüree ohne Dosenchampignons."

„Klingt kreativ. Du scheinst ja richtig gute Laune zu haben. Lohnerhöhung?"

„Nö, mir geht's halt super." Siegfried umarmte Karin und gab ihr einen leidenschaftlichen Kuss, den sie überrascht erwiderte.

Nach dem Essen, das allen Teilnehmern dann doch ganz gut schmeckte, und nach dem Leeren einer zweiten Flasche Merlot schlug Siegfried vor, dass sie doch heute früher zu Bett gehen könnten. Karin war wieder erstaunt und fragte mit betont unschuldigem Blick: „Bärchen will früher ins Bett? Ist Bärchen denn so arg müde?"

„Ja, Bärchen ist sehr müde und kann seine Äuglein kaum noch offen halten." Siegfried gähnte theatralisch.

„Ja, dann sollten wir das machen, du brauchst doch deinen Schlaf."

Ein paar Minuten später lag das Paar im Bett. Siegfried ließ erst gar nicht zu, dass Karin ihr Nachthemd anzog. Er küsste seine Frau leidenschaftlich auf den Mund, auf die Schultern, verwöhnte die Brustwarzen mit der Zunge, die sich augenblicklich aufrichteten. Siegfried arbeitete sich weiter nach Süden hinab, bis Karin an ihrer empfindlichsten Stelle eindeutige Berührungen spürte. Sie genoss die Zunge ihres Mannes an ihrer Klitoris und drückte den Kopf von Siegfried an diese Stelle, damit er auch ja nicht damit aufhörte, bevor sie einen Seufzer der Lust ausstieß. Siegfried kam wieder zum Vorschein und stieß seinen Penis in ihre bereite Muschi. Er nahm seine Frau, wie er sie noch nie geliebt hatte. Normalerweise war Siegfried immer rücksichtsvoll. Viel zu rücksichtsvoll, wie Karin meinte. Doch heute vögelte er seine Frau hemmungslos und ungebremst. Er drehte sie vom Rücken auf den Bauch und stieß wieder in sie hinein, wild und animalisch. Nach einigen Stößen drehte er Karin wieder auf den Rücken, legte sich ihre Beine auf seine Schultern und stieß wieder sein Glied in sie hinein.

Karin war völlig überwältigt, was da in ihrem Mann schlummerte. Obwohl sie den Akt genoss, fragte sie sich dennoch, was in ihren Mann, zu ihrem Glück, gefahren war. Siegfrieds Stöße wurden schneller und schneller, bis er sich mit einem Schrei in sie ergoss, woraufhin seine Bewegungen langsamer wurden und er sich erschöpft neben Karin fallen ließ.

„Was war *das* denn jetzt?", fragte Karin mit glänzenden Augen nach ein paar Minuten. „Du hast mir fast das Hirn rausgevögelt. Brauchen wir einen Exorzisten?"

„Ich hatte einfach unglaublich Lust auf dich heute. Du bist aber auch eine scharfe Frau", sagte Siegfried immer noch schwer atmend und lächelte selig.

„Du hast geschrien, als du gekommen bist! Normal muss ich immer raten, ob du schon gekommen bist, so leise bist du."

„Ich hatte es halt einfach verdammt nötig, wir haben ja schon länger nicht mehr."

„Trotzdem, du bist schon den ganzen Tag – hm – komisch. Die letzten Tage warst du praktisch gar nicht ansprechbar, so verschlossen, und dann plötzlich so ein Anfall? Wie auch immer, das darf gerne so bleiben", sagte Karin und schmiegte sich glücklich und befriedigt an ihren Mann, bevor sie einschlief.

Siegfried lag jedoch noch eine Weile wach und musste an Jakob denken, der jetzt tot und kalt im Wald lag. Siegfried lächelte in die Dunkelheit und schlief selig ein.

Kapitel 10

26. Juni 1996

Die finanzielle Situation Siegfrieds hatte sich in den letzten Jahren merklich verbessert. Dank der guten Auftragslage in der Traktorenfabrik bekam Siegfried eine Permanentschicht. Er arbeitete nun seit zwei Jahren auch an Wochenenden und in Nachtschichten. Durch die entsprechend höheren Schichtzulagen entspannte sich seine Situation merklich. Er fuhr zwar immer noch seinen Fiesta, aber er benötigte auch kein größeres Auto. Die wenigen Kilometer, die er fuhr, dafür lohnte sich kein neueres Auto, fand er.

Auch in der Liebe hatte sich bei Siegfried etwas getan. Er lernte in diesem Frühjahr seine Freundin Karin kennen und er war verliebt bis über beide Ohren. Sie hatte eine Anstellung als Laborantin in einem Lebensmittelbetrieb, in dem sie auch die Ausbildung gemacht hatte. Ihre angenehme, ruhige Art hatte es ihm angetan. Sie war verständnisvoll, hatte immer ein offenes Ohr für seine Probleme oder wenn Siegfried etwas erzählte, das ihm Freude machte, dann hörte sie gerne zu und lauschte seinen Geschichten.

Allerdings brachte er es bisher nicht übers Herz, über seine Sache mit der Wohnung in Leipzig zu reden. Dafür schämte er sich zu sehr. Er sah momentan auch keinen Grund dafür, ihm ging es finanziell schließlich erheblich besser.

Im vergangenen Monat gönnte sich das junge Paar sogar einen Kurzurlaub am Gardasee. Fünf Tage reines Liebesglück mit seiner Karin. Siegfried fühlte sich glücklich wie noch nie. So sah wohl der siebte Himmel aus.

Die beiden lebten zwar noch getrennt, aber Karin hatte ernsthaft vor, in die Wohnung von Siegfried zu ziehen, in der er seit rund einem Jahr zur Miete wohnte. Irgendwann fand Siegfried, dass es Zeit wäre, aus dem elterlichen Haus auszuziehen; schließlich war er schon 27 Jahre alt. Seine Kumpels zogen ihn eh immer wieder auf, dass er noch bei Mutti hauste.

Es war die Zeit, als Deutschland Europameister im Fußball werden sollte. An diesem Tag spielte England gegen Deutschland im Halbfinale.

Während der Halbzeitpause ging Siegfried zum Briefkasten, um die Post zu holen. Neben der obligatorischen Werbung fand er einen Brief von der Hausverwaltung in Leipzig. Ein ungutes Gefühl beschlich Siegfried. In der Küche riss er den Brief auf und las.

Sehr geehrter Herr Distl

Anbei finden Sie bitte die fristgerechte Kündigung zum 30.09.1996 Ihrer Mieterin Dorothea Klug. Frau Klug hat uns mitgeteilt, dass sie nun in den Ruhestand ging und sich die Miete für die Wohnung nicht mehr leisten kann. Wir bedauern den Entschluss von Frau Klug und wünschen ihr alles Gute für die Zukunft.

Wir werden uns, nach der Besichtigung der Wohnung, zeitnah um einen Nachmieter kümmern.

Mit freundlichen Grüßen

Rita Gonnweiler
Bruner Immobilien- und Hausverwaltung
Fasanenweg 22
04211 Leipzig

Eine Schweißperle rann an seiner Schläfe herunter. Dazu gesellten sich noch weitere, doch Siegfried spürte es nicht. Immer wieder las er den Brief aus Leipzig, doch der Inhalt blieb der gleiche. Er las noch die Kopie der Kündigung von Frau Klug, die mit krakeliger Schrift das Ende des Mietverhältnisses schriftlich niederlegte.

„Scheiße", flüsterte Siegfried. Daran hatte er noch gar nie gedacht, dass seine Mieterin eventuell mal ausziehen könnte und war entsprechend geschockt. Seine Hände zitterten. Er konnte gar nicht absehen, was das bedeuten sollte. ‚Ja, hoffentlich finden die schnell einen Nachmieter, um Gottes Willen', dachte Siegfried weiter. Er stopfte den Brief in die hintere Hosentasche, ging kurz aufs Klo, um durchzuatmen, bevor er wieder ins Wohnzimmer ging.

„Wieso schwitzt du jetzt so?", fragte Karin besorgt. „So heiß ist es heute doch gar nicht?!"

„Ich hatte gerade voll Bauchschmerzen, deshalb war ich auch auf dem Klo", log Siegfried nur halb. Denn Bauchschmerzen hatte er jetzt durchaus.

Karin sah ihn immer noch an, ließ es aber auf der Erklärung von Siegfried beruhen. Und außerdem wurde jetzt sowieso die zweite Halbzeit angepfiffen. Siegfried nahm zwar zur Kenntnis, dass Deutschland durch ein 7:6 im Elfmeterschießen England schlug, aber in Feierlaune war er nicht. Nur dem Schein nach freute er sich mit Karin über den Sieg.

Am folgenden Montag wählte er die Telefonnummer von Jakob. Aber eine automatische Stimme vom Band erklärte ihm, dass der Anschluss nicht vergeben sei. Siegfried dachte, dass er sich vielleicht verwählt hätte. Aber auch, als er die Nummer gewissenhaft eintippte, sagte die Dame vom Band, dass es die Nummer nicht gäbe. Siegfried schaute den Hörer an, bevor er auflegte. Er nahm sich seine Schlüssel und lief aus dem zweiten Stock das Treppenhaus herab zu seinem Auto. Ein paar Minuten später war Siegfried bei Jakobs Büro. Beziehungsweise bei dem ehemaligen Büro. Da, wo immer das Firmenschild am Gebäude angeschraubt war, hatte sich nun ein Heilpraktiker niedergelassen. Die Immobilienfirma gab es nicht mehr.

Siegfried konnte es nicht glauben. Was sollte er denn jetzt bloß machen? Siegfried war den Tränen nahe. Er lehnte sich an die Wand und versuchte nachzudenken, kam aber auf keinen grünen Zweig damit.

Frustriert setzte er sich in sein Auto und fuhr geradewegs wieder zu seiner 75 m² Wohnung in der Kernstadt Kaufbeurens, legte sich ins Bett und starrte an die Decke.

Siegfried handelte in den nächsten Tagen überhaupt nicht. Noch hatte er für über zwei Monate seine Mieterin, beruhigte er sich.

Oktober 1996

Siegfried öffnete den Brief, den er aus Leipzig bekam. Er hatte verdrängt, dass er bald eine Wohnung ohne Mieter hatte. Aber nun war es ja schon so weit, kam ihm schlagartig die Erinnerung.

Es war die Post der Hausverwaltung, die seine Hände wieder zittern ließ

Sehr geehrter Herr Distl

Nach dem Auszug Ihrer Mieterin haben wir wie angekündigt die Wohnung inspiziert. Wir müssen Ihnen leider mitteilen, dass Ihre Wohnung dringend saniert werden muss, um auf dem angespannten Wohnungsmarkt erfolgreich einen Nachmieter zu finden.

Als Anlage finden Sie bitte die Aufstellung der Mängel, die beseitigt werden sollten mit entsprechendem Kostenvoranschlag

Mit freundlichen Grüßen

Rita Gonnweiler
Bruner Immobilien- und Hausverwaltung
Fasanenweg 22
04211 Leipzig

Fassungslos las Siegfried sich den Brief durch, und völlig aus den Wolken fiel er, als er die Auflistung durchsah. Vom neuen Teppichboden über die Auswechslung von kaputten Licht- und Steckdosenleisten, bis hin zu Malerarbeiten waren einige Punkte gelistet. Die Summe am Ende der Liste ließ ihn verzweifeln und Tränen stiegen Siegfried in die Augen.

Über 5.600 Mark. Diesen Wahnsinnsbetrag solle er investieren, um wieder eine ansehnliche Wohnung zu haben. Aber was blieb ihm denn übrig. Er musste ja sanieren lassen, um überhaupt wieder einen Mieter zu bekommen. Es war schlichtweg zum Kotzen.

Er suchte in dem Brief nach der Telefonnummer der Hausverwaltung und bekam direkt diese Rita Gonnweiler in die Leitung.

„Hallo Frau Gonnweiler, mein Name ist Distl, ich ruf an, weil meine Wohnung saniert werden muss", meldete sich Siegfried.

„Ah, Herr Distl, schön, Sie mal persönlich zu sprechen. Ja, ich erinnere mich, dass ich Ihnen den Brief zugeschickt habe, wie kann ich Ihnen helfen?", fragte eine sehr nette Stimme.

„Ich bin ehrlich zu Ihnen, ich habe ein Problem damit, über 5.000 Mark Sanierungskosten zu zahlen. Kann man da nicht das eine oder andere weglassen? Oder ich käme selbst, um bei der Sanierung zu helfen."

„Herr Distl, natürlich könnten Sie selbst die nötigen Reparaturen in Ihrer Wohnung ausführen. Was ich Ihnen noch, so ganz unter uns, sagen könnte, ist, dass es in dem Wohnblock, in dem auch Ihre Wohnung ist, einen Hausmeister gibt mit großem handwerklichen Geschick, der sich durch Sanierungsarbeiten von Wohnungen gerne etwas hinzuverdient. Allerdings weiß ich von nichts."

Siegfried schöpfte von der Aussage etwas Hoffnung und sagte: „Oh, da wäre ich sehr interessiert daran, wie könnte ich denn mit dem Herrn in Verbindung kommen?"

„Wenn Sie sich kurz gedulden, ich suche Ihnen die Telefonnummer raus." Der Hörer wurde vernehmlich auf den Tisch gelegt. Siegfried hörte die nette Dame irgendwo kramen, bevor sie wieder den Hörer anhob. „Herr Distl? Wenn Sie etwas zu schreiben hätten?"

Sie gab Siegfried die gewünschte Nummer und den Namen des Hausmeisters und verabschiedete sich freundlich von ihm, mit der Aussicht, dass ein Nachmieter dann kein Problem darstellen würde, wenn die Wohnung saniert wäre.

Siegfried rief den Hausmeister an, der direkt ans Telefon ging. Nach dem Vorlegen seines Anliegens konnte der Hausmeister, Herr Fuchstaler, eine Vereinbarung treffen, mit der Siegfried besser leben konnte. Er müsse natürlich die Kosten für sämtliche Materialen übernehmen und die Arbeitszeit wäre selbstverständlich auch nicht umsonst. Aber Herr Fuchstaler versicherte ihm, dass die Kosten etwa bei 3.000 Mark liegen würden. Was die Sache auch so günstig machte, war darauf zurückzuführen, dass der Hausmeister einiges an Material bevorratete. Großen Wert legte Herr Fuchstaler auf Diskretion.

Siegfried war nach dem Gespräch etwas leichter ums Herz. Es war doch ein Unterschied, ob er nur noch etwas mehr als die Hälfte bezahlen müsste.

Januar 1997

Herr Fuchstaler hatte Wort gehalten. Die Wohnung von Siegfried wurde hervorragend saniert. Fotos zum Beweis schickte er an Siegfried. Dazu die Auflistung der Materialen und der Arbeitsleistung. Die Kosten lagen mit 3.100 Mark nur knapp über der veranschlagten Summe.

Und wie von der Hausverwaltung in Aussicht gestellt, bekam Siegfried auch einen neuen Mieter. Die Wohnung wurde zum 1. Februar von Ayhan Gölözüg bezogen. Die Miete war aber niedriger als bei seiner Vormieterin. Was

Siegfried dann doch noch sauer aufstieß, war die Nebenkostenabrechnung. Er musste für die anfallenden Nebenkosten für den Zeitraum, in dem kein Mieter in seiner Wohnung war, selbst aufkommen; dafür wurden monatlich 231 Mark gefordert. Fast 1.000 Mark. Siegfried musste auch in diesen sauren Apfel beißen. Aber wenigstens hatte er jetzt wieder einen Mieter.

Das Leben von Siegfried beruhigte sich wieder. Aber dieser Zustand war nicht von Dauer. Siegfried ahnte nicht, was ihm mit seiner steuersparenden Immobilie noch bevorstand.

Kapitel 11

21. Juni 2016

Die 35-Jährige Sabrina Gärtler schlenderte an diesem sonnigen Morgen mit ihrem Hund Emily durch ein Waldstück am Bärensee. Sie warf ein Stück Gartenschlauch immer wieder in verschiedene Richtungen. Sabrina warf nie Stöckchen. Der Grund war einleuchtend. Es sterben immer wieder Hunde, die beim Spiel mit dem Stock sich selbst aufspießen. Sie rennen dem Stock nach, können den Stock nicht kontrollieren oder bleiben irgendwo hängen und rammen sich den Stock in die Lunge. Der Schlauch war biegsam, der Hund konnte nach Herzenslust stolpern und hängen bleiben. Den Tipp hatte sie aus einer Fernsehsendung von Martin Rütter, dem Hundeflüsterer.

Die Hündin wurde nie müde, das Gummi immer wieder vor die Füße von Sabrina zu legen, nachdem sie ihre Beute gefasst hatte. Und Sabrina freute sich ebenso unermüdlich über ihren Grimsch, der schwanzwedelnd und erwartungsvoll auf die nächste Runde wartete. Sie kam auf den Begriff *Grimsch*, weil sie es irgendwann müde war, den anderen Hundebesitzern zu erklären, dass ihre Emily kein Rassehund war und antwortete nun immer, wenn sie gefragt wurde mit ‚Reinrassiger Grimsch'. Die Gesichter der anderen Hundefreunde, die mit der Rasse so gar nichts anfangen konnten, waren göttlich. Sie fragten nach, da sie noch nie davon gehört hatten. Und gerne klärte Sabrina die Leute auf. Ein Grimsch war ein griechischer Mischling. Sabrina hatte Emily über eine Internetseite für Tierheimhunde in Griechenland entdeckt und sich sofort in den braunen Welpen mit dem weißen Fellkranz um die Schnauze verliebt und ließ nach Deutschland einfliegen. Und nun, zwei Jahre später, liebte sie ihren Hund immer noch abgöttisch.

Weiter ging das Spiel der beiden: Der Schlauch flog durch den Wald, Emily brachte ihn zurück. Beim nächsten Wurf flog das Gummistück besonders weit zwischen die Bäume, Emily sauste hinterher. Sabrina schlenderte den schmalen Weg weiter, aber nach ein paar Sekunden dachte sie sich, dass Emily nun doch schon wieder bei Fuß sein sollte. Aber keine Spur von der Hündin.

„Emily?", rief sie in den Wald. Emily erschien nicht.

„Emily? Emily!", wurde Sabrina deutlicher. Kein Hund in Sicht.

„Emily, schau, dass du herkommst!" Ein ungutes Gefühl machte sich in Sabrina breit. Normal kam die Kleine sofort angetrabt, wenn sie gerufen wurde. Sie ging in die Richtung zurück, in die sie ungefähr das Schlauchstück geworfen hatte. Dort hinter den Bäumen glaubte Sabrina eine Bewegung zu sehen und lief geduckt zu der Stelle. Sie schreckte zurück, als sie einen fürchterlichen Gestank wahrnahm. Sie musste sofort würgen und rief bestimmt und laut, aber mit zitternder Stimme ihren Hund zu sich, der nun auch tatsächlich zwischen den Bäumen zum Vorschein kam. Aber Emily wollte wieder zurück zu diesem Ort, von dem der verlockende Gestank ausging. Emily gehorchte jedoch ihrem Frauchen und ließ sich anstandslos an die Leine nehmen. Sabrina ging, flach durch den Mund atmend, gebückt durch die tiefhängenden Äste. Emily zog wie verrückt an der Leine. Sabrina wollte wissen, welches Tier dort sein armes Leben verloren hatte. Doch tote Tiere trugen in der Regel keine Cargohosen. Als Sabrina den blutverkrusteten Kopf der Leiche sah, um den fette Fliegen aufstoben, sprang sie einen Meter zurück und musste sich direkt auf den Waldboden übergeben. Eine Sekunde lang musste sie sehen, als die fetten Fliegen hochstoben, dass das Gesicht sich bewegte. Natürlich bewegte sich das Gesicht nicht; es waren die Maden, die sich an dem Leichnam gütlich taten. Dann keilte sie sich, ohne zu spüren, dass die Äste ihre Haut an Armen und Gesicht aufrissen, zurück zum Weg und rannte, Emily an der Leine nachziehend, den Kiesweg zurück zum Parkplatz am Bärensee, schloss ihren Kia auf, schubste Emily hinein und verbarrikadierte sich schwer atmend und schweißüberströmt in dem Auto. Strähnen ihres schwarzen Haares klebten an der Stirn.

Sie hatte gerade eine Leiche entdeckt, einen toten Menschen! Sie schlug die Hände vors Gesicht. Sabrina hatte fürchterliche Angst und zitterte unkontrolliert. Emily spürte, dass Frauchen von der Rolle war und leckte Trost spendend an ihrem Hals.

Nach ein paar Minuten zwang sie sich zum Handeln und rief die Notfallnummer der Polizei an.

Kapitel 12

21. Juni 2016

Das Smartphone von Vincent Zeller klingelte. Er blickte erst auf die Uhr: 11:15, dann auf das Display, es war ‚Auweh'. So nannte Vincent in seinen Kontakten die Nummer, die Arbeit verhieß. Er wischte über das Display und meldete sich: „Hauptkommissar Zeller?"

„Hallo, Herr Chefkommissar, ich bin es, Carlo. Du, wir haben einen Toten", kam Carlo Genocci, ein neuer Kommissarkollege, ohne Umschweife zum Wesentlichen. „Komm bitte zur Dienststelle, mit festem Schuhwerk. Es geht in den Wald."

„Okay, bin in fünf Minuten da", antwortete Vincent und beendete das kurze Gespräch. Er hatte diese Woche Bereitschaft. Als der Anruf kam, saß er in seinem Lieblingssessel aus Kunstleder und las einen Roman. Er zog seine Boots an, schnallte seine Waffe um, eine Walther, nahm sein Schlüsselbund vom Board und war Sekunden später in seinem schwarzen Audi. Nur wenige Minuten später kam er an der Dienststelle an.

Nachdem er den Wagen auf seinem Parkplatz abgestellt hatte, ging er flotten Schrittes zum Besprechungsraum der Dienststelle, in dem sich bereits einige Kollegen versammelt hatten.

Vincent war 49 Jahre alt, sportlich gebaut und mit 1,88 Metern eine imposante Erscheinung. Sein dunkelbraunes Haar war immer noch voll, nur von vereinzelten grauen Strähnen durchzogen. Vor allem die leicht grau melierten

Schläfen ließen die Frauen, wie einst bei Sean Connery, schmachten.

„Guten Morgen", begrüßte er die Runde. Der Gruß wurde erwidert, und ohne viel Geplänkel wurde die Sachlage erklärt.

Der Aktenführer, Jochen Breininger, nahm sein Clipboard und las vor: „Gegen 10:20 wurde ein Notruf von Frau Gärtler, Sabrina, 35, wohnhaft in der Frankenrieder Gasse 1, 87600 Kaufbeuren, getätigt. Frau Gärtler berichtete von einem leblosen Menschen in einem Waldstück südöstlich des Bärensees. Frau Gärtler hat nach eigener Aussage nichts angefasst, sie hat sich aber in die Nähe des Körpers erbrochen. Sie gab an, dass ihr Hund die Leiche gefunden hat. Es ist nicht von einer natürlichen Todesursache auszugehen. Frau Gärtler hat einen tiefen Schock und wird momentan ärztlich versorgt. Die Kollegen der Spurensicherung sind bereits auf dem Weg zum Fundort, zu dem wir uns bitte nun auch begeben wollen", beendete Jochen Breininger seinen Vortrag zum aktuellen Stand der Dinge.

Es herrschte Stille und die Mitglieder der Mordkommission sahen nun Vincent an. Als Chefermittler hatte er die Aufgabe, die Arbeit zu delegieren.

„Carlo und ich fahren jetzt zum Fundort", nickte Vincent in die Richtung seines neuen Kollegen. „Jochen, dich brauche ich auch. Ralf, du bleibst hier auf der Dienststelle und hältst dich bereit, wenn ich nähere Infos aus der Datenbank benötige. Und wenn wir wiederkommen, dann hoffe ich, dass Kaffee und Kuchen bereit stehen", blinzelte Vincent trotz dem Ernst der Lage in die Runde. Spürbar senkte sich die Anspannung im Raum.

Kurze Zeit später waren er, Jochen und Carlo auf dem Weg zum Bärensee. Diesmal ließ es sich nicht vermeiden, das Blaulicht einzusetzen. Ein Zivilauto mit Sonderrechten macht die Menschen neugieriger als ein normaler Polizeiwagen. Natürlich würde spekuliert werden.

„Kuchen?", fragte Carlo vom Beifahrersitz und schaute Vincent mit hochgezogenen Augenbrauen an.

„Ja, Kuchen! Meinst du vielleicht, ein Veganer isst nur Gras und Steine oder was?"

„Da sind aber Eier drin und Butter und so."

Auf dem Rücksitz grinste Jochen. Er kannte seinen Chef schon einige Jahre und freute sich schon auf die Konfrontationen zwischen Vince und dem ‚unwissenden Neuling'.

„Es gibt auch veganen Kuchen, Carlo."

„Der schmeckt dann nach Heu, nehme ich an."

„So ähnlich, ja. Frischer Löwenzahn gibt dem Kuchen die nötige Süße… Wir sind gleich da."

Carlo lächelte unsicher seinen Chef an, da er nicht einschätzen konnte, ob er verkohlt wurde. Der Miene von Vincent war zumindest nichts anzusehen.

An einem Feldweg stand mit Blaulicht ein Dienstwagen der Stadtpolizei. Ein Beamter stand daneben und achtete darauf, dass kein Unbefugter den Weg benutzte.

Das Team kam am Parkplatz der Segelschule an und stellte sich mit dem Audi neben einen BMW X6. Als die drei ausstiegen, sagte Jochen: „Das wär doch mal ein geiles Dienstauto" und deutete auf den riesigen SUV.

„Ich glaub, das können wir uns abschminken", meinte Carlo. Dann schritt das Team auf den Polizisten zu. Vincent zeigte ihm seinen Dienstausweis, der nickte und hob das Absperrband hoch.

Sie schritten den Weg entlang, bis sie an einer Weggabelung ankamen, an der ebenfalls ein Beamter stand. Wieder zeigte Vincent den Ausweis, erneut wurde das Absperrband gehoben. Nach einigen hundert Metern sah man bereits die weiteren Kollegen, die das Mordkommissariat bildeten. Männer in weißen Anzügen, einer davon mit einer komplexen Kamera. Hin und wieder blitzte es zwischen den Bäumen.

„Servus Vince", wurde er von einem Kollegen im weißen Spusi-Anzug begrüßt. „Kein schöner Anblick, liegt hier wohl schon ein paar Tage", spekulierte Reiner.

„Ja, man riecht's ganz deutlich", sagte Vincent und atmete durch den Mund. „ Erzähl, was hast du bisher zu berichten?"

„Männliche Leiche, etwa 45 bis 50 Jahre alt. Der Tod trat offensichtlich durch massive Gewalteinwirkung gegen den Kopf ein. Durch die hohen Temperaturen der letzten Tage und den Zustand des Toten ist der Todeszeitpunkt nur schwer einzugrenzen, dürfte aber etwa bei einer Woche liegen. Plus/minus zwei Tage."

„Gibt es Spuren oder andere Anhaltspunkte?", fragte Vincent.

„Komm rüber, ich zeig es dir."

Vincent bückte sich zwischen die tiefhängenden Äste und kam beim Tatort an. Der Kopf des Opfers war übel zugerichtet. Anscheinend wurde mit einem harten Gegenstand mehrere Male zugeschlagen. Der Kopf lag halb in einer Schachtel, die mit Styroporchips gefüllt war. Diese Chips hatten einen Großteil des Blutes aufgesogen. Tiere hatten sich auch bereits gütlich getan an dem Opfer, einige Bissstellen konnten festgestellt werden. Überall verteilt, mit laufenden Nummern, standen kleine schwarze Schilder, die je einen Anhaltspunkt oder eine Spur markierten.

Vincent hatte sich beim Anblick von Toten schon vor Jahren angewöhnt, diese Opfer sachlich anzusehen und nicht als Menschen, die sie mal gewesen waren. Es war ein Fall und diesen galt es aufzuklären. Er durfte sich nicht auf eine Gefühlsebene begeben, sonst könnte er niemals diesen Job als Chefermittler ausüben.

Vincent bedankte sich bei seinem Kollegen für die Auskunft und ließ die Spurensicherung in den weißen Anzügen ihre Arbeit machen.

„Ich kotz gleich", sagte Carlo mit käsigem Gesicht. „Wie das stinkt, das gibt's doch nicht."

„Doch Carlo, das gibt's. Durch den Mund atmen hilft. Und als Tipp, wenn du den Geruch nicht erträgst, nimm immer eine Dose Vaporup mit und schmier es dir unter die Nase."

„Danke, das sagst du mir jetzt", erwiderte Carlo und musste würgen.

Während Jochen schrieb, begann Vincent zu überlegen. „Brainstorming, Carlo, was haben wir bis jetzt?"

„Eine Leiche, die hier schon länger liegt. Einen Wald, einen Ort, an dem anscheinend nur selten jemand vorbeikommt. Einen Karton, gefüllt mit Styroporchips. Und was wir nicht haben, ist der Täter", zählte Carlo auf.

„Sehr gut, mein Freund. Und jetzt stellen wir uns die Fragen, warum die Leiche hier ist, warum dieser Karton hier steht. Wir wissen nicht, ob der Karton mit der Tat zusammenhängt, das gilt es zu untersuchen. Warum Styroporchips? Und was wissen wir auch nicht?"

„..."

„Logisch, wir wissen noch nicht, wer die Leiche ist", sagte Vincent und betonte den Fakt mit dem Zeigefinger in der Luft.

„Logisch", wiederholte Carlo und schaute belämmert, weil er nicht selbst darauf gekommen war. „Müssen wir noch länger hierbleiben?"

Jochen war damit beschäftigt, sowohl die Fakten aufzuschreiben, die von der Spusi kamen, als auch die Gedankengänge seiner beiden Kollegen.

Vincent überlegte , wieso der Tote ausgerechnet hier war. Dieser musste selbstständig hierher gegangen sein. Konnte er davon ausgehen, dass sich Täter und Opfer kannten? Hatten sie sich unterhalten und gerieten in Streit? Womit wurde der Tote erschlagen? Die Spurensicherung hatte bisher nichts von einem Fund einer Tatwaffe erwähnt. Hatte sie der Täter mitgenommen und irgendwo entsorgt? Es taten sich immer mehr Fragen auf, je länger er darüber nachdachte.

Vincent wurde in seinen Gedanken unterbrochen, als ihn zwei Männer mit einem Zinksarg fragten, ob sie denn durch dürften. Die Spurensicherung war offensichtlich abgeschlossen, die Leiche wurde für den Abtransport fertiggemacht. Vincent machte sich auf den Weg zurück und gab seinen Kollegen ein Zeichen des Aufbruchs.

Am Wagen angekommen, blickte Vincent über den Parkplatz des Segelclubs. Der X6 stand immer noch da. Der musste auch schon länger da stehen, fiel im auf. Vor allem die Windschutzscheibe hatte eine deutliche Staubschicht. Er nahm sein Smartphone aus der Hosentasche und rief Ralf Mendel in der KPS, der Kriminalpolizeistation, an.

„Ralf? Servus. Du, überprüf doch mal das Kennzeichen KF-RJ 666. Ja klar, ich warte", sprach Vincent ins Telefon. Nach einer knappen Minute kam die Antwort von seinem Kollegen.

„Ok, das Kennzeichen wurde für einen Jakob Muschke, geboren 14.01.1967 ausgestellt. Adresse lautet: Eberlestraße 46, hier in Kaufbeuren", las Ralf vor.

„Danke dir, wir kommen dann in ein paar Minuten wieder zur Dienststelle. Recherchiere doch mal, ob diese Person vermisst wird. Wenn nicht, dann suchst du, ob überhaupt jemand vermisst wird, auf den die Beschreibung zutrifft. Männlich, um die 50 Jahre, dunkelblond, blaue Augen, etwa 1,80 m groß. Du Ralf, hat's Kuchen?"

„Ne, wir sind noch nicht dazu gekommen, einen zu organisieren."

„Macht nix, wir fahren noch beim Bäcker vorbei und bringen einen mit." Vincent legte auf und rief bei der PI Kaufbeuren an. „Kriminalhauptkommissar Zeller, schicken Sie bitte einen Dienstwagen zum Parkplatz des Segelclubs Bärensee ... Richtig, es geht um den Toten. Ein Wagen muss bewacht werden, bis sich die Spusi darum kümmern kann ... Ok, danke. Bis dann."

Vincent steckte das Smartphone ein.

An seine beiden Kollegen gewandt sagte er: „Ich hab das Gefühl, dass wir einen Namen zu dem Toten haben."

Kurze Zeit später kam der Streifenwagen. Vincent wies die Beamten ein, bevor sich das Kripo-Trio auf den Weg zurück zur Dienststelle machte.

Vincent steuerte seinen Stammbäcker an, ging in das Geschäft und kam kurze Zeit später mit einer Kuchenschachtel bestückt wieder zum Dienst-Audi, machte die Hecktür auf und drückte Jochen die Box auf den Schoß, bevor die Fahrt zur Dienststelle fortgesetzt wurde.

Im Besprechungsraum stand der Kuchen nun in der Mitte des Tisches, ein paar Kaffeebecher standen dabei, Kuchenteller, zwei Kännchen mit Milch sowie Zucker. Die Sekretärin Annett Fichtel kam mit dem Kaffee zur Tür herein und schenkte jedem Anwesenden ein. „Das grüne Milchkännchen ist deins, Vince", sagte die hübsche, schlanke Blondine und verschwand schwungvoll wieder aus dem Raum. Das Klischée vom blonden Dummchen konnte Annett nicht bedienen. Sie war äußerst intelligent, ihre Erscheinung war offen und selbstbewusst, und hin und wieder gab sie wertvolle Gedanken zum Besten, die bei so manchem Fall in der Kripo hilfreich waren. Sie war in der Kommission hoch geschätzt.

„Warum bekommt der Herr Kriminalhauptkommissar ein Extrakännchen?", fragte Carlo.

„Weil der Kriminalhauptkommissar keine Kuhmilch trinkt?", fragte Vincent ironisch zurück.

„Was ist dann da drin? Gefärbtes Wasser?"

„Haferdrink", antwortete Jochen für Vincent.

„Haferdrink? Was zum Henker ist denn Haferdrink?"

„Das ist ein Getränk, das aus Hafer gemacht wird. Sehr lecker, probier mal", lockte Vincent.

Carlo schüttete sich ein paar Tropfen in seine Tasse und degustierte. Er hob überrascht die Augenbrauen und gab zu: „Sehr lecker", relativierte aber gleich, „aber ich brauch richtige Milch im Kaffee."

„Ja Carlo, du brauchst unbedingt Kuhmilch im Kaffee. Ganz wichtig. Vielleicht ein Stück Kuchen dazu? Aber obacht, der Rüblikuchen ist vegan." Vincent stutzte: „Oh, Mist, die haben Löwenzahn vergessen. Ich hoff, er schmeckt auch so", und tat ihm ein Stück auf den Teller.

Carlo sah sich den Kuchen an, als hätte Vincent ihm ein Kakerlakensorbet kredenzt. Skeptisch blickte er in die Runde, aber nachdem alle mit offensichtlichem Genuss ihr Stück verspeisten, stocherte er vorsichtig in seinem herum und probierte einen Minibissen. Zunächst mit offenem Mund, wie bei einer widerlichen Prüfung im Dschungelcamp, dann aber schneller kauend und nach ein paar Gabeln war sein Kuchen im Mund verschwunden. Er bat um ein zweites Stück, das ihm Vincent grinsend auf den Teller legte.

Vincent legte großen Wert auf solche Rituale wie die Zusammenkunft mit Kaffee und Kuchen. Es entspannte die Kollegen und förderte das Miteinander. Außerdem konnte jeder seine Theorien und Gedanken über den anliegenden Fall in den Raum werfen. Ganz wichtig war auch, dass, egal was ein Kollege von sich gab, sich nicht darüber lustig gemacht wurde. Ein Grundsatz beim Brainstorming.

„Was haben wir jetzt, Leute?", begann Vincent. „Jochen, du schreibst ans Flipboard." Er warf dem Aktenführer einen schwarzen Edding zu. „Ralf, hast du nachgesehen, ob Jakob Muschke vermisst wird?"

„Nein, nichts dergleichen. Offensichtlich wohnt er alleine, und da er selbstständig ist, vermisst ihn natürlich auch kein Arbeitgeber. Auch keine andere Person wird in unserem Einzugsgebiet gesucht. Muschke hat Eltern in Buchloe, aber die haben wir noch nicht kontaktiert. Wir wollten noch erste Ergebnisse von der Spurensicherung abwarten."

„Gut, warten wir vorerst ab. Ralf, du schaust in der Datenbank nach, ob wir Interessantes über Jakob Muschke bekommen! Mehr können wir momentan nicht machen. Ich würde sagen, wir machen jetzt eine Art Bereitschaftspause."

Die Zusammenkunft löste sich auf; an Frau Fichtel blieb die Arbeit hängen, die Reste des Kaffeekränzchens aufzuräumen. ‚Und wer die Arbeit hat, der darf sich auch den Rest des Kuchens nehmen', gab sie sich selbst die Anweisung und futterte mit Genuss das Gebäck auf.

Kapitel 13

Mai 1998

Der Himmel hing voller Geigen, als Siegfried seine Karin heiratete. Es war eine wunderbare Hochzeit. Ihr Anblick war atemberaubend, als sie im weißen Hochzeitskleid aus dem Mercedes-Oldtimer stieg und die Treppe hochschwebte, um Siegfried zu küssen. Ihre Augen strahlten, während seine immer wieder ihre Schönheit bewunderten. Beim Ja-Wort hatten beide Gänsehaut, und als auf einer großen Heimorgel der berühmte Hochzeitsmarsch gespielt wurde, hatten beide Tränen in den Augen.

Siegfried hatte, bevor er um ihre Hand anhielt, reinen Tisch gemacht, was seine Lebenssituation anging. Er schämte sich so fürchterlich, als er ihr von seiner Wohnung in Leipzig erzählte, dass er damals viel zu leichtsinnig und leichtgläubig war und sich blitzsauber über den Tisch ziehen ließ. Er könnte es ihr nicht verdenken, wenn sie ihre Koffer packte und ihn stehen ließe. Allein schon deshalb, weil er, seit die beiden ein Paar waren, nie auch nur ein Wort darüber verloren hatte. Aber er musste es ihr unbedingt sagen, er wollte keine Geheimnisse vor ihr haben. Karin hörte aufmerksam zu, bis Siegfried geendet hatte. Dann herrschte Schweigen, während sie ihrem Freund unentwegt ins Gesicht sah. Würde Karin aufstehen und packen? Würde sie Gegenstände nach ihm werfen? Ihm Vorwürfe machen, weil er ihr das alles vorenthalten hatte? Nach Sekunden, die für Siegfried wie Stunden vorkamen sagte Karin nur: „Aha."

Siegfried sah seine Freundin an wie ein geprügelter Hund, bevor sie fortfuhr: „Und wer ist dieses Arschloch, dass ich ihm den Kopf abreißen kann? Na, ganz tolle Freunde hattest du, da braucht man echt keine Feinde mehr", regte sie sich auf.

Erstaunt über die vulgäre Wortwahl Karins, schaute er sie mit hochgezogenen Brauen an. „Ich weiß nicht, wo er ist. Vor ein paar Jahren ist er einfach verschwunden", sagte Siegfried und richtete seinen Blick auf den Boden.

„Puh, das sind ja mal Neuigkeiten." Karin schwieg und dachte nach. Dabei kaute sie auf ihrer Unterlippe, was sie besonders süß und verletzlich aussehen ließ.

„Hilft ja alles nichts. Es ist wie es ist und da müssen wir jetzt gemeinsam durch", sagte Karin endlich.

Siegfried war so erleichtert, dass ihm die Tränen kamen und er sich schluchzend in die Arme seiner Freundin fallen ließ. Karin hielt ihn fest und ließ ihn weinen. Immer wieder flüsterte sie ihm zu: „Wir schaffen das."

In dieser Nacht liebten sie sich mit einer nie dagewesenen Intensität. Es kam beiden vor, als hätte ihre Liebe und ihr Vertrauen ineinander eine neue, höhere Dimension erreicht.

Danach lagen sie sich in den Armen und schliefen aneinander gekuschelt ein.

April 1999

Siegfried fischte ein dickes Kuvert aus dem Briefkasten. Es war aus Leipzig. Es handelte sich um den Bericht der Eigentümerversammlung. Noch nie war er zu diesen

Versammlungen gegangen. Er gab der Verwaltung stets die Vollmacht, ihn in seinem Namen zu vertreten. Er setzte sich auf den Küchenstuhl, riss das Kuvert auf und begann zu lesen. Es wurde, wie üblich, über Ausgaben und Rücklagen berichtet, welche Reparaturen anstanden, die die Gemeinschaft zu zahlen hätte und meist über die Rückstellungen beglichen wurden. Das funktionierte so weit ganz gut. Was jedoch Anlass zur Sorge gab, war, dass die Wohngegend immer mehr zu einem negativen Brennpunkt wurde. Bisher ließ Siegfried die jährlichen Berichte aus Leipzig an sich abperlen. Er war froh, einen Mieter zu haben und sein Geld zu bekommen. Doch dieses Jahr war das Protokoll äußerst besorgniserregend.

Nach der Wende genossen die ehemaligen DDR-Bürger ihre neu gewonnene Freiheit. Viele nutzten die Gelegenheit und siedelten in den goldenen Westen über. Die Arbeitslosigkeit war niedriger als im Osten und die Einkommen waren höher. Das wirkte sich gravierend auf den Wohnungsmarkt aus. Immer mehr Leerstände waren zu beklagen. Den Besitzern der Immobilien war es mittlerweile herzlich egal, wer in ihre Wohnungen einzog. So wurde auch in den Blöcken, in denen Siegfried sein Objekt hatte, gedankenlos vermietet. So kam es, dass in den Plattenbauten Libanesen neben Syrern, Afghanen neben Irakern, Christen neben Moslems wohnten. Dass das zu Konflikten führen würde, das war den Verwaltungen nicht in den Sinn gekommen, sie konnten aber auch nicht wirklich dagegen vorgehen. Die Vermieter machten Druck und wollten ihre Wohnungen bewohnt haben, mit wem auch immer. 30 % Leerstände hatte man schon zu beklagen, mit steigender Tendenz.

So bildeten sich Gruppen, die sich gegenseitig feindlich gesonnen waren. Dadurch, dass die Arbeitslosigkeit so hoch war und die Perspektiven für die Zukunft katastrophal, waren Misstrauen und Gewalt an der Tagesordnung.

Besonders die Jugendlichen, die nicht wussten, was sie den ganzen Tag machen sollten, bildeten Gangs. Es wurden Drogen konsumiert und verkauft. Auf dem Spielplatz ließ sich längst kein Kind mehr blicken. Der Sandkasten wurde lediglich nur noch dafür benutzt, um gebrauchte Spritzen darin zu verbuddeln. Die Verwaltung versuchte, gegen die Missstände vorzugehen und kündigte Mietverträge. Der Erfolg hielt sich in Grenzen. Die Mieter, die aus diesem Block gefeuert wurden, wurden zwei Blöcke weiter mit offenen Armen als neue Mieter empfangen. Die Verwaltung wurde bei der Polizei vorstellig, ob diese nicht regelmäßig Streifenfahrten um die Wohnblöcke machen könne. Es wurde eine Vereinbarung getroffen, wenigstens in der Nacht nach dem Rechten zu sehen. Die Lage beruhigte sich etwas, aber nicht von Dauer, da die Polizei nach kurzer Zeit mitteilen musste, dass wegen Personalmangel die nächtlichen Fahrten reduziert würden. Zwei Monate später wurde nur noch sporadisch Präsenz gezeigt. Die Probleme kamen zurück.

Der vorläufige negative Höhepunkt war, dass der Hausmeister, Herr Fuchstaler, mit dem Tod bedroht wurde, weil er sich erdreistete, sich zu echauffieren, weil wieder mal ein riesiges Graffiti an die Hauswand gesprüht wurde. Unter Zeugen wurde er mit den Worten bedroht: ‚Wenn du nicht deine blöde Fresse hältst, schießen wir dir deine Scheiß Kartoffel vom Hals'.

Daraufhin hatte Herr Fuchstaler seinen Job fristlos gekündigt und war innerhalb kürzester Zeit mit seiner Frau fortgezogen. Nicht zu früh, wie man schließlich feststellen musste, denn nur ein paar Tage später wurden mehrere Molotowcocktails in seine ehemalige Wohnung geworfen, die daraufhin komplett ausbrannte.

Es entstanden in diesem Jahr erhebliche Mehrkosten durch die vielen Sachbeschädigungen, die nicht mehr durch Rückstellungen beglichen werden konnten. Es wurde von jedem Mieter ein Betrag von 1.500 Mark eingefordert, um die Reparaturen zu begleichen.

Zwei Wochen, nachdem Siegfried die Überweisung getätigt hatte, wurde ihm mitgeteilt, dass sein Mieter, Herr Gölözüg Ayhan, den Mietvertrag fristgerecht kündigte.

Kapitel 14

21. Juni 2016

Vincent und Carlo machten sich mit dem Wagen auf den Weg zum Haus von Jakob Muschke. Es war das letzte in der kurzen Straße. Nachdem das Auto am Straßenrand abgestellt worden war, nahmen die beiden Kommissare das Haus in Augenschein, während sie sich an den Audi lehnten. Das Gebäude war großzügig gebaut. Mit Sicherheit 200 m² Wohnfläche, dahinter ein großer Garten.

Vincent pfiff durch die Zähne. „500.000 schätz ich mal. Kein schlechter Koffer, was Carlo?"

„Wieso jetzt Koffer?", fragte Carlo.

„Carlo, alter Italiener. Du musst noch ein bisschen dazulernen. Das da", Vincent zeigte auf das nahezu neue, zweigeschossige Haus, „ist ein Koffer. So kann man umgangssprachlich ein Haus nennen, das einen beeindruckt", wurde Carlo belehrt.

„Ah, verstehe. Ich find's trotzdem komisch, wenn man ein Haus mit einem Koffer vergleicht", meinte Carlo. „Sollen wir klingeln?"

Vincent hob die Finger und schnippte. „Dass ich nicht auf die Idee gekommen bin."

„Verarschst du mich?", fragte Carlo. „Wir Italiener sind ein stolzes Volk und können nur schwer mit Verarschung umgehen", empörte sich der jüngere Kommissar.

„Ein bisserl was geht immer. 30 Jahre in Deutschland, 3 Monate im Allgäu, aber lebenslang stolzer Italiener. Respekt." Vincent blinzelte Carlo versöhnlich zu, der aber seinen Vorgesetzten skeptisch aus den Augenwinkeln beobachtete.

Die Türglocke gab eine mächtig hallende Melodie von sich. Doch nichts rührte sich im Inneren. Noch einmal drückte Carlo auf die Glocke.

„Big Ben", sagte Vincent.

„Wer?"

„Der Klingelton", nickte er zur Haustüre. „Der Glockenschlag von Big Ben."

„Ach so. Das weiß ich doch, Vince."

„Ich schätze, da würde auch keiner aufmachen, wenn wir mit der Musikkapelle den Defiliermarsch spielen lassen würden", stellte Vincent einen seltsamen Vergleich her.

„Da würde ich auch nicht aufmachen", gab Carlo zu bedenken.

„Grüß Gott."

Die beiden Kommissare drehten gleichzeitig den Kopf in die Richtung, aus der der Gruß gekommen war.

„Grüß Gott", erwiderte Vincent. „Sind sie der Nachbar von Herrn Muschke?"

„Wer will des wissen?", fragte der ältere Herr, dem man seine Allgäuer Herkunft nicht absprechen konnte. Der Mann hatte einen grauen Filzhut auf dem grauen Haupt, den normalerweise Landwirte bei ihrer Arbeit trugen. Das zerfurchte Gesicht durchzogen von kleinen roten Äderchen, offensichtlich kein Kostverächter. Ein kariertes Hemd wölbte sich über seinen offensichtlichen Bierfriedhof. Abgerundet wurde sein Erscheinungsbild durch eine beigefarbene Cordhose sowie knallrote Hosenträger

„Hauptkommissar Zeller, mein Kollege Kommissar Genocci, Kripo Kaufbeuren", sagte Vincent und zeigte zum Beweis seinen Dienstausweis. Carlo tat es ihm gleich.

„Ja verreck, des is ma ja no nia passiert, dass i mit der Kripo red. Is der hi oder wos?" Der Eingeborene zeigte auf das Haus von Muschke.

Carlo starrte den Allgäuer verständnislos an, Vincent versuchte, nicht zu grinsen.

„Herr ...", zögerte Vincent.

„Huber. Bartholomäus Huber", gab der Mann an.

„Logisch, Huber", rutschte es Vincent heraus. „Wie kommen Sie auf die Idee, dass Herr Muschke tot sein könnte?", gab sich Vincent skeptisch.

„Wieso sollt denn sonschd die Kripo do antanza? Des ded mi it wundra, wenn den oiner aufm Gwissen hätt. Des isch so a richtiger Saukerl. Griaßa ko der sowieso ita. Bleder Stoffl der."

Carlo war völlig überfordert mit dem Dialekt und überließ lieber komplett das Gespräch seinem Kollegen. Er würde später nachfragen, was der Urallgäuer gesagt hatte.

„Herr Huber, wir würden Ihnen gerne ein paar Fragen stellen. Ist das für Sie in Ordnung?"

„Freilich. Was i weiß, ko i saga."

„Gut. Wann haben Sie Herrn Muschke das letzte Mal gesehen?" Vincent klappte ein Notizbuch auf.

„Des war so vor ugfähr a Woch. Muaß grad a mol überlega. D' Frau hotn do o gsea. Hertha!", brüllte er plötzlich einen Namen. „D' Frau", erklärte Herr Huber das Logische den Kommissaren.

Eine kleine, gebückte Person kam über den Garten an den Zaun. Sie war sonnengegerbt und man sah ihr an, dass sie ihr Leben lang schwer gearbeitet hat. Ihr Gesicht durchzogen von vielen, tiefen Falten. Graues Haar lugte unter einem Kopftuch hervor. Eine blaue Kittelschürze, die zu groß für ihren schmalen Körper war, komplettierte das Bild.

„Was plärrsch denn so, Herrschaft", schimpfte die etwa 75-Jährige. „I bi doch it dosohrad."

Carlos stupste Vincent. „Ok, alles was recht ist, aber was bedeutet das letzte Wort?"

Vincent beugte sich zu seinem kleineren Kollegen runter und erklärte, „dosohrad sagt man, wenn man nicht mehr so gut hört." Carlo schüttelte den Kopf, ob dieses absurden Ausdrucks.

„Hertha, des isch die Kripo, dia suachad den Jakob", erklärte Herr Huber.

„Des Saumensch, des nia nix gewesena. Dem wird scho jemand den Grind verschlage hau", spekulierte Huber Hertha.

„Wir haben es bereits Ihrem Mann gesagt, Frau Huber, wir wissen nichts über den Verbleib von Herrn Muschke. Ihr Gatte hat uns gesagt, sSie könnten wissen, wann Sie Ihren Nachbarn zuletzt gesehen haben."

Familie Huber machte ein konzentriertes Gesicht und flüsterte miteinander, bevor die beiden wie bei einer Quizsendung zu einer Antwort kamen: „Des muaß letschte Wuch gwesa sei, am Dienschdag Vormittag ischer ausm Haus naus, griaßd natürlich ita, hockt in sein Riesenkarra nei und fährt davo, dass der Dreck bloß so gfloga isch. Den hods ganz schea pressiert."

Vincent schrieb die Infos auf. „Können Sie uns sonst noch etwas zu Herrn Muschke sagen? Hatte er öfter Besuch? Was wissen Sie über seinen Alltag etc. etc.?"

„Ja mei, dia meischd Zeit isch der alloi. Ab und zua heard er laute Musik und dann isch er mea fudd. Wenn er Bsuach kriagt, nachad sinds allad Weiberleid. Kerle hau i no gar nia gsea. Außer der Poschdbot halt. So oiner hot doch koine Freind."

„Die Damen, die ihn besuchen, die kennen Sie nicht?"

Herr Huber beugte sich verschwörerisch zu Vincent vor und sagte in vertraulichem Ton: „Wenn sie mi frogad, des sind Nutta, so wia dia azoga warad."

Vincent schrieb sich die Infos auf. „Und können Sie mir sagen, in welcher Häufigkeit Herr Muschke von den Damen Besuch bekam, die möglicherweise Prostituierte sind?"

„Alla Woch mol, oder alla 14 Täg. So ugfähr, ded is saga, oder Hertha?", vergewisserte sich der ehemalige Landwirt bei seiner Frau.

„Ja, des könnt sei. Der kommt a mol ganz diaf in'd Höll. Aber der Teifl wird den gar it wella", meinte die Landwirtsgattin.

„Sagen Sie, könnten Sie mir den Herrn Muschke einmal beschreiben? Größe, Haarfarbe, besondere Merkmale und so weiter?"

„Freila, der isch a bissla kloiner als Sie, aber bloß a paar Zenti. Die Hoor, so a dunkles blond, fascht scho braun, det i saga. Und was ganz arg auffällig isch bei deam, des sind dia dicka Augabraua und die Auga. Der luagat allad so hinterhältig. Des globsch, wenn di bei deam umdrehsch, dann hosch ruckzuck a Messer im Kreiz stecka."

„Das hilft uns jetzt doch ein Stück weiter. Ich danke Ihnen für Ihre Zeit und Ihre Mühen. Wir melden uns, wenn wir noch etwas wissen wollen", sagte Vincent, als er sein Büchlein zuklappte. „Wenn Ihnen noch etwas einfällt, hier ist meine Visitenkarte." Vincent reichte seine Karte über den Gartenzaun. „Einen schönen Tag noch."

„Pfiad eana", wurden die Polizisten verabschiedet. Das Ehepaar stand einträchtig nebeneinander und schaute den Kommissaren nach.

Im Auto fragte Carlo dann nach, was so in etwa der Wortlaut des Gespräches war. Er hatte nicht mal einen Bruchteil davon verstanden.

Vincent klärte seinen Partner auf: „Ich denke, der Tote im Wald ist unser Jakob Muschke. Die Nachbarn haben ihn so beschrieben, wie unsere Leiche aussieht. Also, soweit man das noch erkennen konnte. Dunkelblond, dicke Augenbrauen und wesentlich größer als du."

Nach ein bis zwei Denksekunden boxte Carlo Vincent auf den Oberarm.

„Und offensichtlich war unser Muschke ein nicht gern gesehener Zeitgenosse, außer bei Prostituierten. Die netten Nachbarn stellten ihn als Einzelgänger dar, der keinen großen Freundeskreis hat. Vor einer Woche haben sie ihn zuletzt gesehen. Spricht alles für unsere Leiche", fasste Vincent zusammen.

Der Hauptkommissar betätigte den Anlasser des Wagens. „Und jetzt noch beim Grauper Bäck vorbei, ich will eine Breze. Du auch?"

„Zu einer Breze sag ich nicht nein." Carlo lehnte sich zurück.

Vincent stellte den Dienstwagen vor der Bäckerei ab und betrat den Laden.

„Ja schau, der Herr Kommissar. Schon zum zweiten Mal heute. Viel Arbeit? Ist es wegen dem Toten am Bärensee?", fragte die Fachverkäuferin.

„Die Presse ist schneller, als die Polizei erlaubt", sagte Vincent, ging aber nicht großartig auf das Thema ein. „Ja, wir haben viel Arbeit, es gibt immer etwas aufzuklären. Und Sie kennen ja den Lieblingsspruch der Polizei", blinzelte Vincent verschwörerisch.

„Fahrzeugschein und Führerschein bitte, haben Sie etwas getrunken?", sagte die Bäckerin und lachte herzlich über ihren Witz, bei dem auch Vincent laut lachen musste.

„Nachdem das Gelächter abgeflaut war, sagte der Kommissar: „Nein, ‚kein Kommentar', ist der Zaubersatz, den ich meinte."

„Ach so. Sag ich nächstes Mal auch, wenn ich kontrolliert werde." Wieder Gelächter.

„Was darf es denn sein, Herr Kriminaler?", wurde das Thema auf den eigentlichen Grund ihrer Zusammenkunft gelenkt.

„Zwei Brezen sollen es sein, aber bitte jede Breze in eine separate Tüte."

Die Verkäuferin schaute ihr Gegenüber verdutzt an, tat aber wie geheißen, reichte die zwei Tüten über die Theke und nahm die 1,20 € entgegen. „Dann noch eine schöne Aufklärung", wünschte sie Vincent.

„Und Ihnen noch einen wunderbaren Tag", erwiderte er.

Vincent stieg ins Auto ein, warf Carlo eine der Tüten in den Schoß und packte seine Breze aus, in die er herzhaft hineinbiss.

Carlo begutachtete die Tüte, nahm die Breze heraus und schaute Vincent fragend an.

Dieser blickte mit Unschuldsmiene Carlo an und haute sich mit der Hand auf die Stirn: „Ach klar, ich Dummerle. Ich hab mir in der Bäckerei eine vegane Breze geben lassen. Deine ist normal."

„Achso, danke. Die Brezen sehen aber ziemlich gleich aus", meinte Carlo nach einem Sichtungsvergleich.

„Magst mal die vegane Breze probieren?", lockte Vincent.

„Och ne, muss nicht unbedingt. Ich bleib lieber bei meiner Normalen."

„Aber einmal kannst doch probieren." Vincent hielt ihm ein kleines Stück vor die Nase.

„Okay, ich probiere, aber dann lässt du mich mit diesem Veganquatsch in Ruhe." Carlo nahm das Stückchen in den Mund, kaute vorsichtig und bedächtig und bekundete sein Urteil, indem er meinte, „schmeckt gut, aber durchaus auch künstlich. Da merkt man, dass da irgendwelche Ersatzstoffe drin sind, für die Veganer. Ich bleib lieber bei meiner, da weiß man, was man hat."

„Ich hab schon lang keine normale Breze mehr gegessen, ich schmeck die Ersatzstoffe nicht mehr raus", gab Vincent die trockene Antwort, startete den Wagen und fuhr zur Dienststelle.

Kapitel 15

21. Juni 2016

Karin hatte ihren Tablet-PC auf dem Schoß und tippte sich durch die Webseite von all-in.de, dem Onlineangebot der Allgäuer Zeitung. Aus dem Kinderzimmer dudelte wie üblich Chartmusik. Siegfried saß mit seinem Laptop neben seiner Angetrauten auf dem Sofa des Wohnzimmers und schaute bei geocaching.com, welche Caches er, vorzugsweise mit der ganzen Familie, suchen könnte. Bei Schongau, etwa 20 km Luftlinie entfernt, gäbe es noch eine interessante Runde mit 15 Dosen. Er würde später den Vorschlag machen, dass alle drei gemeinsam am Wochenende die Runde mit dem Fahrrad machen könnten.

„Huch!", sagte Karin plötzlich und machte große Augen.

„Was, huch?", fragte Siegfried.

„Das glaubst du nicht. Die haben eine Leiche im Wald beim Bärensee gefunden", sagte Karin aufgeregt.

„Ach was? Haben sie den Täter denn gefangen?"

Karin blickte verwirrt von ihrem Tab auf. „Du, Bärchen, ich hab kein Wort davon gesagt, dass da jemand umgebracht wurde. Bloß, dass da ein Toter ist. Hast du schon was darüber gewusst?"

Siegfried wurde rot und drehte sich von Karin ab, um vorgeblich interessiert auf den Laptop zu schauen. Dabei überlegte er scharf, wie er diesen Fauxpas ausbügeln könnte. Schnell!

„Ich dachte, weil du so geklungen hast. Vielleicht war es ja nur ein Herzinfarkt von einem Walker", versuchte Siegfried zu beschönigen.

Karin schien beruhigt und reichte Siegfried das Tab.

„Stell dir mal vor, da liegt ein Toter, nicht mal drei km von uns weg und keiner merkt's", sagte Karin geschockt.

Siegfried las den kurzen Bericht und kaute dabei angespannt auf einem Fingernagel:

Kaufbeuren: *Am heutigen Vormittag wurde in einem Waldstück am Bärensee eine männliche Leiche gefunden. Eine 35-jährige Passantin machte den grausigen Fund, als sie mit ihrem Hund einen Spaziergang durch dieses Waldstück machte. Der Tote soll zwischen 45 und 50 Jahre alt sein. Die Polizei schließt die Möglichkeit nicht aus, dass es sich um ein Verbrechen handelt. Eine natürliche Todesursache scheint ausgeschlossen zu werden. Ob der Tote durch einen Unfall oder durch Gewaltanwendung verstorben ist, wird von der Gerichtsmedizin geklärt. Die Staatsanwaltschaft hat eine Obduktion angeordnet.*

Hinweise und Zeugenaussagen nimmt die Kripo Kaufbeuren entgegen.

Siegfried las den Bericht drei Mal durch und reichte Karin das Tab zurück. „Die wissen wohl nicht, wer der Tote ist?"

„Anscheinend nicht, sonst hätten die ja etwas in der Art geschrieben." Karin las ebenso nochmal den Bericht.

„Also in den Wald geh' ich nicht mehr, das ist ja gruslig. Ich hab keine Lust, da rumzuspazieren, und dann bläst mir so ein Arsch die Lichter aus. Und da hast du in der Nähe vor kurzem auch noch einen Cache gelegt, gell?"

„Ja, gleich beim Segelclub. Kann ich doch nicht wissen, dass da jemand abgemurkst wird." Siegfried sprach lauter als nötig.

Karin schaute Siegfried befremdet an und meinte: „Tolle Laune hast du heute. Kannst deine Traktoren in der Arbeit anblaffen, aber nicht mich!" Sie schnappte sich die Fernbedienung, stellte den Fernseher auf RTL ein, verschränkte ihre Arme vor den Brüsten und schmollte. Christian Häckel berichtete vom Wetter, danach liefen ihre Lieblingsserien. Kein Wort wurde in der kommenden Stunde gewechselt.

Siegfried widmete sich wieder seinem Laptop und rief geocaching.com erneut auf. Er suchte seinen eigenen Cache am Bärensee auf der Webseite, mit dem er Jakob in die Falle gelockt hatte, und las die bisherigen Einträge der Finder durch.

13.6.2016 Bikemarie --- gefunden

FTF

Juhu, mein allererster FTF. Ich freu mich. Mit meinem Motorrad zum Bärensee gefahren und gehofft, dass noch niemand vor mir hier gewesen ist. Ein jungfräuliches Logbuch begrüßte mich und ich konnte meinen ersten Erstfund feiern. Hihi. Erster Erstfund hört sich witzig an. So ein schöner See, danke fürs Zeigen des Sees und natürlich für den Cache. Liebe Grüße aus Mauerstetten.

13.06.2016 Albert zu Fuß --- gefunden

STF
Die Gegend ist durch meine vielen Spaziergänge bekannt. Schönes Erholungsgebiet. Leider war ich noch nie mit einem Boot auf dem See. Für den FTF hat es nicht gereicht. Am frühen Nachmittag hab ich auch nicht mehr wirklich daran geglaubt, der Erste zu werden. Gratulation an Marie. Diesmal warst du schneller. Nix ist scheißer als Zweiter, hat mal ein Fußballer gesagt. ;-)
Danke an den Owner fürs Dösle

Bereits 22 Geocacher waren bisher schon an seinem Cache. Keiner ahnte bis gestern, dass ganz in der Nähe Jakob mit eingeschlagenem Schädel lag und dieser Cache das Lockmittel war. Interessiert las Siegfried die letzten Einträge, die vom heutigen Tag waren.

21.06.2016 Sandokan --- gefunden

Heute den Bärensee angesteuert. Es war natürlich Zufall, dass ich hier vorbeigekommen bin, da wusste ich noch nicht, dass hier in der Gegend ein Mord geschehen ist. Zu diesem Cache konnte ich gelangen. Als ich weiter wollte, hat mich die Polizei davon abgehalten.
RIP dem Toten und mein Mitgefühl an die Angehörigen
Danke für den Cache

21.06.2016 --- Weißwurschd

Ich gebs zu, mich hat die Neugier hierher gelockt. Ich hab im Internet davon gelesen, dass hier jemand umgebracht worden sein

soll und schon war ich aufm Fahrrad. Mit kribbeliger Kopfhaut auf den Weg zum Cache gemacht und diesen auch schnell gefunden. In Sichtweite die Polente. Deshalb unauffällig verhalten und nach dem Fund von dannen gezogen.
TFTC an den Owner

Irgendetwas rührte der Bericht in der all-in.de und die letzten beiden Einträge seines Caches bei Siegfried an. Ihm wurde nun erst richtig bewusst, dass er einen Menschen getötet hatte. Die anfängliche Euphorie über den Tod von Jakob war nach und nach verflogen. Jetzt bekam er ein schlechtes Gewissen. Er war ein Mörder, auch wenn er immer noch der Meinung war, dass Jakob den Tod mehr als verdient hatte. Er hatte das Leben von Siegfried nahezu ruiniert, und wer weiß, wie viele Menschen er noch ins Unglück gestürzt hatte. Wahrscheinlich hatte Siegfried der Gesellschaft einen wahren Dienst erwiesen; wer weiß, wie viele Menschen er noch um ihre Existenz gebracht hätte, redete sich Siegfried Nägel kauend ein. Er schaffte es sogar, sich die Situation schön zu reden.

Siegfried begann nun erst zu denken. Seinen Plan, Jakob in den Wald zu locken und ihm seinen Schädel einzuschlagen, fand er immer noch genial. Nur stellte er sich jetzt einige Fragen. Wurde er von irgendjemandem beobachtet, als er diesen Karton in den Wald trug? Wenn ihn jemand dabei gesehen hat, stellte derjenige sicherlich die Frage, warum jemand mit einem Karton durch den Wald latscht, und da ja nun bekannt werden würde, dass so eine Schachtel neben der Leiche gefunden wurde, dann musste man ja nur zwei und zwei zusammenzählen. Würde der Beobachter

Siegfried beschreiben können? Wie sah es eigentlich mit Fingerabdrücken und DNA-Spuren aus? Siegfried war sich ziemlich sicher, dass er Abdrücke irgendwo hinterlassen hatte. Alle Dinge hatte er wieder aus dem Wald mitgenommen. Ausnahme war die Schachtel. In den letzten Tagen hatte es zweimal geregnet. Siegfried glaubte nicht, dass noch verwertbare Spuren übriggeblieben waren. Doch auch, wenn er sich sicher fühlte, hoffte er, dass er nichts übersehen hatte, was auf ihn hindeuten würde.

Siegfried sah zu seiner Frau, die vertieft in ihre Daily-Soap war und somit nichts von seiner Gefühlslage mitbekam, die ihn nun einholte. Er ermahnte sich, dass er mit seinen Aussagen vorsichtiger sein musste. Dass er sich fast verraten hatte, als Karin von dem Toten erzählte, war ihm Warnung genug. Das durfte ihm nicht mehr passieren.

Kapitel 16

21. Juni 2016

Nachdem die beiden Kommissare ihren Bericht an Ralf weitergegeben hatten, der ihn in Reinschrift in die Akten legte, beschloss Vincent, dass er jetzt nach Hause gehen sollte. Er wollte noch den längsten Tag des Jahres genießen. Das Wetter war einfach nur top. In seinem Heim angekommen, zog er seine Laufklamotten an, nahm das Smartphone und lief los.

Bald schon hatte er seinen Laufrhythmus gefunden. Geschmeidig und locker lief er vom Kaufbeurer Kaiserweiher in Richtung Fitnesswald. In dem Wald lief er die kürzere, flachere Runde über 2,3 km, bevor er zum Radweg hinabsauste. Dort konnte er seine Gedanken schweifen lassen und runterkommen, von der Arbeit. Bei der Kripo waren die Arbeitszeiten sowieso ein großes Problem. Man baute immer mehr Überstunden auf, ohne Aussicht, diese jemals abbauen zu können.

Die Beine von Vincent machten ein leises, trommelndes Geräusch. Mit seinem Wohlfühltempo von etwa sechs Minuten pro Kilometer, lief er in den Abend hinein. Je länger er lief, umso leichter fühlte er sich. Er spürte, wie der Stress des Tages von ihm abfiel, wie sein Kopf immer freier wurde. Und wenn sich diese Leichtigkeit einstellte, dann bekam der Kommissar oft neue Erkenntnisse für seine Fälle und völlig neue Sichtweisen, die ihm schon oft einen Erfolg bei der Überführung von Tätern beschert hatten.

Früher, als er mit dem Laufen angefangen hatte, war er der Meinung, dass, wer stehenbleibt, verliert. Er konnte es auf den Tod nicht ausstehen anzuhalten. Lief er in der Stadt und eine Ampel war rot, dann lief er an dieser vorbei und wieder zurück, um auf die Grünphase zu spekulieren. War die Ampel dennoch rot, lief er eben noch mal an der Ampel vorbei, bis sie letztlich doch grün wurde und er die Straße überqueren konnte. Mittlerweile lief Vincent nur noch, um sich fit zu halten, ohne große sportliche Ambitionen. Damals, als er noch richtig ehrgeizig war, musste es unbedingt ein Marathon sein und es musste auch die magische Zeit von 4 Stunden unterboten werden. Sein erster Marathon hätte demnach eine Enttäuschung sein müssen, weil er seine Zielzeit um gerade mal 55 Sekunden verfehlt hatte. Aber dieses Erlebnis, einen Marathon gelaufen zu sein, das machte ihn so dermaßen glücklich, dass erst gar keine Enttäuschung bei ihm aufgekommen war. Mit hochgereckten Armen und der einen oder anderen Träne im Auge lief er über die Ziellinie. Das Finisherfoto des Zieleinlaufes und die Medaille, die er liebevoll Beweiseisen nannte, hingen in seinem Haus an der Wohnzimmerwand. Sein Gral des ersten Marathons. Später stellte er noch seine abgenutzten Schuhe dazu.

Im Laufe der Jahre hatte er immer wieder an Marathonläufen teilgenommen und war so auf die beträchtliche Anzahl von 30 geschafften Marathons gekommen. Und jeder Lauf über die 42,195 km war ein tolles Erlebnis und jeder Zieleinlauf war anders. Manchmal hatte er das Gefühl, ewig weiterlaufen zu können, ein andermal musste er von Krämpfen geschüttelt 12 km leiden. Doch aufgeben, das kam für Vincent nie in Frage. Bei seinem bisher letzten Marathon hatte er seine Bestzeit von 3:29 Stunden erreicht, sein insgeheimes Lebensziel.

Heute war er weit weg von dem Fitnessstand von damals. Das störte ihn aber nicht wirklich. Er war einfach froh, laufen zu können an der frischen Luft und eins zu sein mit seinem Körper und Geist.

Nach 12 km kam er verschwitzt, aber nicht erledigt bei seinem Haus an, sperrte die Türe auf und ging, wie immer, zielstrebig in die moderne Küche auf den Wasserhahn zu. Einen halben Liter später stellte er das Glas auf die Marmorarbeitsplatte und steuerte die Dusche an. Seine Laufklamotten warf er zielgenau in den Wäschekorb. Vincent stellte die Wassertemperatur ein und genoss für einige Minuten das Prasseln auf seinen Körper.

Nach der Dusche wurde es Zeit fürs Abendessen. Normalerweise kochte er ganz gerne, aber um diese Uhrzeit, es war zwar noch hell, aber schon nach 21 Uhr, durfte es auch mal was Schnelles sein. Er stellte Nudelwasser hin und schnitt eine Art veganen Schinken in Würfel. Briet die Würfel in Olivenöl an und gab dann die inzwischen gekochten Nudeln dazu. Frischer Schnittlauch wurde grob geschnitten und untergehoben. Einfach, aber sehr lecker. Etwas Chiliöl träufelte er noch darüber, um seinem Gericht eine angenehme Schärfe zu geben.

Mit dem Teller in der Hand fläzte sich Vincent auf sein großes Rolf Benz Sofa, schaltete den überdimensionalen Fernseher mit fantastischem Soundsystem an und ließ sich berieseln. Runtergespült wurde sein Mahl mit einer Flasche Kellerbier. Er war nun äußerst zufrieden mit sich. Ihn störte es auch nicht, dass er keine Frau oder Freundin hatte. Ja, er war mal verheiratet gewesen. Aber ihn ereilte das Schicksal von vielen Polizeibeamten, egal, in welcher Position. Der Beziehungscrasher schlechthin war die Arbeit. Auch seine Ehe hatte die ewigen Überstunden nicht überstanden. Immer wieder kam es vor, dass er zusagte, dass er zu einer bestimmten Uhrzeit *ganz bestimmt* zu Hause wäre, seine Frau aber immer wieder enttäuschen musste. Irgendwo war immer ein Verbrechen, irgendwer musste immer befragt werden, irgendjemand musste immer verhaftet werden.

Nach seiner gescheiterten Ehe hatte er zwar noch feste Beziehungen, aber auch diese zerbrachen regelmäßig, weil er die Damen enttäuschen musste. Nach dem Ende seiner letzten Beziehung vor drei Jahren hatte er seinen Frieden mit sich gemacht und war seitdem glücklicher, als er es je in einer Zweisamkeit war. Er lebte gerne alleine, in seinem großen, ultramodernen Energiesparhaus. Regelmäßig kam eine Zugehfrau und machte Vincent den Haushalt. Das gönnte er sich und wollte diesen Luxus auch nicht mehr missen.

Nachdem das Fernsehprogramm nicht besser wurde, schaltete er den Trottelkübel aus, nahm sein E-Book und verschwand im Schlafzimmer. Er legte sich in sein Wasserbett und las noch ein Viertelstündchen in dem Roman, in dem es um eine Familiensaga von Jeffrey Deaver ging, bevor ihn die Müdigkeit überwältigte und Vincent in einen erholsamen Schlaf fiel.

Kapitel 17

Mai 1999

Ein Jahr war vergangen, seit sein Bewohner den Mietvertrag gekündigt hatte. Seit 1. September 1998 hieß das, dass Siegfried keine müde Mark Mieteinnahmen hatte. Immer wieder rief er bei der Verwaltung an, dass sie sich doch bitte bemühen wollten, dass er seine Wohnung wieder vermietet bekam. Aber mit seinem Anliegen war er nicht der Einzige. Die Situation in den Blöcken hatte sich nur kurzzeitig verbessert; die Probleme kamen mit Macht zurück, und stärker als zuvor.

Ganz offen wurden mittlerweile Drogen aller Kategorien konsumiert und verkauft. Anwohner wurden frech gefragt, ob sie etwas haben wollten; verneinten sie, bekamen sie dumme Sprüche an den Kopf geworfen oder Drohungen. In den Höfen zwischen den Blöcken wurde man bis spät in die Nacht mit Musik beschallt. Die nette Oma im dritten Stock hörte Rap, ob sie wollte oder nicht. Zur Musikkulisse gesellte sich noch ein permanenter Geräuschpegel, der aus Schreien und Gebrüll bestand. Die jungen Leute wollten imponieren und präsentierten sich drohend.

Die Klientel in den Blöcken war kulturell nun noch vielseitiger. Und mit der Vielseitigkeit wurden die Interessen der Menschen aus aller Herren Länder mit Druck durchgesetzt. Wer den größten Druck machte, hatte praktisch das Sagen.

Die Gangs, die sich gebildet hatten, prügelten sich in immer kürzeren Intervallen. Messer wurden als Argumentationshilfe verwendet, Pistolen wurden ebenfalls schon gesichtet. Es war nur noch eine Frage der Zeit, bis der erste Schuss über den Hof hallte. Das Blaulicht des Sanka und des Notarztes war ein gängiges Bild. Polizeibefragungen waren Tagesroutine. Doch selten konnte jemand fundierte Angaben zu den Straftaten machen. Und diejenigen, die etwas auszusagen hatten, machten das selten ein zweites Mal. Eine Decke aus Angst legte sich über die Wohnblöcke, und lieber schaute man weg, wenn etwas vorfiel, um nicht in etwas hineingezogen zu werden, das man in kürzester Zeit bereuen würde.

Anwohner, die hier schon Jahrzehnte gelebt hatten, versuchten, obwohl die Mieten hier am erschwinglichsten waren, aus diesem Viertel zu verschwinden. Man nahm gerne eine höhere Miete in einem anderen Stadtteil oder in einer völlig anderen Gegend in Kauf, Hauptsache, man hatte nicht mehr permanent das Gefühl, dass einem einer ans Leder wollte. Man wollte nicht mehr lauschen, ob Jugendliche vielleicht die Haustür aufbrachen, um die Habseligkeiten der meist älteren Hausbewohner zu rauben.

Da war es kein Wunder, dass in den Blöcken die Leerstandsquote auf 40 % gestiegen war. Die Jugendlichen und Gangs wussten das auch und brachen immer wieder die Türen von leerstehenden Wohnungen auf, um dort in aller Ruhe Party zu machen, sich zuzudröhnen und sich bis zur Besinnungslosigkeit zu betrinken. Wurde die Wohnung langweilig oder war sie zu vermüllt, wurde eben kurzerhand *umgezogen*. Die Kosten blieben beim Wohnungseigentümer hängen.

Die Verwaltung versuchte immer wieder, eine gewisse Ordnung in das Viertel zu bekommen, kämpfte aber gegen

Windmühlen. Alle Bemühungen, etwas Geld in die Hand zu nehmen, um etwas zu renovieren oder ansehnlicher zu machen, waren umsonst. Der Spielplatz wurde modernisiert. Es kamen sogar einige Kinder. Angenehmes Kindergeschrei lag in der Luft. Mütter, die sich unterhielten und währenddessen Wacht hielten über ihren Nachwuchs. Freundschaften wurden geschlossen unter den Eltern. Da war es egal, aus welchem Land die Mutter der kleinen Aybüke oder von Jamal war. Rezepte wurden ausgetauscht und viel gelacht.

Dies alles fand aber abrupt ein Ende, als ein 5-jähriges Mädchen beim Spielen im Sandkasten in eine gebrauchte Spritze fasste. Das Weinen des Kindes konkurrierte mit der Panik der Eltern. Der HIV-Test fiel aber zum Glück negativ aus.

Ab diesem Moment war kein Kind mehr auf dem Spielplatz zu sehen. Die Gangs eroberten sich ihr Terrain zurück. Das übliche Geschrei und die Musik aus den Ghetto-Blastern waren wieder die einzigen Geräusche zwischen den Blöcken.

All das war selbstredend nicht förderlich, damit Siegfried einen neuen Mieter bekam. Zu dem persönlichen Drama, dass er keine Mieteinnahmen mehr hatte, gesellte sich noch ein weiterer Kostenfaktor hinzu. Er musste die Nebenkosten von etwas mehr als 300 Mark monatlich stemmen.

Das zehrte gewaltig an Siegfrieds Finanzsituation. Zu seinem Glück, wenn man denn von Glück reden wollte, war die Wohnung nach dem Auszug seines letzten Bewohners in einem ordentlichen Zustand. So musste Siegfried lediglich für ein bisschen frische Farbe an den Wänden sorgen. Die Arbeiten hatte ein Malerbetrieb für ihn übernommen. Die

500 Mark waren gut investiert. Aber das Problem war eben, dass kein Mieter aufzutreiben war.

Mit dem jährlichen Protokoll der Eigentümerversammlung bekam Siegfried auch die Nebenkostenabrechnung zugestellt. Als Siegfried die Abrechnung sah, schossen ihm vor Verzweiflung Tränen in die Augen.

Siegfried begann zu rechnen. Da wären die Nebenkosten über 3.600 Mark und jeden Monat ohne Mieter kamen 300 Mark dazu. Er hatte die Darlehensbelastung über 9.000 Mark im Jahr. Der Verbraucherkredit, den er damals aufnehmen musste, um seine Wohnung zu renovieren, drückte auch noch auf seine Schultern. Dem stand eine Steuerersparnis von 200 Mark im Monat gegenüber. Wenn es nicht so tragisch gewesen wäre, hätte er fast darüber lachen können. Aber das Lachen war ihm längst vergangen. Bisher war sein Konto immerhin ausgeglichen, aber mit dieser Abrechnung rutschte er mit seinem Dispo erheblich ins Minus. Er hatte das Gefühl, dass er vor eine Wand gelaufen wäre. Diese Mauer schien ihm unendlich hoch, ohne Aussicht, diese zu überwinden. Wie weit sollte er Karin in seine Lage involvieren? Er hielt sich ziemlich bedeckt mit den Informationen über seine Situation. Er wollte ihr einfach nicht sagen, dass es düster um ihn aussah. Er wollte sie aber auch nicht anlügen und im Unklaren lassen. Auch wenn die beiden damals sehr offen darüber gesprochen hatten, er schämte sich dennoch über seine Dämlichkeit. Er war hin und hergerissen, was er tun sollte, aber irgendwann siegte seine Vernunft. Sie spürte ja eh, dass etwas mit ihm im Argen war.

Den ganzen Abend wollte er sich Mut machen, um Karin sein Dilemma zu erzählen. Immer wieder nahm er sich vor, dass er in 15 Minuten mit der Sprache rausrückte. Was im

Fernseher lief, nahm er nicht wahr. Waren die 15 Minuten vorbei, gab er sich ein neues Limit. So verging der Abend. Doch irgendwann ließ er raus, was ihm auf der Seele lag.

„Du Karin, ich muss mit dir reden", begann Siegfried.

Karin sah ihn an, deutete seinen Gesichtsausdruck und machte den Fernseher aus. „Ich lausche andächtig, Bärchen." Sie nahm seine Hände. Und allein durch diese Geste kamen ihm die Tränen.

„Ich bin so ein blöder Arsch, Karin. Ich bin so blöd", schluchzte er.

„Nachdem du mich in diesem Leben nicht betrügen würdest", versuchte seine Frau einen Scherz, „muss es wohl um deine Traumimmobilie gehen", traf Karin direkt ins Schwarze. „Erzähl, wie schlimm steht es denn diesmal?"

„Sehr schlimm", gab Siegfried zu. „Ich hab seit einer ganzen Weile keinen Mieter mehr und muss auch noch die Nebenkosten tragen. Ich weiß nicht, wie ich das alles meistern soll; mir wächst der ganze Scheiß so dermaßen über den Kopf, dass ich nicht mehr weiß, wo hinten und vorne ist. Und die beschissene Gegend wird immer noch asozialer. Ich kann nicht mehr, ich hab da keine Kraft mehr dafür und auch kein Geld mehr. Ich bin praktisch pleite." Schluchzend sprudelte sein ganzes Herzeleid aus ihm heraus.

Karin nahm ihren Mann in die Arme und streichelte ihm tröstend immer wieder über den Kopf. Sie trocknete mit dem Daumen seine Tränen, aber immer neue kamen dazu. Ein nicht versiegender Fluss seiner Traurigkeit. Sie ließ ihn weinen, reichte Siegfried ein Taschentuch und war einfach nur für ihn da, während sie überlegte.

Irgendwann, beide wussten nicht, wie lange sie sich in den Armen lagen, begann Karin: „Das ist schon länger so, dass du keine Miete mehr bekommst, gell? Ich bin nicht doof, ich hab dir das jeden Tag noch mehr angesehen, dass dir etwas unter den Nägeln brennt."

„Ich könnte es dir nicht verdenken, wenn du deine Sachen packst und von mir abhaust. Was willst du denn von so einem Versager wie mir. Du hast was Besseres verdient, du bist so lieb, und dann bist du mit so einem Wrack verheiratet", weinte Siegfried in die jackenbedeckte Schulter seiner Frau.

„Sag Bescheid, wenn du mit deinem Selbstmitleid fertig bist, Bärchen. Ich hab meinen Traummann gefunden und ihn geheiratet, und das bist du. Geht das in dein strapaziertes Köpfchen rein?"

Siegfried sah Karin mit geröteten, aber verliebten Augen an und sagte leise: „Ich liebe dich, was würde ich bloß ohne dich machen", bevor er wieder schluchzend die Schulter seines Schatzes suchte.

„Hilft jetzt nichts, wenn wir hier das Sofa durchtränken. Wir müssen Lösungen finden, weißt du?"

„Ja, aber *wie* denn?!"

„Wir müssen sehen, dass wir das gebacken bekommen. Wir brauchen mehr Geld? Dann schauen wir, wie wir zu Geld kommen. Wir suchen uns einen kleinen Nebenjob, vielleicht durch Heimarbeit, das könnten wir dann zu Hause machen, wir bekommen etwas Geld und sind trotzdem in der Zeit zusammen. Und dann müssen wir schauen, dass wir endlich deine Bruchbude an den Mann bekommen. Lieber ein Ende mit Schrecken als ein Schrecken ohne Ende. Ich glaub daran, dass wir das schaffen."

Das Schluchzen von Siegfried wurde leiser, bis es ganz aufhörte und er eine Spur Hoffnung schöpfte. Ein kleines, blaues Fleckchen sah er am tiefgrauen Himmel seines Schicksals.

„Bärchen, kann ich dir ein bisschen mit Geld helfen?"

„NEIN!", rief Siegfried. „Ich will auf keinen Fall, dass du in mein Problem hineingezogen wirst. Auf keinen Fall will ich Geld von dir", gab sich Siegfried resolut.

„Bärchen, ich steck schon mittendrin. Dein Problem ist unser Problem. Wir sind verheiratet, wir müssen da gemeinsam durch. Es ist mir egal, wenn dir das nicht passt. Ein bisschen was konnte ich ansparen, ich würde mir wünschen, dass du es annimmst. Bitte!"

Siegfried sah seinen Engel mit glänzenden Augen an und wieder kamen ihm die Tränen. Diesmal vor Rührung und Dankbarkeit.

„Okay, aber ich geb dir alles zurück, wenn ich kann. Das ist sicher."

„Ich werde dich daran erinnern. So, wie viel brauchst du, um aus dem Schlamassel rauszukommen?", klopfte sie Siegfried auf die Knie.

Nach einigem Rumdrucksen meinte Siegfried: „4.000 Mark müssten eine Weile reichen. Aber ich muss halt auch noch hoffen, dass ich einen Mieter bekomm, und das so schnell wie möglich."

„Karin pfiff durch die Zähne. „Wow, 4.000 Flocken. Aber klar, geb ich dir gerne", sagte Karin und küsste ihren verweinten Mann auf den Mund. Zunächst nur, um Trost zu spenden. Doch nach ein paar zarten Küssen wurden diese inniger und schließlich fordernder. Bald lagen sich die beiden in den Armen, legten sich auf das Sofa, um sich ungeduldig ihrer Kleidung zu entledigen. Ohne Vorspiel drang Siegfried in die erwartungsvolle Vagina von Karin ein. Und nur Sekunden später verlor sich das Paar in einem heftigen, gemeinsamen Orgasmus. Bei diesem Akt der grenzenlosen Liebe wurde Mirjam gezeugt.

Kapitel 18

22. Juni 2016

„Guten Morgen", dröhnte es durchs Kommissariat. Vincent betrat schwungvoll das Büro, warf sich auf seinen Stuhl und fragte erst mal, wo denn sein Kaffee sei.

Lediglich ein lahmes „Morgen" ließen seine Kollegen verlauten. Es war pure Absicht von Vincent, dass er seine gute Laune zur Schau trug, weil er wusste, dass seine Kollegen etwas muffelig in den Tag starteten.

„Kaffee kommt", rief Annett Fichtel und machte sich auf den Weg zur Kaffeemaschine.

„Vergiss nicht seine Grasmilch", rief ihr Carlo hinterher und grinste Vincent schief an.

„Mein Freund, diese *Grasmilch* nennt man Haferdrink. Wird aus Getreide mit dem Namen Hafer gewonnen, nicht aus Gänseblümchen, weißt du?" Das Grinsen war nun auf Vincents Seite.

Nachdem die Sekretärin das Büro mit Kaffee versorgt hatte, begann Vincent. „Nun Leute, was haben wir für Erkenntnisse der Nacht?" Der Hauptkommissar hob die Arme zum Zeichen, dass jemand aus der Runde beginnen möge. Dieser Aufforderung kam Jochen nach.

„Wir haben den Obduktionsbericht von unserem Toten im Wald." Jochen nahm eine Akte und wollte sie Vincent vorlegen. Dieser winkte aber mit den Händen ab. „Lies ruhig vor, wir lauschen dir andächtig."

Jochen fing an zu blättern: „Ok. Bericht der Gerichtsmedizin. Der Todeszeitpunkt konnte nur noch ungefähr eingegrenzt werden. Er müsste zwischen dem 11. und 13. Juni eingetreten sein. Das Opfer wies ein gebrochenes Handgelenk auf. Diese Verletzung wurde wahrscheinlich ante mortem zugefügt. Die Tat wurde mit einem stumpfen Gegenstand mit quadratischem Profil ausgeführt. Man geht davon aus, dass der Tote die Tatwaffe abzublocken versuchte und die Hand nahm, um sich zu schützen. Mehrere Schläge wurden gegen den Kopf des Opfers ausgeführt. Mit hoher Wahrscheinlichkeit war ein Schlag gegen die Schläfe letztlich tödlich. Im Gesicht des Toten konnten pyramidenförmige, kleine Hämatome festgestellt werden."

„Fleischklopfer", unterbrach ihn Vincent.

„Woher solltest du bitte einen Fleischklopfer kennen?", warf Carlo ein.

„Du wirst lachen, aber ich bin nicht als Veganer auf die Welt gekommen. Ich hab durchaus das eine oder andere Schnitzel verdrückt", retournierte Vincent. „Aber ich wollt' dich nicht unterbrechen, Jochen."

„Äh, ja. Der Arzt ging auch davon aus, dass ein massiver Fleischklopfer als Tatwerkzeug in Betracht gezogen werden muss. Entsprechende Metallpartikel konnten bei der Leiche sichergestellt werden. Ferner ist davon auszugehen, dass das Opfer vor Ort im Wald getötet wurde, es gibt keinerlei Anzeichen dafür, dass ein Mensch an die Stelle transportiert wurde. Es gibt auch keinerlei Kampfspuren, der Tote musste überrascht worden sein. Keine Hautpartikel oder Ähnliches wurde unter den Fingernägeln gefunden, die darauf hindeuten, dass sich das Opfer gewehrt hätte. Ich komme nun zu der Schachtel. Es handelt sich um einen gebräuchlichen Karton, auch die Styroporchips, die darin lagen, sind nichts Besonderes. Das Blut in der Box stimmt mit dem Blut des Toten überein, Rhesusfaktor 0 Negativ."

„Also alles nix, was uns einen Täter auf dem Präsentierteller bringt."

„Aber", Jochen nahm wie Schneider Böck den Zeigefinger nach oben, „es wurden Fingerabdrücke genommen und mit der Datenbank verglichen. Und siehe da, wir haben einen Namen zu dem Toten."

„Heureka!", gab Vincent zum Besten und warf die Arme in die Höhe.

„Der Name ist Jakob Muschke." Jochen legte ein Formblatt auf den Tisch, mit allen nötigen Daten zum Opfer.

Jochen sprach weiter: „Muschke lebte erst wieder seit zwei Jahren in Kaufbeuren. Davor wohnte er an verschiedenen Orten in Deutschland und sogar einige Jahre in Spanien. Anzunehmen, dass er aus der Schusslinie kommen wollte. Seine Fingerabdrücke sind deshalb in der Datenbank, weil er im Jahre 1997 in Mannheim wegen gewerbsmäßigen Betrugs und Handel mit Immobilien zu Wucherpreisen zu zwei Jahren Haft verurteilt wurde, die aber gegen eine Strafzahlung von 240.000 D-Mark zur Bewährung ausgesetzt wurden. Nach seiner Rückkehr ins Allgäu arbeitete er als selbstständiger Geschäftsmann im Im- und Export." Jochen beendete seinen Bericht.

„Danke dir. Ist also nicht gerade ein unbeschriebenes Blatt, unser Jakob Muschke. Da stellt sich nicht die Frage, *ob* er Feinde hatte, sondern *wie viele*", sagte ein nachdenklicher Vincent. „Wir prüfen, wer in naher Vergangenheit einen dicken Hals auf Muschke hatte. Es gilt, sein Geschäftsgebaren zu überprüfen, ob er wieder betrügerisch aufgetreten ist.

Jochen, Ralf, ihr dürft euch im Internet austoben und recherchiert alles, was es über Muschke zu berichten gibt. Carlo und ich fahren nach Buchloe zu den Eltern des Opfers und überbringen ihnen die traurige Nachricht."

Vincent klatschte in die Hände, trank seinen Kaffee aus und sprang von seinem Stuhl hoch. „Andiamo, wie der Italiener zu sagen pflegt. Nicht wahr, Carlo?"

Der Angesprochene schwieg und blickte grimmig.

„Wir fahren noch beim Bäck vorbei, ich hab außer einer Banane noch gar nichts gegessen und einen Mordskohldampf." Vincent rieb sich über den Bauch und steuerte die Bäckerei an. „Magst du reingehen? Hol doch schnell ein paar Brezen für uns." Vincent gab Carlo einen 5 Euro Schein, den Carlo nahm und in der Bäckerei verschwand.

Pallim Pallim, gab die Tür ein Geräusch von sich und Carlo dachte zwangsläufig, dass Dieter Hallervorden hier wohl eine Flasche Pommes bestellen würde. Die Verkäuferin kam aus einem hinteren Raum und grüßte.

„Ich hätt gerne vier Brezen, zwei vegane und zwei normale, bitteschön", verkündete Carlo seinen Wunsch.

Die freundliche Verkäuferin sah ihn etwas verwirrt an und klärte sein Gegenüber auf: „Wir haben *nur* vegane Brezen."

„Sind die normalen schon ausverkauft um die Zeit?" Carlo sah auf die Uhr.

„Nene, unsere Brezen sind *immer* vegan. Wir haben keine anderen."

Bei Carlo fiel der Groschen. „Die Brezen sind immer vegan, okay." Der Kommissar nickte und blickte durch die

Verkäuferin ins Leere und fühlte sich zurecht verkohlt. „Ich nehme dann bitte vier normale, vegane Brezen."

Die Dame packte die Bestellung in eine Tüte, legte sie routiniert auf die Theke. „2,40 € wären das dann bitte, wenn's sonst nix weiter sein darf."

Carlo zahlte das Gebäck und verließ den Laden.

Im Auto angekommen verzog Vincent keine Miene, als ihm Carlo die Tüte in die Hand drückte und ihn böse fixierte.

„Rache ist Blutwurst", sagte Carlo zischend.

„Hat dich jemand geärgert, oder was ist los?", gab sich Vincent völlig unschuldig, nahm eine Breze aus der Tüte und biss hungrig hinein. „Nimm dir, nimm dir", wedelte er mit der Tüte.

„Oh, danke Chef, lecker vegane Brezen, hmmm."

„Schmeckt heute nicht künstlich und nicht nach Ersatzstoffen?" Vincent musste einfach breit grinsen, weil er Carlo so auflaufen ließ, haute ihm dann aber auf die Schulter und meinte: „Nichts für ungut, mein Freund. Auf geht's nach Buchloe." Er sprach das Städtchen wie ein Amerikaner ‚Batschlow' aus. Minuten später war das Team, Brezen kauend, auf der B12 nach Norden unterwegs

Der Hauptkommissar stellte den Dienstwagen etwas entfernt vom Haus der Muschkes ab. Nachdem beide ausgestiegen waren, richteten sie ihre Garderobe. Bei so einem tragischen Anlass sollte man ein gewisses Augenmerk auf sein Aussehen haben, als Überbringer der schrecklichen Nachricht.

„Mein Job", sagte Vincent zu Carlo und konzentrierte sich bereits auf seine Aufgabe. Es war mitnichten das erste Mal, dass Vincent Angehörigen die Nachricht vom Tod des Sohnes, der Tochter oder der Eltern überbringen musste. In vielen Bereichen seines Jobs stellte sich Routine ein, aber daran konnte und wollte sich Vincent nicht gewöhnen. Jedes Schicksal war einzigartig. Und dementsprechend trat der Kommissar den Angehörigen gegenüber.

Das Haus der Familie Muschke war ein einfaches Einfamilienhaus, das am Stadtrand von Buchloe in einer schönen, ruhigen Gegend stand. Eine verkehrsberuhigte Zone zwang die Autofahrer zu langsamem Fahren. Die Nachbarhäuser hatten alle eine ähnliche Architektur. Circa in den 1960er Jahren gebaut, schätzte Vincent. Ein kleiner gepflegter Garten schmückte den Zugang zum Haus. Die Garage zur linken des Hauses war geschlossen und verriegelt. Wenn die Eheleute nicht zu Fuß unterwegs waren, dann würden sie zu Hause anzutreffen sein. Die Kommissare mussten sich bücken, um an die Klinke des niedrigen Zaunes zu gelangen und schritten den kurzen Weg zur Haustüre entlang.

„Dann wollen wir mal", sagte Vincent leise, klingelte und atmete tief durch.

Ein altes, kleines Männlein öffnete die Tür und sah die beiden Männer fragend an. Die grauen Haare hatte er mit Gel nach hinten gekämmt, was sein runzliges Gesicht betonte. Auf den ersten Blick erkannte Vincent, dass dieser Mann ein äußerst nettes Wesen hatte. Ein zufriedener Mann, aber von der Arbeit vieler Jahre gezeichnet, worauf seine gebückte Haltung schließen ließ.

„Ja, bitte?" Die Frage wurde skeptisch, aber freundlich gestellt.

„Herr Muschke?" Er klappte seinen Ausweis auf. „Vincent Zeller, Hauptkommissar Kripo Kaufbeuren – das ist mein Kollege, Oberkommissar Carlo Genocci."

Der Vorgestellte klappte ebenfalls seinen Ausweis auf, um ihn dem kleinen Mann zu zeigen. Sofort schrumpfte das Männlein noch weiter zusammen, als sich die Herren vorgestellt hatten.

„Ja, das bin ich. Ich lebe mit meiner Frau hier, was wollen Sie denn von mir?" Herr Muschke konnte das Zittern in seiner Stimme nicht verhindern.

„Dürften wir bitte hereinkommen, Herr Muschke?"

„Jaja, bitte, treten Sie doch ein. Wollen Sie etwas zu trinken haben?", fragte Herr Muschke, während die Beamten durch den Flur ins Wohnzimmer geführt wurden, wo ihnen ein Platz angeboten wurde.

„Nein danke, bitte nichts für uns", antwortete Carlo. „Ist Ihre Frau zu Hause? Dann würden wir Sie bitten, dass Sie sie herbeiholen."

„Jaja, die ist da, ich ruf sie mal eben. Setzen Sie sich, setzen Sie sich." Herr Muschke verließ den Raum schlurfend in seinen Pantoffeln und rief nach seiner Frau. Als diese vom oberen Geschoss herabkam, hörten die Beamten, wie Herr Muschke seiner Frau sagte, dass da Beamte von der Kripo waren. Sogar das erschrockene Luftschnappen wurde von den Kommissaren gehört. Frau Muschke hatte einen ähnlichen Körperbau wie ihr Mann. Klein, schmächtig, mit einer grauen kurzen Dauerwelle. Auch ihr sah man an, dass ihr Lebensmittelpunkt die Arbeit war. Eine sehnige, schwielige Hand wurde den Beamten entgegengestreckt. Sie stellte sich als Roswitha Muschke vor.

„Reinhold, gib doch den Herren etwas zu trinken, es ist doch so warm draußen."

„Nein danke, Frau Muschke, sehr lieb von Ihnen, aber wir möchten wirklich nichts", sagte Vincent. „Wollen wir uns bitte setzen?" Alle vier setzten sich in der Küche um den Tisch. „Um auf den Grund zu kommen, warum wir Sie leider stören müssen", begann er seine schwere Aufgabe und räusperte sich. Zwei Augenpaare sahen ihn an. Viele gespaltene Gefühle konnten darin gesehen werden, doch vor allem Angst. Beide hatten die Mundwinkel nach unten gezogen und die Hände ineinander verschränkt.

„Frau Muschke, Herr Muschke, ich muss Ihnen leider mitteilen, dass Ihr Sohn Jakob tot ist. Es tut mir sehr leid." Nun war es heraus und Vincent senkte seine Augen. Er wollte nicht sehen, wie die Erkenntnis über das Ehepaar kam wie ein Vorschlaghammer auf einen Amboss. Es herrschte Stille, nur ein Auto, das gähnend langsam am Haus vorbeifuhr, war zu hören und dann ein tiefer Atemzug von Frau Muschke, der sich in einen Schluchzer verwandelte. Vincent sah hoch. Herr Muschke starrte ihn mit leerem Blick an, seine Falten im Gesicht wurden noch tiefer. Der ganze Schmerz, der in dieser Nachricht lag, brannte sich in diesen Sekunden in sein Antlitz. Das Ehepaar hatte die Hände so fest ineinander gehakt, dass die Haut an den Fingerknöcheln weiß wurde und die Sehnen an den Unterarmen sich anspannten. Frau Muschke schluchzte leise vor sich hin und ließ ihre Tränen fließen, ohne Anstalten zu machen, sie abzuwischen.

„Wie?", fragte Herr Muschke nur.

„Er fiel einem Gewaltverbrechen zum Opfer, in einem Waldstück bei Kaufbeuren", begann Vincent zu erklären.

„Gewaltverbrechen?" Herr Muschke starrte Vincent an. „Sie meinen, er wurde umgebracht, mein Jakob? Aber wer macht denn sowas? Die können doch nicht meinen Buben umbringen. Das geht doch nicht." Dieser Schmerz in den Augen des kleinen Mannes war für die Kommissare kaum auszuhalten. „Wie hat man ihn denn umgebracht, meinen Sohn?" Für das Paar brach in diesen Minuten die Welt zusammen. Doch die Beamten mussten ihre Pflicht erfüllen.

„Er wurde mit einem stumpfen Gegenstand erschlagen. Wir gehen davon aus, dass Ihr Sohn nicht lange leiden musste."

Stille legte sich wieder über den Raum, in dem nur das leise Weinen der Ehefrau zu hören war.

„Herr Muschke, Frau Muschke, wir müssen Sie das jetzt leider fragen. Sie sind bestimmt auch daran interessiert, dass wir den Mörder Ihres Sohnes finden. Hatten Sie ein gutes Verhältnis zu Ihrem Sohn? Kam er oft zu Besuch? Hatte Jakob Feinde? Bekam er Drohungen von irgendjemandem? Erwähnte er jemals, dass ihm jemand nach dem Leben trachtet? Alles, was Ihnen einfällt, könnte dazu beitragen, dass wir den Täter finden und ihn seiner gerechten Strafe zuführen können."

Herr Muschke schaute auf die leere Tischplatte. „Der Jakob war ja lange weg. Ist immer irgendwo hingezogen. Kaum hat er sich in einer Stadt niedergelassen, ist er auch schon wieder weitergezogen. In den ganzen Jahren hatten wir so gut wie überhaupt keinen Kontakt zueinander. Wir haben ihn wohl nicht sonderlich interessiert, wir hatten das Gefühl, dass wir bloß die blöden Alten sind. Aber er hat immer an unsere Geburtstage gedacht, und auch an Weihnachten hat er sich immer gemeldet. Aber sonst haben wir oft Monate nicht gewusst, was er macht. Es hat uns ziemlich geschockt, dass er mal wegen Betrug fast in den Knast gegangen wäre. Warum es so weit gekommen ist, das wussten wir ja gar nicht. Wenn wir gefragt haben, was er denn jetzt beruflich so macht, dann kam nur die Antwort, dass er Geschäftsmann ist. Und mehr war aus ihm auch nicht herauszuholen. Erst bei der Gerichtsverhandlung wussten wir, dass seine G'schäftle nicht ganz sauber waren. Aber das ist ja jetzt auch schon lange her."

Herr Muschke stand auf und holte sich ein Glas Wasser aus dem Hahn, bevor er sich wieder setzte und einen Schluck trank. Seine Hände zitterten dabei leicht. Nach einer kurzen Pause erzählte er weiter.

„Und dann stand er vor ungefähr zwei Jahren bei uns am Haus und sagte, dass er jetzt wieder nach Kaufbeuren ziehen würde. Wir haben ihn bis dahin ein paar Jahre lang nicht mehr gesehen, und dann steht der Kerle da, als wär nie was gewesen und sagt, dass er wieder da ist. Natürlich haben wir uns darüber gefreut, und als er dann wirklich nach Kaufbeuren gezogen ist, da war er auch öfter zu Besuch. Ich würde sagen, dass sich unser Verhältnis in den letzten beiden Jahren erheblich gebessert hat."

Herr Muschke sah seine Frau an, die ihm zunickte, um zu bestätigen, was er sagte.

„Ja mei, hatte er Feinde? Das wissen wir nicht. Früher bestimmt, er hat ja etliche Leute um ihr Erspartes gebracht. Aber seit seiner Verurteilung damals hat er sich scheinbar auch gebessert. Ich hab nichts mehr gehört, dass er jemanden betrügen würde. Aber ich konnte in den Bub auch nicht reinschauen."

„Nein, das geht natürlich nicht", gab Vincent dem Mann recht. „Was wissen Sie von seinem Bekanntenkreis? Hatte er viele Freunde, lebte er in einer Beziehung?"

„Der Jakob ist so ein richtiger Einzelgänger. Ich habe wirklich überhaupt keine Ahnung, ob er Freunde hat. Wenn er da ist, dann redet er eigentlich nur über sich, was er so macht, aber nie über andere Leute. Ich kann mich jetzt auch nicht an seine letzte Beziehung erinnern, du Roswitha?"

Seine Frau schüttelte den Kopf. „Nein, ich weiß keinen Menschen, der Jakob nahegestanden wäre."

Der Hauptkommissar registrierte, dass Herr Muschke senior in der Gegenwart von seinem Sohn redete, als wäre er noch am Leben. Ein untrügliches Zeichen dafür, dass die Eltern noch nicht wahrhaben wollen, dass ihr Jakob tot ist.

„Wir wollen Sie jetzt auch nicht weiter quälen, das ist jetzt alles sehr schmerzhaft für Sie. Wenn Ihnen etwas einfällt, zögern Sie nicht, mich anzurufen. Ich bin für Sie da." Vincent nahm eine Visitenkarte und reichte sie Herrn Muschke. „Sie können mich auch auf dem Privathandy anrufen. Die Nummer steht auf der Rückseite."

Vincent drückte die Hand von Frau Muschke und stand auf. Carlo tat es ihm gleich. „Ich wünsche Ihnen ganz viel Kraft, dass Sie hoffentlich bald über den tragischen Verlust Ihres Sohnes hinwegkommen. Und glauben Sie mir, wir tun alles Menschenmögliche, um den Täter zu fassen, der Jakob das angetan hat."

„Danke, Herr Zeller, das weiß ich zu schätzen." Herr Muschke begleitete die Kommissare zur Haustüre, nachdem Sie sich von der Ehefrau verabschiedet hatten.

„Nochmal mein aufrichtiges Beileid, Herr Muschke."

Die Haustüre wurde geschlossen, Vincent und Carlo hinterließen eine gebrochene Familie.

Als sie wieder beim Audi angekommen waren, setzte sich Vincent hinters Steuer und starrte die Straße entlang. Schlug dann plötzlich auf das Lenkrad und sagte: „Scheiße, daran werde ich mich nie gewöhnen. Und dann auch noch, wenn man Eltern sagen muss, dass der Sohn tot ist; das schlägt mir auf den Magen."

Carlo legte eine Hand auf die Schulter von Vincent, schüttelte sie leicht und meinte: „Das hast du erstklassig gemacht. Du weißt, was du für Worte nehmen musst und ich wünschte mir, dass ich eines Tages so ein super Bulle werde, wie du es bist."

Vincent sah Carlo an, lächelte, und in diesem Moment bekamen die beiden Kommissare einen neuen, persönlichen Draht zueinander, der über das Dienstliche hinausging.

Kapitel 19

22. Juni 2016

Siegfried schlug in dem Wald immer und immer wieder auf den Kopf von Jakob ein. Und nach jedem Schlag sah das Gesicht seines Feindes etwas anders aus. Was sich aber nicht änderte, war dieses blöde Grinsen in diesem Gesicht. Jakob lachte, und er lachte nach jedem Schlag mit dem Fleischklopfer noch lauter in den Wald hinein, was wiederum die Wut von Siegfried immer mehr schürte und weshalb er umso heftiger in diese grinsende Visage schlug. Bei den ersten Schlägen änderte sich erstaunlicherweise überhaupt nichts, Siegfried wurde sogar verhöhnt von dem am Boden liegenden Feind.

„Du schlägst wie ein Mädchen, Sigi. Ich glaub, du *bist* ein Mädchen", gackerte Jakob.

Siegfried holte aus, schlug zu, schlug auf die dichten Augenbrauen, die Siegfried frappierend an einen Neandertaler erinnerten. Mehrere Male musste er auf diese Brauen eindreschen, bis Siegfried endlich die Befriedigung bekam, dass die Augenbrauen zu bluten anfingen. Doch Jakob lachte ihn aus.

„Ich prügle dir die Scheiße aus dem Leib, das versprech ich dir!" und schlug zu. „Und dein beschissenes Grinsen werde ich dir aus deiner Fresse schlagen, bis nichts mehr davon übrig ist!" Wieder ein Schlag, der sich feucht anhörte. „Von dir Drecksau soll nichts mehr übrigbleiben!" Ein Geräusch, das sich wie *Schmopf* anhörte. „Alle werden mir dankbar sein, dass ich dich erledigt habe!" Der Fleischklopfer sauste auf den Mund von Jakob. „Verrecke, Drecksau, verrecke!"

Jakob grinste Siegfried nun mit blutigen Zähnen an und lachte, während er spöttisch sagte: „Du Pussy, du winselnde Pussy, du kannst ja nicht mal das, hahaha." Jakob hatte tatsächlich Tränen in den zerschlagenen Augenhöhlen, aber nicht vor Schmerz, sondern vor Lachen.

Siegfried sah dieses blutige Grinsen und schlug nun immer wieder auf die Zähne ein. Die Zähne fielen einer nach dem andern aus dem Mund von Jakob. Zähne, die nicht herausfielen, spuckte Jakob aus, was ihn nur kurz vom Lachen abhielt, um dann lauter und schallender, aber immer undeutlicher zu lachen.

Siegfried sah rot, weil Jakob ihn verspottete und schlug schwer atmend überall hin, wo er auch nur eine heile Stelle vermutete. Das Jochbein war zertrümmert, die Augen nur noch blutige Löcher, die Zähne komplett ausgeschlagen. Mehrere Schläge auf den Kopf ließen Jakob noch viel deformierter aussehen. Das natürliche Oval der ursprünglichen Kopfform hatte sich in einen kantigen, blutigen Schädel verwandelt. Und Siegfried schlug weiter, auf die Ohren, auf das Schlüsselbein, auf den Ellenbogen, der zu Siegfrieds Befriedigung hörbar brach, und Jakob lachte weiter, verhöhnte ihn weiter. Interessanterweise verstand Siegfried, was sein Feind von sich gab, obwohl ihm doch eigentlich die Zähne fehlten für eine korrekte Artikulation. Der angeschwollene Rest des Gesichtes hätte ebenso eine deutliche Aussprache verhindern müssen, das war aber nicht der Fall.

„Du bist doch selber schuld, du Scheißer. Ich hab dich nie gezwungen, etwas zu unterschreiben. Haha. Du warst aber auch ein leichtes Opfer. So ein Waschlappen wie du, das ist doch ein Traum für jeden Geschäftsmann wie mich. Meinste, ich hab nicht gewusst, dass du dir da eine Schrottimmobilie anlachst? Es war mir sowas von scheißegal, echt. Genauso wie es mir scheißegal war, alle anderen über den Tisch zu ziehen. Willst du wissen, was ich damit verdient habe? Willst du das wirklich wissen? Weißt du, was? Ich sag es dir nicht. Das sind Zahlen, die kennst du überhaupt nicht in deinem Spatzenhirn. Und was ist mit dir? Du bist im Arsch, und was ist mit mir? Ich hab ein Schweinegeld verdient, haha. Und wenn du hier endlich fertig bist, dann fahr ich heim und zähl meine Kohle, du Schwachkopf. Dauert das eigentlich noch länger, was du hier so treibst? Haha. Ich hab noch Termine, um Leute wie dich um ihr Geld zu bringen. Also mach hin, hihi. Kasimir, was für ein beschissener Name. Hau zu, Dorfesel, hau zu."

Siegfried schlug weiter auf Jakob ein, der Schweiß strömte ihm am Körper herunter, der Schweiß rann ihm in die Augen und er sah nichts mehr. Seine Wut war nicht zu bändigen, dieser blutige Haufen sollte im Erdboden verschwinden, nahm sich Siegfried vor. So lange wollte er auf Jakob einprügeln, bis er eins wurde mit dem Waldboden.

Karin rief ihm von der Seite etwas zu, doch er verstand es nicht. Er kümmerte sich auch nicht darum, er war beschäftigt. Doch seine Frau rief immer wieder seinen Namen, und nun verstand er auch, was sie sagte.

„Siegfried, was ist los, was ist bloß los mit dir?", fragte sie immer wieder. Er spürte, wie sie ihn an der Schulter schüttelte, doch Siegfried schlug weiter, Jakob lachte lauthals.

„Siegfried, meine Güte, wach doch auf, Siegfried!"

Er schlug noch einmal zu, bevor Kräfte ihn zurückzerrten. Sein Blick wie durch eine billige Digitalkamera herauszoomend. Jakob, der immer kleiner und kleiner wurde, das Grinsen, das undeutlich wurde, und eine Karin, die an ihm riss, um ihn aufzuwecken.

„Was!", sagte Siegfried benommen.

„Sigi, was war denn los, was hast du denn für ein Zeug geträumt? Das hab ich bei dir ja noch nie erlebt, dass du so um dich schlägst. Sigi!"

Siegfried versuchte, sich zu orientieren und glotzte Karin an, die ihn mit schreckgeweiteten Augen ansah. Sein T-Shirt war von Schweiß durchtränkt, er fühlte sich überall richtig nass.

„Ich hab wohl ziemlichen Blödsinn geträumt", murmelte Siegfried, immer noch nicht klar denkend.

„Das kann man wohl so sagen", bestätigte Karin, die aus dem Bett sprang, um ihrem Mann ein Handtuch zu holen, damit er sich trocknen konnte.

Siegfried saß im Bett und dachte über den verblassenden Traum nach. Was er in dem Traum für eine unbändige Wut verspürt hatte, das toppte sogar das Gefühl, das er hatte, als er Jakob tatsächlich erschlug.

Karin kam mit dem Handtuch, einem frischen T-Shirt und frischer Bettwäsche, die sie über den Arm hängen hatte. Sie setzte sich zu Siegfried und reichte ihm das Handtuch.

„Muss ja echt ein übler Traum gewesen sein", sagte Karin besorgt.

„Ich hab geträumt, dass ich jemanden zusammengeschlagen habe, der mich blöd angeredet hat", erklärte Siegfried vage.

„Du schlägst jemanden zusammen? Ausgerechnet du, ja wahrscheinlich. Du kannst ja nicht mal einer Fliege was zuleide tun, und dann ist mein Mann im Traum ein Schläger." Karin knetete die unbedeutende Oberarmmuskulatur von Siegfried. „Da kann man schon mal Angst kriegen vor Rambo Distl", frotzelte sie, um ihrem Gatten zu helfen, den Traum zu verdrängen.

„Ja, gell. Da schlummert ein richtiger Mörder in mir", lächelte Siegfried Karin an, um eine Sekunde später zu realisieren, dass das, was er gerade von sich gegeben hatte, die Wahrheit war. Siegfried wurde blass und zog schnell sein verschwitztes T-Shirt aus, um das frische anzuziehen, damit seine Frau die Gesichtsentgleisung nicht bemerkte. Er ging auf die Toilette, um sich zu erleichtern und sah sein blasses Gesicht im Badspiegel an, bevor er zurück ins Schlafzimmer ging. Er sah zu, wie Karin das Bett neu bezog und fühlte sich zum Kotzen. Ihm wurde bewusst, dass er bis an sein Lebensende mit dieser Bürde leben musste, dass er Jakob getötet hatte. Es war falsch, auch wenn es sich richtig angefühlt hatte. Siegfried, der nette, zuvorkommende, sanfte, treue Ehemann war ein Mörder.

Nachdem Karin fertig war, das Bett frisch herzurichten, löschte sie das Licht und legte sich in die Arme von Siegfried. Sie streichelte sein spärliches Brusthaar und schlief schnell wieder ein. Siegfried hingegen fand in dieser Nacht keinen Schlaf mehr. Immer wieder kamen ihm Gedanken, ob er nicht etwas übersehen, ob er nicht in seinem Plan einen Fehler hatte.

Kapitel 20

Februar 2000

Glücklich nahm Siegfried seine soeben geborene Tochter auf den Arm. Er hatte solch eine Angst, dass er diesem kleinen, schreienden Bündel wehtun könnte, so filigran wirkte es auf ihn, so zerbrechlich. Nun wiegte er sie vorsichtig hin und her, und immer der Gedanke, dass er auch ja nichts kaputt machte. Er konnte es überhaupt nicht fassen, dass so ein kleiner Mensch, so herzzerreißend winzig, sein Mädchen war. Diese kleinen, rosa Fingerchen, die immer wieder zu einem Fäustchen geballt wurden, diese kleine Nase. Total verschrumpelt sah sie noch aus. Siegfried war total erschrocken darüber, aber die Hebamme hatte ihn beruhigt und ihm gesagt, dass das völlig normal wäre. Auch dass der Kopf so deformiert war, das würde sich schnell geben. Schließlich musste dieses Köpfchen aus der Mutti herauskommen. Es hatte so etwas Unwirkliches. Natürlich hatte Siegfried schon Babys auf dem Arm, aber es war etwas völlig anderes, wenn dieses Menschlein zu ihm gehörte. Er war ergriffen und hatte Tränen der Freude in den Augen. Die erschöpfte Mutter lag noch mit gespreizten Beinen auf dem Kreißsaalbett und lächelte trotz ihrer vergangenen Pein selig ihre Familie an.

Es war eine völlig normale Geburt, fast genau zum errechneten Termin, den die kleine Mirjam um gerade mal einen Tag verpasste. Siegfried legte sein Töchterchen in die Arme seiner Frau, die sie, obwohl gerade erst geboren, völlig routiniert nahm und an ihre Brust legte. Als hätte Karin das schon 100 Mal gemacht. Das musste wohl in den Genen liegen, dachte sich Siegfried.

Das Mädchen suchte mit offenem Mündchen nach der Nährquelle ihrer Mutter, die ihr bereitwillig die Brust gab. Sofort saugte das Baby und gab nach jedem Saugen ein zufriedenes, leises Geräusch von sich. Siegfried betrachtete dieses Schauspiel und bewunderte das Baby. Geboren am 19.02.2000 um 11:32 Uhr, 50 cm war sie groß, 2.940 Gramm schwer und der Kopf mit spärlichem, hellbraunem Haar bedeckt.

Nach ein paar Minuten des Stillens fielen dem Mädchen vor Erschöpfung die Augen zu. Ihr erster Tag auf diesem Planeten würde einer ihrer anstrengendsten des Lebens sein.

Siegfried küsste erst seine Tochter vorsichtig auf den Kopf, dann nahm er Karin in die Arme und sagte ihr, dass er der glücklichste Mensch auf dieser Welt wäre. Ein Spruch, den so ziemlich jeder frischgebackene Vater von sich gibt und bestimmt jeder neue Papa in diesem Moment auch so meinte. Karin gab ihm zu verstehen, dass auch sie nie glücklicher war als an diesem Tag.

Später rief er seine Eltern an, um ihnen die Ankunft ihres Enkels zu verkünden, die sich überschwänglich mitfreuten und versprachen, gleich am nächsten Tag ins Krankenhaus zu kommen, um den neuen Erdenbürger zu bestaunen. Auch Karins Eltern rief er an, die sich sofort auf den Weg machen wollten, aber Siegfried hielt seine Schwiegereltern davon ab, denn Karin fühlte sich viel zu ausgelaugt, um Besuch zu empfangen. Schweren Herzens akzeptierten die beiden den Wunsch, konnten aber den großen Augenblick am nächsten Tag kaum abwarten.

Vier Tage später war die glückliche Familie in ihrem Heim vereint. Mittlerweile traute sich Siegfried auch, seine Tochter anzufassen, ohne die Befürchtung, dass er sie verletzen könnte. Er ließ sich von Karin zeigen, wie man das Neugeborene badete, wie man sie wickelte, wie man sich die Kleine nach dem Stillen über die Schulter legte und darauf achtete, dass das Stofftuch zwischen Hemd und Kindesmund gelegt wird. Vorsichtig zwischen die Schulterblätter klopfen und auf das erlösende „Öck" warten, als Zeichen des Bäuerchens.

Die glücklichen Eltern strahlten um die Wette. Aus jeder Pore strahlte ihr Glück, auch wenn es jetzt hieß, dass der Schlaf in der Nacht stets unterbrochen wurde, durch lautes Brüllen des Babys. Und wie es sich für stolze Eltern gehört, wird der neue Erdenbürger in den Kinderwagen gelegt, um lange Spaziergänge durch die Stadt zu machen, auf dass alle Menschen dieser Welt sehen sollen, wie es um das junge Glück bestellt ist. Keine Gedanken wurden an irgendwelche Sorgen verschwendet, bis nach ein paar Tagen Post aus Leipzig eintraf.

Sehr geehrter Herr Distl

Uns ist es gelungen, ihre Wohnung zum 01.03.2000 neu zu vermieten.

Anbei finden Sie bitte eine Abschrift des Mietvertrages.

Bei der Durchsicht Ihrer Unterlagen ist uns aufgefallen, dass ihr Hausgeldkonto ein Defizit von 4228,53 Mark aufweist. Wir bitten Sie, den fälligen Betrag bis spätestens 31.03.2000 auf ihr Hausgeldkonto zu überweisen.

Alternativ können wir Ihnen anbieten, dass die Miete zur Deckung des Hausgeldkontos verwendet wird. Nach Begleichung des Wohngeldes wird anschließend, wie üblich, die Miete zur Deckung verwendet.
Sollten Sie die angebotene Alternative annehmen wollen, bitten wir um kurze Kontaktaufnahme.

Mit freundlichen Grüßen

Diana Möller
Bruner Immobilien- und Hausverwaltung
Fasanenweg 22
04211 Leipzig

Dieser Brief rief gemischte Gefühle bei Siegfried hervork. Einerseits natürlich gut, dass er nach so langer Zeit endlich wieder einen Mieter hatte. Andererseits hatte er es völlig verdrängt, dass er mit seinem Wohngeldkonto so dermaßen im Minus lag. Natürlich, die Nebenkosten blieben ja auch, wenn die Wohnung nicht vermietet war. Aber dass das gleich so viel ausmachte, das hatte Siegfried überhaupt nicht realisiert und wollte es auch nicht. So kam eben nun der Hammer mit den über 4.000 Mark, die er mal eben berappen sollte. *Womit denn, Karl Otto? Mit 'nem Stein, oh Henry?* Schweißperlen auf seiner Stirn waren wieder das Ergebnis dieses Briefes. Er konnte sich gerade so über Wasser halten, hatte es so einigermaßen im Griff, um mit seinem Geld nicht weiter in die Miesen zu rutschen, aber diese Rechnung, die war jetzt hart für ihn. Stutzig machte ihn auch der Mietvertrag. In dem stand neben den üblichen Zahlen, dass die Wohnung an 5 – 8 Personen vermietet wird. ‚8 Personen auf 90 m²?', dachte sich Siegfried. ‚Dafür ist die Wohnung doch gar nicht vorgesehen?!'

Am folgenden Tag rief er die Verwaltung in Leipzig an, um mit dieser Frau Möller über sein Hausgeldkonto zu reden. Schon beim Wählen der Nummer bekam er schwitzige Hände.

„Bruner Immobilien- und Hausverwaltung, Sie sprechen mit Diana Möller, was kann ich für Sie tun?", vernahm Siegfried eine Stimme, die diesen Satz bestimmt schon tausende Male von sich gegeben hatte.

„Distl hier, Grüß Gott, Frau Möller."

„Nö."

Siegfried war etwas konsterniert und fragte: „Wie nö?"

„Sie sagten, ich solle Gott grüßen, mach ich aber nicht." Gelächter.

„Ach so", war Siegfried erleichtert über diesen Spaß. „Nein nein, Sie sollen nicht Gott grüßen."

„Das weiß ich doch, wir haben mehrere Kunden aus Bayern, ich kenn diesen bayerischen Gruß seit Längerem. Aber ich finde es immer wieder lustig, ihre bayerischen Landsleute auflaufen zu lassen. Entschuldigung. Nun denn, was liegt an, Herr Distl?", kam Frau Möller auf das eigentliche Gespräch zurück.

„Sie haben mir einen Brief geschickt, dass Sie meine Wohnung vermieten konnten. Vielen Dank dafür."

„Ja, Herr Distl, das war nicht leicht. Wir sind hier mittlerweile froh über jeden Mietvertrag, den wir abschließen können. Aber in Ihrem Fall haben wir es hinbekommen." Siegfried hörte eindeutig Stolz aus der Stimme heraus.

„Frau Möller, etwas verstehe ich nicht so ganz. Die Wohnung wird an 5 – 8 Personen vermietet?"

„Ja, das stimmt allerdings. Wir haben es geschafft, dass wir in einigen Wohnungen, die schon länger leer standen, Leih- und Saisonarbeiter einquartieren konnten. Wie Sie sich denken können, wechseln dadurch die Bewohner immer wieder. Ist insofern kein Problem, da der eigentliche Mieter eine Firma ist, die die Arbeiter dort unterbringt. Das ist für alle ein Gewinn. Die Firma kann Leute anstellen, je nach Auftragslage, und Sie profitieren davon, dass Sie durch diese Art der Vermietung langfristig Miete bekommen. Funktioniert bisher ganz wunderbar", erklärte Frau Möller.

„Hm, ich nehme an, dass es sich dabei nicht unbedingt um deutsche Arbeiter handelt", gab sich Siegfried skeptisch.

„Nö." Stille.

„Wie, nö?

„Meist handelt es sich um Staatsangehörige aus Rumänien, Bulgarien und Polen. Die aber hervorragende, motivierte Arbeiter sind. Ich kann Sie beruhigen, es gab bisher bei all unseren verwalteten Wohnungen keinerlei Probleme."

„Naja, ich kann es mir wohl auch nicht aussuchen", lenkte Siegfried ein. „Frau Möller, es geht auch noch um mein Hausgeldkonto."

„Ja, das hab ich Ihnen zudem in dem Schreiben mitgeteilt, Sie sind erheblich in Verzug, Herr Distl."

„Ich habe Ihren Vorschlag gelesen und würde diesen gerne annehmen, dass durch die Mieteinnahmen das Konto ausgeglichen wird."

„Dann werde ich das so für Sie einrichten, Herr Distl. Und sobald der Kontostand egalisiert ist, bekommen Sie wieder die Miete. Hat sich an Ihren Bankdaten etwas geändert?"

„Nein, alles beim Alten."

„Schön, Herr Distl. Kann ich denn noch etwas für Sie tun?"

„Nein, Sie haben mir gut helfen können, vielen Dank."

„Dann wünsche ich Ihnen viel Glück bei Ihrer neuen Vermietung", verabschiedete sich Frau Möller. „Und grüßen Sie Gott."

Den vorletzten Satz dieser Dame realisierte er erst, als er bereits aufgelegt hatte. Sie wünschte ihm Glück bei der Vermietung? Wie auch immer. Siegfried war zunächst einmal froh, dass er nun wieder mit Mieteinnahmen rechnen konnte. Und das mit dem Mietmodell, das schien ja auch langfristig zu funktionieren. Siegfried war beruhigt und konnte sich nun voll auf seine junge Familie konzentrieren. Karin freute sich mit Siegfried, als sie erfuhr, dass die Wohnung in Leipzig wieder vermietet war. Wie und an wen vermietet wurde, darüber verlor er bei seiner Frau kein Wort.

Kapitel 21

23. Juni 2016

Vincent hatte sich zu Hause ein Müsli mit Früchten und diesem neuen veganen Quark, von dem er völlig begeistert war, zubereitet. Hafermilch hatte er darüber geschüttet und stand nun löffelnd am Küchenfenster und schaute nachdenklich hinaus. Es war kurz nach sieben Uhr morgens. Die Sonne schien. Es würde wieder ein schöner Sommertag werden. Wie er diese Jahreszeit liebte. Es wurde früh hell und es wurde spät dunkel. Die Wintermonate konnten seinetwegen ausfallen. Diese Nässe und diese ständige Dunkelheit deprimierten ihn. Aber bis dahin waren es noch ein paar Monate. Schließlich hatte der Sommer gerade erst begonnen, den aber Jakob Muschke nicht mehr erleben durfte.

Vincent aß sein Müsli fertig, trank den Kaffee aus, spülte die paar Dinge und machte sich für den Arbeitstag fertig.

Bei der Dienststelle angekommen, begrüßte er seine Kollegen nicht so euphorisch, wie man es eigentlich von ihm gewohnt war.

Gegen 8 Uhr war die Besprechung der gegründeten SoKo Bärensee. Kaffee und Kuchen standen bereit, Carlo drückte Vincent einen Kaffeebecher in die Hand, lächelte seinen Vorgesetzten an und sagte: „Einmal Kaffee mit Grasmilch und dreimal rechtsrum umgerührt. Hab mich übrigens für meinen Kaffee bei deiner Milch bedient, wenn das okay ist."

Vincent staunte nicht schlecht darüber, sah sein Gegenüber skeptisch an, ob er ihn zum Besten hielt, was scheinbar nicht der Fall war, und versicherte Carlo, dass er sich natürlich an seinem Pflanzendrink vergreifen könnte.

Annett verteilte den Kuchen an alle Anwesenden, die mit gutem Appetit zulangten.

„So, Leute, dann wollen wir uns mal auf den neuesten Stand bringen. Unser Protokollführer möge beginnen", zeigte er mit der offenen Hand auf Jochen.

Dieser räusperte sich, stand auf und begab sich ans Flipboard. „Die Gerichtsmedizin hat die Arbeit im Falle Jakob Muschke beendet und den Leichnam freigegeben. Muschke war zum Todeszeitpunkt völlig gesund. Die inneren Organe sind im Großen und Ganzen normal, bis auf die Leber, die durch regelmäßigen, aber nicht übermäßigen Konsum von Alkohol etwas vergrößert ist. Muschke hatte, wie bereits erwähnt, eine geringe Menge Alkohol im Magen, allerdings einen kaum messbaren Alkoholgehalt im Blut. Dies führt zur Erkenntnis, dass das Opfer unmittelbar vor dem Todeseintritt Alkohol getrunken hat. Auffällig ist eine Tätowierung auf der Schulter mit dem Spruch: ‚Get rich or die trying'."

„50 Cent", sprach es aus dem Mund von Annett.

Vincent schaute verwundert. „Seit wann kassierst du den Kaffee ab?"

„Nein, ich mein' nicht den Kaffee, sondern den Spruch. Das ist ein Song von dem Rapper 50 Cent. Kumpel von Eminem und Dr. Dre, weißt du?"

Die ganze Belegschaft zog die Augenbrauen hoch. „Du weißt Sachen", sagte Jochen, beeindruckt den Kopf schüttelnd.

„Und was das soll, kannst du uns bestimmt auch gleich dazu sagen", spekulierte Vincent.

„Das soll heißen, dass man entweder reich werden soll oder, wenn man es nicht schafft, wenigstens stirbt, wenn man es versucht hat."

Das sorgte erstmal für Stille im Besprechungsraum.

„Passt zu seiner Verurteilung wegen Betruges. Kohle machen, egal wie. Wie alt ist das Tattoo?", fragte Vincent.

Jochen antwortete: „Ist mindestens 10 Jahre alt."

„Höchstens 13 Jahre", warf Annett ein.

„Bist du jetzt auch noch ein Tattooexperte, obwohl du das Tattoo gar nicht gesehen hast?", gab sich Ralf spöttisch.

„Nein, ganz einfach, weil die Platte 2003 auf den Markt kam. Also vor 13 Jahren."

Bewundernde Blicke im Büro. „Du hast nicht zufällig mal aus Versehen eine Festplatte verschluckt, weil du sowas weißt?", frotzelte Ralf.

„Ich mag halt Rapmusik und das bleibt dann einfach hängen in meinem Kopf. Vor allem Eminem war doch damals *der* Rapper schlechthin, und das als Weißbrot ..." Annett war in ihrem Element.

„Stopp stopp stopp. Wir wollen jetzt nicht über tolle Rapper reden, wir haben einen Mord aufzuklären", mischte sich Vincent ein. Annett errötete leicht und sah zu Boden.

Der Hauptkommissar lenkte die Besprechung zurück zum Thema. „Okay, das Tattoo und der Bibelvers des Rap wird notiert. Also weiter im Text, was gibt der Bericht noch her?"

„Die Kleidung lässt darauf schließen, dass der Tote einer Freizeitaktivität nachging. Spaziergang, Wanderung oder Walking. Joggen oder Fahrrad fahren wird ausgeschlossen.

Ob das Opfer alleine unterwegs war oder bereits in Begleitung seines Mörders, lässt sich ebenfalls nicht feststellen, da eventuelle Fußspuren durch die Dauer zwischen Tat und Fund verwischt wurden, weil der Zeitraum rund acht Tage betrug und es in dieser Zeit zweimal regnete. Einmal sogar mit Starkregen", beendete Jochen seinen Bericht, blieb aber am Flipboard stehen.

„Danke, Jochen", sagte Vincent. „Was wir jetzt benötigen, ist eine richterliche Genehmigung zur Öffnung des Hauses. Ich will wissen, wie dieser Muschke gelebt hat, vielleicht finden wir Hinweise, wer ihm ans Leder wollte. Wir sichern so viele Papiere wie möglich und lassen sie auswerten. Ich will über seine finanzielle Situation Auskunft haben. Kaufverträge, Kontoauszüge etc. etc. Ich denke, der Täter könnte aus Rache getötet haben. Muschke wurde schließlich schon mal wegen Betruges verurteilt. Es gilt nachzuforschen, ob er wieder rückfällig wurde. Wir nehmen seine Firma, die er vor zwei Jahren gegründet hat, unter die Lupe. Womöglich finden wir dort Hinweise, dass Muschke sich einen oder mehrere Feinde gemacht hat. Vielleicht aber auch eine Beziehungssache. Ein eifersüchtiger Ehemann? Womöglich auch eine Täterin? Wir können noch nicht vieles ausschließen." Vincent legte die Stirn in Falten, dachte nach.

„Ich würde sagen, dass das Opfer den Täter gekannt hat", meinte Carlo.

„Warum denkst du das, Carlo?"

„Das Bier. Muschke hatte Bier im Magen, aber nicht im Blut. Direkt vor der Tat hat er etwas davon getrunken. Kann sein, dass er mit dem Täter angestoßen hat. Während er trank, könnte der Täter den Fleischklopfer genommen haben und beging die Tat. Es gab auch keine Kampfspuren. Aber warum trifft man sich im Wald auf ein Bier? Das versteh ich auch nicht. Der Täter hatte vor, die Tat zu begehen. Warum sollte er auch sonst einen Fleischklopfer spazierentragen? Um ein Rehschnitzel zu klopfen?" Einige im Raum lachten. Auch Vincent musste grinsen.

„Sehr gut, Carlo. Geb ich dir in allem so weit recht. Was haben wir noch? Der Karton mit den Styroporchips. Was soll das? Trug die Schachtel Muschke oder der Täter dort hoch in den Wald? Was war in dem Karton? Womöglich das Bier, vielleicht mehrere davon. Ich geh von zwei aus. Aber die kann man auch so tragen, dafür braucht man nicht so einen großen Karton. Es war meiner Meinung nach noch mehr in dem Karton, deshalb die Chips. Nur was? Gegessen hatte das Opfer nichts kurz vor der Tat. Jemand eine Idee?" fragte Vincent in die Runde.

„Ablenkung."

Alle Köpfe ruckten zu Ralf, dem PC-Experten.

„Vielleicht sollten die Chips als Ablenkung dienen. Täter und Opfer trinken Bier. Dann sagt der Täter: „schau doch mal, was ich gefunden habe, oder was ich mitgebracht habe.' Das Opfer sieht in den Karton, wühlt darin herum und bekommt den Prügel auf die 12. Der Mörder hat ewig Zeit, in aller Seelenruhe seine Tatwaffe hervorzuholen, und dann macht's *rummsdi*." Mit einer schlagenden Geste unterstrich Ralf seine Theorie.

„Super, Ralf. Das nehmen wir mal so auf, aber ohne das *Rummsdi*", nickte Vincent zu Jochen, der eifrig auf dem Flipboard mitschrieb.

„Das sind doch schon mal ein paar Erkenntnisse, mit denen wir arbeiten können. Der Plan sieht jetzt so aus: Wir lassen das Haus von Muschke öffnen; Ralf, versuch, herauszubekommen, mit wem er in seinem letzten Job als Selbstständiger zu tun hatte, ob Unregelmäßigkeiten oder Beschwerden gemeldet wurden. Anzeigen wegen Betrügereien usw. Du weißt besser, nach was du suchen musst, gell?" Ralf nickte diensteifrig.

„Wir geben jetzt dann auch der Presse ihr Futter. Ich schließe mich mit dem zuständigen Staatsanwalt kurz. Annett, wenn du eine Konferenz in die Wege leiten würdest? Sagen wir, 13 Uhr. Dann bekommen sie, was sie haben sollen. Muschkes Eltern geben wir Bescheid, dass der Leichnam von der Gerichtsmedizin freigegeben wurde, damit die armen Leute sich um die Bestattung kümmern können."

Vincent stand auf, klatschte in die Hände. „Meine Dame, meine Herren. Es gibt viel zu tun, fangt schon mal an."

Gegen Mittag gönnten sich die beiden Kommissare Zeller und Genocci eine Pause und steuerten den ‚Dicken Hund' an, der am Hauptknotenpunkt Kaufbeurens, der Spittelmühlkreuzung lag. Zwar stand man hier unter Dauerbeschallung des Verkehrs, aber man sah viel und wurde gesehen. Daher war die Kneipe mit der Außenbestuhlung vor allem in den Sommermonaten bei schönem Wetter gut besucht. Vincent sah, dass noch zwei Tische frei waren und sagte zu Carlo: „Schnell, sichere dir mal einen Platz für uns, ich geh schnell rüber zum Türken. Und bestell mir gleich ein alkoholfreies Weizen und ein Schinken-Käse Sandwich ohne Schinken und ohne Käse."

Ohne auf eine Antwort von seinem verwirrten Kollegen zu warten, marschierte Vincent strammen Schrittes zum Dönerladen nebenan und kam nach ein paar Minuten mit einem kleinen Pappkarton zurück zu Carlo, der die seltsame Bestellung aufgegeben hatte und die Bedienung just in dem Moment das Weißbier auf den Tisch stellte. Für Vincent war Weißbier ein Getränk für die warmen Monate. Dieses hohe, nach oben sich erweiternde Glas, an dem sich das kalte Kondenswasser bildete und Erfrischung versprach. Dieses durch Hefe getrübte, gelbe Getränk, durch die Sonne auch noch angestrahlt, mit dieser perfekten weißen Blume obenauf, das schmeckte nur im Sommer so richtig gut. Auch wenn es ‚nur' alkoholfrei war.

„Prost", skandierte Vincent zu Carlo und bot ihm das Glas zum Anstoßen an, zog es aber wieder zurück, als dieser mit dem Weizen oben anstoßen wollte.

„Nanana, Carlo. Eines musst du dir merken, mit Weizen wird immer unten geprostet." Mit einem herrlichen, festen ‚klock' wurde die Belehrung in die Tat umgesetzt. Vincent nahm einen tiefen Schluck, wobei sich seine Nase im Schaum wiederfand, verkündete ein langgezogenes ‚Aaaaahhhhh', bevor er das halbleere Glas fest auf das Bierfilzle zurück stellte. Da musste der gebürtige Italiener noch ein bisschen üben, um dieses Zeremoniell zu verinnerlichen.

„Ich hab dir dein Sandwich bestellt. Die Bedienung hat vielleicht blöd geschaut", sagte Carlo.

„Ja, das kenn ich."

Wie aufs Stichwort kam die fesche Bedienung mit den Sandwiches an ihren Tisch. „Einmal ein Schinkenkäsesandwich?"

„Das ist für mich", sagte Carlo schnell, um nicht aus Versehen das Falsche zu bekommen.

„Und einmal eins ohne Schinken und ohne Käse." Die Bedienung stellte den Teller vor Vincent und schaute ihn sich an, um womöglich zu erkunden, ob er noch alle Latten am Zaun hatte. Stellte fest, dass er ganz normal wirkte und zog von dannen.

„Was ist jetzt da drauf auf deinem Brot außer nix?"

Vincent klappte sein Sandwich auf und präsentierte Salatblätter, Gurken- und Tomatenscheiben.

„Ganz toll, Vince, ich bin sowas von neidisch", meinte Carlo sarkastisch und biss herzhaft in sein Brot hinein.

Vincent hingegen sah sich um, ob die Bedienung in der Nähe zu tun hatte, was nicht der Fall war und hob den Deckel des Kartons. Darin befanden sich frittierte Teile, die in etwa wie Buletten aussahen. Carlo beobachtete das Schauspiel, als Vincent die Stücke auf sein Sandwich legte, das Brotoberteil nahm und die Dinger festdrückte. Woraufhin er ebenso herzhaft hineinbiss, wie kurz zuvor der jüngere Kommissar in seines.

„Ich glaub, ich seh schlecht", meinte Carlo. „Du gehst zum Türken und holst etwas, um es hier auf ein fast leeres Brot zu legen? Warum bist nicht direkt drübengeblieben und hast was gegessen?"

„Ganz einfach, man kann nicht draußen sitzen, und Weißbier gibt's dort auch nicht." Vincent grinste.

„Und was gibt's Leckeres? Ich dachte, du isst kein Fleisch?"

„Falafel!"

„Ach, davon hab ich schon gehört. Das soll vegan sein?"

„Ja, ist es. Hauptsächlich Kichererbsenmehl, Gemüse und leckere Gewürze. Magst mal probieren?"

„Och ja, gib mal ein Stück."

Vincent reichte ihm ein Falafel, Carlo probierte. „Ja, ist echt gut. Werd ich irgendwann auch mal essen. Willst auch mal von meinem probieren?", sagte Carlo und wedelte mit dem Sandwich vor dem Gesicht von Vincent herum.

„Lass den Scheiß!"

„Hmmm, lecker Schinken", grinste Carlo und wedelte weiter mit dem Sandwich, dem er eine halbe Sekunde später mit offenem Mund hinterhersah, da es sich in einem hohen Bogen in die Lüfte erhoben hatte. Carlo verfolgte die Fluglinie, bis es auf dem Kopfsteinpflaster aufschlug und sich in seine Einzelteile auflöste.

„Sag mal, hakt's bei dir?", regte sich Carlo auf.

Vincent hatte völlig humorlos und ohne eine Miene zu verziehen seinem Kollegen mit einem Schlag von unten das Sandwich aus der Hand geschmettert.

„Mach das nicht nochmal, verstanden?" Vincents Tonfall war leise und ruhig, aber mit einem gefährlichen Unterton, der bei Carlo ankam.

„Oh, okay Vince, tut mir leid, kommt nicht mehr vor." Carlo war äußerst konsterniert über den Ausbruch von Vincent und wurde rot bis über beide Ohren.

„Schöne Frau? Könnte ich bitte noch so ein Schinken- Käse- Sandwich für meinen Kollegen bestellen? Seins ist runtergefallen." Zum Beweis zeigte er auf das Sandwich, das gute drei Meter entfernt jämmerlich auf dem Pflaster lag. „Und", Vincent zeigte auf sein fast leeres Weizenglas.

Die Bedienung sah verwirrt von dem Sandwich am Boden zu Vincent, der schelmisch grinste, zu Carlo und wieder zum Sandwich, nickte und verschwand kopfschüttelnd im Lokal.

Carlo wusste zunächst nicht, wo er jetzt hinsehen sollte. Er fand die Aktion von Vincent ziemlich krass. Meinte er doch, dass sein Kollege durchaus den Eindruck machte, dass er immer alles im Griff hatte. Dieser Ausbruch kam daher für ihn ziemlich überraschend. Aber eigentlich musste er sich selber die Schuld geben. Einem Veganer Schinken unter die Nase halten, das war spaßig gemeint, aber nicht sehr weit gedacht von ihm. Carlos gesunde, rote Wangenfarbe verblasste nur sehr langsam wieder. Endlich kam die Bedienung wieder, mit Schaufel und Besen. Wenigstens konnte Carlo jetzt interessiert zusehen, wie die Dame das Sandwich zusammenklaubte und musste nicht Vincent ansehen. Doch nur kurze Zeit später verschwand sie wieder und Carlo blickte Vincent an, der die Arme verschränkt hielt und leicht grimmig den Blick erwiderte.

„Weißt du, Carlo, du bist nicht der Erste, der so einen Scheiß mit mir macht. Das ist einfach respektlos mir als auch dem Tier auf deinem Sandwich gegenüber. Ich hab kürzlich einen Igel überfahren. Meinst, ich komm auf die Idee, die Reste vom Igel zu nehmen und dir vor die Nase zu halten? Der Igel ist tot, das Schwein ist tot. Für mich kein Unterschied. Iss Schinken, iss Fleisch, iss was du willst, aber nerv mich nicht. Mach so etwas einfach nicht mehr, klar?"

„Okay, Vincent, ist angekommen. Tut mir leid."

Bei dem Blick von Carlo, wie der eines geprügelten Hundes auf das Pflaster des Bodens, musste Vincent grinsen. Die Bedienung kam bereits wieder und beendete durch ihr Erscheinen diese angespannte Stimmung.

„Sooo, noch ein alkoholfreies Weizen und ein Schinken-Käse-Sandwich, bitteschööön", stellte die Bedienung die Bestellung auf den Tisch und ward auch schon wieder verschwunden.

„Lass es dir schmecken, Prost. Die Rechnung geht auf mich." Vincent sah auf die Uhr. „Wir müssen uns beeilen, in 30 Minuten ist Pressekonferenz."

Die beiden Kommissare stießen mit ihren Weizengläsern an, natürlich mit den Glasböden.

Kapitel 22

23. Juni 2016

Siegfried saß auf dem Sofa und kaute an seinen Fingernägeln. Karin hatte ihre Wohlfühlklamotten an, ein viel zu weites T-Shirt, keinen BH und eine kurze, weite Hose, die immer wieder zu einem Blick einlud, um eventuell mehr zu sehen als die Beine. Selbstgestrickte, lange Socken förderten sogar noch den erotischen Anblick. Jedoch war Siegfried heute alles andere als erotisch zumute. Nun hatte sie diese wunderbar schlanken Beine auf dem Sofa angewinkelt und sie sahen gemeinsam die Nachrichten an. Zuvor hatte Siegfried Nägel kauend auf seinem Smartphone über die Pressekonferenz gelesen. Bei der regionalen Zeitung war das eine Riesengeschichte. Nur mit Mühe konnten die Journalisten ihre Begeisterung über den Mord in ihrem Einzugsgebiet zurückhalten und versuchten eine sachliche Berichterstattung. Sogar die üblichen Verdächtigen der deutschen Presse- und Fernsehlandschaft hatten es in das verschlafene Städtchen geschafft. Peter Klöppel von RTL sprach über den Mord im ‚idyllischen Allgäu'. Mit versteinertem Gesicht verfolgte Siegfried den Beitrag. Diese betont betretene Miene vom Moderator kannte er seit vielen Jahren, doch nun galt *ihm, Siegfried*, dieses Gesicht. Nur wusste keiner davon, und das sollte auch bitte so bleiben, war Siegfried der Meinung.

In der Pressekonferenz wurde berichtet, dass es sich bei dem Toten um den 47-jährigen Jakob M. aus Kaufbeuren handelte. Es war kein natürlicher Tod, das Opfer kam durch Fremdverschulden ums Leben. Es wurde gesagt, dass Jakob durch einen stumpfen Gegenstand getötet wurde. 15 Mal war auf ihn eingeschlagen worden. So oft kam es Siegfried gar nicht vor; er dachte, er hätte vielleicht fünf Mal auf seinen Feind eingeprügelt. Dass es sich hierbei um einen Fleischklopfer handelte, wurde mit keinem Wort erwähnt. Klar, eventuelle Trittbrettfahrer sollten dadurch ausgeschlossen werden.

Der BMW X6 wurde in einer Videosequenz gezeigt und der Tatort, bei dem einige Blumensträuße abgelegt wurden. Ein paar Kerzen wurden beim Drama-Sightseeing von den üblichen Katastrophenpilgern angezündet und abgestellt. Viele betroffene Menschen waren zu sehen. Kinder mit ernsten Gesichtern zeigten ein Schild in die Kamera, auf dem in krakeligen Buchstaben ‚WARUM???' stand. Kurz vor Ende des Videos wurde zu einem Reporter am Tatort geschaltet. Mit dem langen Mikrofon in der Hand, das Logo des Fernsehsenders exakt zur Kamera ausgerichtet, wartete der Reporter auf seinen Einsatz. Während ihm eine Frage aus dem Kölner Studio gestellt wurde, blickte der Reporter ernst in die Kamera und legte einen Finger an sein Ohr, damit er über den In-Ear-Stöpsel besser hören konnte. Gespielt um Fassung ringend berichtete der Reporter von seinem Wissen über den Mord. Die Worte *‚unfassbare Tat; grauenvoll; verschlafenes Städtchen; normal die Welt noch in Ordnung;* durften in Berichten von Privatsendern nicht fehlen. Und diese to-speak-Liste wurde auch vorbildlich abgearbeitet. Nachdem sich der Reporter, mit Finger im Ohr, und der Moderator im Studio einig waren, dass alles immer schlimmer wird, dass es sich um eine schreckliche, sinnlose Tat handelte, wurde sich beim Reporter bedankt, der gefasst nickte und schließlich ausgeblendet wurde.

Er hörte zunächst nicht, dass Karin mit ihm sprach. Erst als sie insistent seinen Namen wiederholte, nahm er die Stimme seiner Frau wahr.

„Das ist doch wohl der Hammer, oder? Was war denn das für ein Geistesgestörter? Stell dir mal vor, da draußen rennt jetzt einer rum, der Leuten den Kopf einschlägt. Ich will da echt nicht mehr alleine rausgehen, bis sie diesen Irren sicher hinter Schloss und Riegel haben. Und in den Wald geh ich auch nicht mehr. Das ist doch gruslig." Karin schüttelte es am ganzen Körper.

Karin schimpfte weiter: „Und du sitzt rum, schaust dir das an, als würde dich das gar nicht interessieren, dass da ein Psycho durch unsere Stadt schleicht! Juckt dich nicht, oder was?"

Siegfried räusperte sich und setzte sich gerade hin. „Doch, natürlich juckt mich das, ich brauch da erst eine Weile, bis das bei mir ankommt. Ja, ganz schlimm, was es für Gestörte gibt. Entsetzlich." Siegfried nahm die Hand seiner Frau und drückte sie, was sie als beruhigende Geste deuten sollte. Karin sah gebannt auf den Fernseher und bemerkte nicht, dass sich Siegfried ein paar Schweißperlen mit dem Ärmel seines Hemdes abwischte.

„Kanntest du den vielleicht? Der müsste ja in etwa so alt sein wie du?"

„Äh, nein, kenn ich nicht, diesen Jakob Muschke. Hab noch nie von ihm gehört, nö. Ich mein', unsere Stadt hat ja dann doch über 40.000 Einwohner, da kennt man doch nicht jeden, der das gleiche Alter hat."

Karin starrte ihren Mann an. „Woher kennst du jetzt seinen Namen?"

Siegfried hätte sich am liebsten selbst eine runtergehauen, und sofort spürte er, wie seine Ohren rot wurden. Er brauchte eine Rechtfertigung und er brauchte sie innerhalb von einer Sekunde. In dieser Zeit, die ihm wie Stunden vorkam, ratterte sein Gehirn auf Höchstleistung, bevor er zu sprechen begann: „Die haben doch den Namen gesagt vorhin?!"

„Nein, sie sprachen lediglich von einem Jakob M." Karin wedelte mit einer Hand in der Luft, um das M nachzuzeichnen und schloss ihre Gestik mit einem betonten Punkt ab.

Siegfried wurde es heiß in seinem T-Shirt, das Gehirn ratterte weiter. „Dann hab ich das wohl vorhin irgendwo auf einer Webseite gelesen." Zum Beweis schwenkte er sein Smartphone mit der rechten Hand hin und her und versuchte ein „alles-okay"-Lächeln. Das schien Karin zu beruhigen. Sie setzte sich anders hin, um sich Siegfried besser zuwenden zu können und erzählte:

„Als ich vom Kindergarten heim wollte, hab ich gesehen, wie RTL seinen Ü-Wagen herrichtete, mit einer riesengroßen Satellitenschüssel obendrauf. Haben schön alles abgesperrt um ihren Laster, damit da keine Leute dazwischen rumtapern. ARD war da, der BR, N-TV, Sat1 usw. Da war schwer was los vor dem Polizeigebäude und überall diese Gaffer. Meine Güte, man könnt ja was verpassen, oder? Unmöglich find ich das. Ich hab auch gesehen, wie ein Sender Passanten befragte, ihnen das Mikro vors Gesicht hielt und diejenigen um 10 cm wuchsen, mit der Aussicht im Fernsehen zu kommen."

Karin steigerte sich richtig rein in ihren Ärger, ihre Wut und ihre Angst um ihre Sicherheit. Für die nächsten Minuten war sie mit Kopfschütteln beschäftigt. Das Schütteln wurde weniger, als Ulrike von der Gröben die Tagesereignisse des Sports verkündete und hörte schließlich ganz auf, als Christian Häckel, dynamisch wie immer, das Wetter voraussagte. Als dann gesungen wurde: ‚Ich kriege nie genug, vom Leben…' versank Karin in ihrer Daily Soap.

Das hatte Siegfried nicht bedacht, dass seine Tat so eine Welle machen würde. Er hatte eigentlich überhaupt nicht über die Konsequenzen nachgedacht. Als Siegfried seinen Plan konstruierte, ging dieser eben nur so weit, bis er wieder daheim war. Dass er seine Spuren verwischte und hoffte, dass Jakob am besten nie gefunden würde. Aber er wurde gefunden und nun war die Jagd nach dem Täter eröffnet. Doch hatte die Polizei überhaupt eine Spur? Die rücken ja nie so richtig mit der Sprache raus. Immer wieder überlegte er, ob er etwas übersehen hatte in seinem Plan. Aber er fand keinen Fehler. Nur das schlechte Gewissen, das fing langsam an, ihn zu erdrücken. Gegenüber Karin wurde er die letzten Tage immer abweisender, wollte viel mehr Zeit alleine verbringen, um seinen Grübeleien nachzuhängen. Er kannte seine Frau, sie konnte in ihm lesen wie in einem Buch, sie sah, wenn er etwas in sich reinfraß und hatte bisher immer hervorlocken können, was ihm auf der Seele lag. Aber *darüber* konnte er aus naheliegenden Gründen nichts sagen.

Ein weiterer Fingernagel musste mit den Zähnen bearbeitet werden, Siegfried nagte an diesem wie das schlechte Gewissen an seinem Gemüt, nahm sein Smartphone und las.

Siegfried entspannte sich nach dem Lesen der Pressemitteilungen etwas. Die Polizei tappte womöglich völlig im

Dunkeln. Es gab keinen Verdächtigen, keine Spuren, nichts. Sein Plan war also doch gut durchdacht.

Siegfried suchte wieder die Hand seiner Frau, rutschte zu ihr hin und sah sich mit ihr zusammen die zweite Soap des Abends an. Karin legte ihren Kopf an seine Schulter, genoss die Nähe ihres Mannes und fühlte sich sofort sicherer. Nicht nur im Fernsehen gab es gute und schlechte Zeiten.

Kapitel 23

23. Juni 2016

Nach einem anstrengenden Tag lümmelte sich auch Hauptkommissar Zeller auf seine Couch und zappte sich durch das seichte Fernsehprogramm. Er machte das gerne ab und zu. Nicht, dass er sonderlich viel mit Trash-TV anfangen konnte, aber er brauchte das vor allem nach schweren Arbeitstagen. Es half, sein Hirn leer laufen zu lassen. Das hatte er sich von seinem verstorbenen Kater, Herrn Lehmann, abgeguckt. Vincent fand das beneidenswert und kam irgendwann auf die Idee, es dem Kater nachzumachen und nahm eben den Trottelkübel zu Hilfe, um den Kopf still zu legen.

Sein Kater saß gern irgendwo herum und glotzte doof mit seinen schönen blauen Augen vor sich hin. Herr Lehmann konnte das in Perfektion. Er war so ein lieber Kater, war eher ein kleiner Schisser als ein Draufgänger und war immer auf der Hut. Eines Tages kam Herr Lehmann nicht mehr nach Hause. Vincent hatte ein ungutes Gefühl, das ihn leider auch nicht täuschte. Am Nachmittag fand er seinen Kater tot in einem Gebüsch. Er wurde absurderweise, trotz seines vorsichtigen Charakters, überfahren. Das war einer der wenigen Tage, an denen Vincent weinen musste. Er nahm einen Spaten, hob ein Loch hinter den Bäumen im Garten aus und legte Herrn Lehmann in sein Grab. Er legte ihm sein Lieblingsspielzeug dazu und ein paar Tränen.

Über zwei Jahre war das nun her, ein schöner Frühlingstag im April, an dem sich Kater normalerweise in der Sonne rekeln und nicht von Autoreifen zermalmt werden sollten.

Nachdem Vincent sich dabei ertappte, dass er Frauentausch auf RTL2 ansah, nahm er die Fernbedienung und schaltete das Gerät ab, ging in den Keller, suchte sich einen schönen roten Burgunder aus, nahm sein Kindle und fläzte sich auf sein Sofa.

Gerade als er ein halbes Glas getrunken hatte und ein paar Minuten im Reader gelesen hatte, meldete sich mit den Glockenklängen von AC/DC's *Hells Bells* ‚Auweh' auf seinem Smartphone. Einen Fluch murmelnd wischte er über das Display und meldete sich förmlich mit Namen und Dienstgrad.

„Polizeiobermeister Schmidle, PI Kaufbeuren, grüß Gott, Herr Kommissar", klang es aus dem Telefon.

„Herr Schmidle, grüße Sie, was gibt's zu später Stunde?"

„Entschuldigung für die späte Störung. Bei uns hat sich ein Zeuge gemeldet, er weiß etwas über den BMW des Ermordeten. Er will in einer Viertelstunde im Präsidium sein. Ich dachte, Sie wollen bestimmt dabei sein bei der Aufnahme."

„Ja, klar, ich bin in ein paar Minuten auf dem Revier. Vielen Dank, bis gleich." Vincent ‚legte auf' und zog schnell Jeans und Hemd an. Automatisch griff er nach seiner Walther und dem Autoschlüssel und war kurz darauf auf dem Weg zur Dienststelle, die er ein paar Minuten später erreichte.

Vincent klingelte; ein etwas beleibter Beamter, mit schütterem braunen Haar und ein paar Jahre jünger als Vincent, erschien, erkannte ihn, drückte auf den Türöffner und ließ ihn herein. Die beiden Beamten schüttelten sich die Hände.

„Der Zeuge ist schon da, ist im Vernehmungsraum 2", sagte Herr Schmidle und ließ Vincent mit einladender Armbewegung den Vortritt. Beide betraten den Raum, in dem der Zeuge etwas nervös wartete und aufstand.

„Hauptkommissar Zeller, Kripo Kaufbeuren", sagte Vincent automatisch und klappte sein Ausweismäppchen auf, bevor er dem Herrn die Hand schüttelte.

„Haugert, Achim", stellte der Mann sich vor. Er war um die 30 Jahre alt. Vincent kannte ihn von irgendwo her, konnte aber nicht den Finger drauflegen. Der Zeuge war braun gebrannt und von sportlicher Erscheinung. Seine Kleidung betonte sein agiles Auftreten. Und jetzt wusste Vincent auch, woher er diesen Mann kannte. Diese Sportskanone hatte heute keine Laufklamotten an, deshalb erkannte er ihn nicht sofort. Das war wie bei Golfspielern im Fernsehen. Vincent erkannte bei Golfübertragungen jeden einzelnen Spieler, aber sobald die Profis ohne Mütze gezeigt wurden, musste er schon zweimal hinsehen. Die beiden begegneten sich hin und wieder auf Laufrunden. Auch von regionalen Laufveranstaltungen her kannte er den Mann. War er doch bei diversen Läufen bis Halbmarathon öfter mal auf dem Treppchen. Das Erkennen war aber nur einseitig. Herr Haugert erkannte Vincent offensichtlich nicht; das hieß im Umkehrschluss, dass Vincent etwas langsamer war bei seinen Laufeinheiten. Treppchen bei Siegerehrungen? Da lachen ja die Hühner.

„So, Herr Haugert, setzen Sie sich doch. Darf es etwas zu trinken sein? Kaffee, Tee oder ein Wasser?"

„Ein Wasser wäre nett."

Vincent nickte zum Polizeiobermeister, der aus dem Raum verschwand und nach kurzer Zeit mit einer kleinen Flasche Wasser und einem Glas zurückkam und dem Zeugen einschenkte. Der Polizist setzte sich und fungierte nun als Protokollführer. Er begann, die Personalien von Herrn Haugert festzuhalten.

„Was können Sie uns denn mitteilen?", fragte der Hauptkommissar.

Herr Haugert lehnte sich auf seinem Stuhl nach vorne und erzählte: „Es geht um den X6 am Bärensee. Ich hab vorhin im Fernsehen den Bericht über den Mord gesehen und dass der Tote eben diesen BMW gefahren hat." Der Zeuge machte eine Pause, aber Vincent sagte nichts dazu und sah ihn nur an, was dieser als Aufforderung auffasste und fortfuhr: „Ich bin letztens zum Bärensee gejoggt, ich bin nämlich Läufer, wissen Sie? Und da kam ich an dem BMW vorbei. Da war so ein komischer Typ und hat mich beleidigt."

„Der hat Sie beleidigt? Wie darf man das verstehen?"

„Also, ich bin da so gelaufen und hab das Auto gesehen. Ich mein, von so einem Auto träumt man doch, oder? Ich find die Karre scharf."

„Weiter", unterbrach Vincent die Lobpreisung auf die Nobelkarosse.

„Äh, ja. Ich schau also das Auto an, da steht dann dieser schmierige Typ daneben und sagt so etwas wie ‚dummer Bauer' zu mir. Musste natürlich raushängen lassen, dass ihm das Auto gehört, hat mir den Autoschlüssel entgegengestreckt, ein überhebliches Grinsen aufgesetzt und über die Fernbedienung auf- und zugesperrt. Und dann, das war ja das Höchste, sagt der zu mir: ‚Deine Armut kotzt mich an'.

Ich hab echt überlegt, ob ich mal kurz stehenbleiben und dem zeigen soll, wie ich seine Nase in eine neue Position bringen kann. Aber der war mit seinen Augenbrauen und den tiefliegenden Augen eh schon so hässlich. Ja, so ein arroganter Arsch!"

„Herr Haugert", unterbrach Vincent die Litanei des Zeugen. Können Sie sich daran erinnern, wann es zu dieser Begegnung kam und um welche Uhrzeit?"

„Ja, klar, das kann ich Ihnen ziemlich genau sagen." Herr Haugert fasste in seine Gesäßtasche, förderte ein Büchlein zutage und blätterte darin herum.

„Also am 11. Juni war ich im Stadion auf der Bahn, hab Intervalltraining gemacht, 12 x 1000 Meter in je 3:05 Minuten."

Vincent verdrehte die Augen, wollte ihn aber nicht schon wieder unterbrechen, staunte aber innerlich über dieses rasante Tempo des Trainings.

„Am 12. Juni kann es auch nicht gewesen sein, da war ich regenerativ Fahrrad fahren, 60 km." Haugert befeuchtete seinen Zeigefinger und blätterte um.

„Es muss am 13. Juni gewesen sein, ja. Da hatte ich einen lockeren 15-km-Lauf auf dem Programm, mit einer Pace von 4:45 min/km. Ja, da bin ich am Bärensee vorbeigekommen. Uhrzeit sag ich Ihnen auch gleich. Dürfte so um 11 Uhr Vormittag gewesen sein. Da war ich bei etwa km 8." Haugert legte die Stirn denkend in Falten, studierte noch kurz sein Trainingsbuch, klappte es dann zu und nickte die Beamten bestätigend an.

„Das hilft uns ungemein weiter, Herr Haugert. Vielen Dank. Dass Sie so präzise Angaben machen können, das ist echt super." Vincent bauchpinselte den Läufer.

„Können Sie uns sonst irgendetwas erzählen? War der Mann in Begleitung? Hatten Sie irgendwelche Eindrücke, die uns noch weiter helfenkönnten? Egal, was es ist: Alles, was Sie wissen, kann dienlich sein."

„Hm, es waren ja nur ein paar Sekunden, die ich da vorbeigelaufen bin, das ging alles so schnell, und nachdem der so frech geworden ist, hab ich mich auch nicht mehr umgeblickt. Ich habe sonst weit und breit niemanden gesehen, er war ganz alleine. Wahrscheinlich wollte er gerade mit seinem Spaziergang anfangen, weil seine helle Hose völlig sauber war." Haugert runzelte die Stirn und dachte nach. „Da fällt mir ein, er hatte in der einen Hand den Autoschlüssel, in der anderen Hand aber ein klobiges Gerät. Das war kein Handy. Nicht mal ein altes vor 10 Jahren war so wuchtig. Muss was anderes gewesen sein." Der Zeuge lehnte sich zurück. Das war ein Zeichen, dass ihm nichts mehr einfiel zu Jakob Muschke.

Stille herrschte im Vernehmungsraum; die Polizisten versuchten, sich einen Reim darauf zu machen, was das für ein Gerät gewesen sein könnte, mussten aber kapitulieren. Gefunden wurde so ein Gerät weder beim Toten noch im BMW. Natürlich kann sich der Zeuge auch getäuscht haben und das Opfer hatte irgendetwas anderes in der Hand, oder auch nichts. In dieser kurzen Zeit der Begegnung konnte sich kein Zeuge alle Details einprägen.

„Vielen Dank, Herr Haugert. Das sollte es dann gewesen sein." Vincent stand auf, die anderen beiden Herren im Raum taten es ihm gleich. Vincent schüttelte noch einmal dem Zeugen die Hand und sagte ihm, dass er sich jederzeit melden könne, wenn ihm noch etwas einfiele, nahm sein Ausweismäppchen heraus und reichte dem Athleten seine

Visitenkarte, der sie einsteckte und aus dem Gebäude geleitet wurde.

„Was halten Sie davon?", fragte Vincent den Polizeiobermeister, als sie wieder alleine im Vernehmungszimmer waren.

„Scheint mir ein sehr netter Zeitgenosse gewesen zu sein, der Tote. Wenn sich einer innerhalb von ein paar Sekunden so unbeliebt macht, dann wimmelt es da draußen wahrscheinlich vor potentiellen Tätern. Dieser arrogante Spruch, dass ihn die Armut von dem Jogger ankotzt, das ist derb. Aber wenigstens können Sie die Tatzeit nun eingrenzen. Ich hab es aufgeschrieben: Am 13. Juni gegen 11 Uhr hat der Muschke also noch gelebt." Der Polizist zeigte auf das Formular der Befragung.

„Sehr gut, danke Herr Schmidle. Fürs Protokollieren und für Ihre Einschätzung. Dieses Gerät oder was auch immer dieser Haugert gesehen haben mag. Irgendeine Idee?"

Schmidle dachte intensiv nach. „Kann alles Mögliche gewesen sein, muss ja kein Gerät sein. Ein Schmuckkästchen oder doch ein Handy, das ist viel zu allgemein. Ich hab es notiert, aber das ist meiner Meinung nach als Indiz nicht zu gebrauchen."

„Ja, das denk ich auch", stimmte Vincent zu. „Ich fahr jetzt wieder heim. Wenn noch was ist, ich lass mein Handy an. Morgen früh um acht bin ich eh wieder hier."

Vincent stand auf und verabschiedete sich von seinem Beamtenkollegen, fuhr nach Hause und freute sich auf ein oder zwei Gläser Rotwein und seinen E-Book Reader.

Kapitel 24

Februar 2002

‚Bruner Immobilien- und Hausverwaltung', las Vincent auf dem Briefkuvert und zischte ein „Scheiße". Das konnte doch schon wieder nichts Gutes bedeuten, wenn die Hausverwaltung schrieb. Er nahm den Brief mit in die Küche und wollte ihn eigentlich direkt in den Müll werfen. Aber das nutzte ja auch nichts. Wie auch immer, er machte die Augen zu und riss den Umschlag auf, um den Inhalt herauszuholen. Dann machte er wohl oder übel die Augen wieder auf. Ihn wunderte das Geschriebene überhaupt nicht.

Sehr geehrter Herr Distl

Anbei finden Sie bitte die fristgerechte Kündigung des Mietvertrages Ihrer Wohnung zum 30. April 2002.
Nach dem Auszug werden wir durch die Hausverwaltung eine Begehung Ihres Objektes vornehmen und anschließend eine Neuvermietung anstreben. Über etwaige Schönheitsreparaturen informieren wir Sie zeitnah.

Mit freundlichen Grüßen

Diana Möller
Bruner Immobilien- und Hausverwaltung
Fasanenweg 22
04211 Leipzig

„Zum Kotzen, zum Kotzen, zum Kotzen", murmelte Siegfried vor sich hin und taperte in der Küche wie ein eingesperrter Tiger hin und her. „Wie hab ich das bloß verdient, was hab ich bloß verbrochen, warum war ich so blöd und hab die Wohnung gekauft? Warum ich, warum, warum!"

Siegfried war erneut der Verzweiflung nahe. Gerade hatte er seine Finanzen einigermaßen wieder in Ordnung gebracht. Er konnte, dank Karin, ein normales Leben führen. Große Sprünge waren nicht möglich, die junge Familie lebte bescheiden und das war für alle ok. Karin hatte ihm nie einen Vorwurf gemacht wegen seinem Steuersparmodell in Form einer Immobilie. Siegfried war der Meinung, dass er eine so tolle Frau wie Karin überhaupt nicht verdient hatte. Bei ihrer Hochzeit hieß es, dass sie in guten wie in schlechten Zeiten alles überstehen wollten. Aber gab es gute Zeiten? Abseits seines finanziellen Desasters war sein Leben tatsächlich glücklich. Sie hatten eine wundervolle Tochter, sie waren alle drei gesund und machten es sich in ihrer kleinen Wohnung so schön wie irgend möglich. Doch immer hing das Leipziger Damoklesschwert über seinem Kopf, das jederzeit auf ihn herabfahren konnte, und nun fühlte Siegfried, wie dieses Schwert anfing, sich weiter auf ihn herabzusenken.

Die Berichte der Eigentümerversammlungen waren, gelinde gesagt, beunruhigend. Die Situation in diesen Leipziger Blöcken hatte sich noch weiter verschlechtert. Ganz offen hatten sich Gangs gebildet, die gegeneinander fast schon einen Krieg führten. Waffen wurden getragen, wobei Messer noch von der harmlosen Sorte waren. Faustfeuerwaffen wurden ohne Hemmungen am Sandkasten hin und her gedealt. Man wäre mittlerweile schon froh gewesen, wenn die Banden ‚nur' Drogen verkauft hätten. Sogar Prostituierte flanierten über die ehemaligen Gärten und Spielplätze. Die Geschäfte der Damen gingen gut, da sich in den Wohnungen oft Gast- und Leiharbeiter aus Ostdeutschland befanden, die fern der Heimat waren und ihre Lust auf Frauen natürlich nicht abschalten konnten. Das Angebot der Huren wurde gerne angenommen.

Polizei sah man nur noch selten in dieser Gegend. Ab und zu fuhr ein Streifenwagen über die Zufahrtsstraßen, die Polizisten blieben aber vorsorglich in ihrem Wagen. Anzeigen bei der Polizei gab es selten. Das meiste wurde untereinander geklärt. Gab es Verletzte, wurden diese von Gangmitgliedern ins Krankenhaus gefahren oder selbst behandelt. Niemand legte Wert auf unangenehme Fragen, weder Täter noch Opfer. Scheinbar gab es aber noch keine Toten. Auszuschließen war dies jedoch nicht.

Permanent wurde die Wohngegend mit Musik beschallt. Aggressive Rapmusik dröhnte bis spät in die Nacht aus diversen Ghettoblastern. Es gab niemanden, der sich darüber beschwerte. Im Sandkasten wurde, sobald die Dunkelheit aufzog, ein Lagerfeuer angezündet, um das sich Jugendliche und junge Erwachsene scharten. Die älteren Gangleader legten ihr Imponiergehabe an den Tag, ließen den Chef raushängen. Die jungen Leute versuchten ebenso cool zu wirken wie ihre Idole.

Die Wohnungen in dieser Siedlung waren zu knapp zwei Dritteln belegt. Die nicht vermieteten Wohnungen verwahrlosten zusehends. Kaum eine Wohnung, die nicht schon aufgebrochen wurde.

Die Hausverwaltung hatte alle Hände voll zu tun; das wurde in der letzten Eigentümerversammlung weiter deutlich. Das Schicksal von Siegfried teilten einige Besitzer der Wohnungen. Auch sie hatten das Problem, dass die Mieteinnahmen wegbrachen und Folgeverträge selten waren. Mehrere Wohnungen wurden schon zwangsversteigert, Existenzen gingen zugrunde. Kaum noch ein Eigentümer ging auf Versammlungen, und die Verwaltung konnte dem Niedergang der Wohnanlagen nur hilflos zusehen. Da immer mehr Vermieter finanzielle Nöte hatten und Zahlungen auf Wohngeldkonten immer öfter ausblieben, konnte die Verwaltung auch kein Geld in die Hand nehmen, um Schäden oder Verbesserungen an den Wohnanlagen vorzunehmen. Graffitis zierten jede Hauswand, zerstört wurde, was zerstört werden konnte. Eingeworfene Fensterscheiben wurden mit Pressspanplatten zugenagelt. Der Anblick der Anlage war verheerend und niemand wusste, wie man etwas an dem Zustand ändern konnte. Alleine schon eine Verschlimmerung zu vermeiden, wäre ein Erfolg gewesen, doch nur grenzenlose Optimisten hätten daran geglaubt. Leipzig schrieb das Wohnviertel ab. Es war verwahrlost, kriminell und gefährlich.

Siegfried hatte in den letzten Monaten versucht, seine Wohnung zu verkaufen. Lieber ein Ende mit Schrecken als ein Schrecken ohne Ende, lautete seit geraumer Zeit seine Devise. Die Verwaltung war ihm sogar behilflich dabei, konnte ihm aber wenig Hoffnung machen, dass er einen Käufer finden würde. Und ehrlich gesagt, er rechnete insgeheim auch nicht wirklich damit, dass ihm jemand seine Immobilie abkaufte. Immobilienmakler, die er in Leipzig kontaktierte, waren zwar freundlich, aber die meisten Makler nahmen seinen Auftrag erst gar nicht an. Die Makler hätten nur Arbeit mit der Immobilie, ohne Aussicht auf einen erfolgreichen Abschluss. Zudem machten sie auch keinen Hehl aus ihrer Interesselosigkeit, weil keiner in die Höhle des Löwen wollte. Nein danke, Herr Distl. Die Siedlung war über die Stadtgrenzen hinweg bekannt dafür, dass dort in diesem Leipziger Viertel der Vorort von Sodom und Gomorrha sein sollte. Und wer würde da schon freiwillig hingehen?

Siegfried presste die Faust mit dem Brief zusammen, dass das Schriftstück zerknitterte und schlug damit gegen die Dunstabzugshaube der Küche, dass es nur so schepperte. Dann stützte er sich mit den Händen am Herd ab und ließ seine Tränen der Wut und Hilflosigkeit auf die Herdplatte tropfen. Und immer wieder stellte er sich die eine Frage: „Warum?"

Nachdem er sich einigermaßen gefasst hatte, warf er den Brief achtlos in eine Schreibtischschublade im Wohnzimmer und schmetterte sie zu.

Seine kleine Tochter, die auf dem Boden des Zimmers saß und vertieft mit ihren bunten Bauklötzen gespielt hatte, erschrak und sah ihren Papa mit großen, braunen Augen erstaunt an. Das zweijährige Mädchen kannte so eine Reaktion von ihrem Papa überhaupt nicht. Er war doch immer so lieb und lachte viel, wenn er mit ihr rumalberte oder sie zusammen auf dem Spielplatz waren. Ihr zartes Gesichtchen bewölkte sich zuerst, es bildete Fältchen, der Mund fing an zu zittern und schließlich fing sie zu weinen an. Das Mädchen verspürte zum ersten Mal Angst in der Gegenwart ihres Vaters.

Siegfried sah, was er angerichtet hatte mit seiner Unbeherrschtheit und kniete sich zu seinem Mädchen, um es zu umarmen. „Alles gut, meine Kleine. Papa ist geärgert worden, du musst nicht weinen, süße Mirjam." Siegfried genoss die Arme seiner Tochter um seinen Hals, die weiche Wärme, die sie ausstrahlte und ihm Trost gab. Das Schluchzen wurde leiser, die Tränen versiegten, und bald war Mirjam beruhigt und still, das Köpfchen an die Schulter von Daddy gelehnt.

Siegfried spielte den Rest des Nachmittags mit seiner Tochter am Boden, dachte aber immer wieder über seine Misere nach und versuchte, Lösungen zu finden. Doch so sehr er sich den Kopf zermarterte, es kam kein erleuchtender Gedanke. In 15 Minuten kam Karin von der Arbeit nach Hause. Er musste sie wohl einweihen in die neuen, schlechten Nachrichten, aber das hatte noch etwas Zeit, befand Siegfried. Heute wollte er nur die Liebe seiner Familie spüren.

Kapitel 25

24. Juni 2016

„Guten Morgen, Kollegen", schallte es über den Gang des Polizeipräsidiums. Es war kurz vor 8 Uhr und Hauptkommissar Zeller grüßte mit seiner typisch guten Laune. Forsch schritt Vincent ins Büro von Annett Fichtl. Sie strahlte ihn an und fragte statt einem Gegengruß: „Kaffee?"

Vincent stützte sich mit den Händen auf Annetts Schreibtisch ab, sah ihr tief in die Augen und stellte eine Gegenfrage: „Ist der Papst katholisch?"

„Selbstverständlich ist der Papst katholisch!", antwortete die Sekretärin.

„Dauert eine Weile, Annett", grinste Vincent und erhob sich wieder.

Die Sekretärin schaute etwas ratlos ihren Vorgesetzten an und musste dann auch grinsen. „Das war jetzt die klassische rhetorische Frage, nicht wahr? Kaffee kommt sofort, Vince", sagte sie und federte von ihrem Schreibtischstuhl, um sich dem Vollautomaten zu widmen.

Dieses Vorurteil, dass es bei der Polizei immer nur schlechten Kaffee gab, konnte in diesem Präsidium nicht bedient werden. Darauf legte Vincent als Kaffeejunkie auch großen Wert. Kaffee war wichtig und musste schmecken.

Nach Sekunden hatte Vincent sein koffeinhaltiges Heißgetränk und lud zur Morgenbesprechung der Soko Bärensee.

Nachdem alle versammelt waren und jeder ein Stück Streuselkuchen genommen hatte, eröffnete Vincent die Besprechung.

„Gestern Abend hat sich auf die Pressekonferenz hin ein Zeuge gemeldet, der Angaben zum Opfer und dem BMW machen konnte. Sein Name: Achim Haugert. Er hatte eine Begegnung mit Muschke, der ihn beleidigt hat, als der Zeuge vorbeilief. Dieses Aufeinandertreffen konnte dieser glaubwürdig auf den 13. Juni gegen 11 Uhr datieren. Wir können also den Todeszeitpunkt etwas eingrenzen. Muschke war alleine und hatte offensichtlich die Absicht, einen Spaziergang zu machen. Der Zeuge will ein Gerät in der Hand von Muschke gesehen haben, größer, klobiger als ein altes Handy. Er war sich aber nicht sicher, es muss nicht zwingend ein Gerät gewesen sein. Es ist nicht mal sicher, dass der Zeuge wirklich etwas in der Hand von Muschke erkannt hat, und ich meine, wir können dies als Randnotiz mal festhalten."

Jochen Breininger, der die Akten stets auf dem aktuellen Stand hielt, schrieb die Angaben des Zeugen auf das Flipboard. Nachdem Vincent anscheinend fertig war, ergriff Carlo das Wort: „Der Leichnam wurde von der Gerichtsmedizin freigegeben, dann wurden die Eltern von Muschke informiert. Beerdigung ist am Montag, 27. Juni um 10:30 auf dem Waldfriedhof. Wir haben die richterliche Genehmigung der Hausöffnung von Muschkes Wohnung, wir können jederzeit die Räumlichkeiten betreten. Nachdem wir keine Person wissen, die einen Zweitschlüssel hat, auch die Eltern nicht, ist eine Öffnung durch einen Schlosser genehmigt."

„Gut, wir schauen uns die Hütte dann mal genauer an, Carlo."

Der Angesprochene nickte ernst und klappte die Akte zu.

„Ralf, was hast du so über unser Opfer herausbekommen?", wendete sich Vincent nun an den Computerfachmann.

„Ja, wo fang ich da an, wo hör ich auf? Unser Herr Muschke war wohl auf den persönlichen Erfolg aus. Er wurde praktisch vor einigen Jahren mit Klagen überhäuft. Wir wissen ja schon, dass er eine Bewährungsstrafe wegen Betruges bekommen hat." Ralf sah in die Runde, die aber wartete, dass er weiter berichtete. „In den 90ern hat Muschke im großen Stil Immobilien verkauft. Er arbeitete von einem Büro in Kaufbeuren aus und machte Geschäfte mit Wohnungen, vor allem in Ostdeutschland. Damals, kurz nach der Wende, konnte man aus Staatsbesitz Immobilien kaufen. Muschke hat Käufer gesucht und die Immobilien zu völlig überzogenen Preisen verkauft. Er selbst dürfte dabei erheblich mehr als die übliche Provision eingesackt haben. Nach einigen Jahren, als klar wurde, dass immer mehr Käufer unbequeme Fragen stellten und Jakob Muschke anzeigen wollten, verließ dieser die Stadt und verschwand zunächst völlig von der Bildfläche. Jahre später tauchte Muschke wieder auf, er hatte eine Immobilienfirma in Spanien, 100 km westlich von Barcelona. Seine Masche, überteuerte Wohnungen und Häuser an den Mann zu bringen. Es dauerte nicht lange und auch hier wurde die Luft für Muschke immer dünner, woraufhin dieser erneut abtauchte und wieder nach Deutschland zurückkehrte. In Mannheim gründete er erneut eine Firma, diesmal durch den Verkauf von minderwertigen, aber teuren Waren. Diesmal hagelte es Anzeigen. Muschke kam vor Gericht und wurde, wie wir bereits wissen, wegen Betruges zu einer hohen Geldstrafe verurteilt. Vor rund zwei Jahren kam

Muschke zurück nach Kaufbeuren und gründete eine Ein- und Verkaufsfirma. Sein Geschäft in Kaufbeuren lief gut. Also, so richtig gut. Sein Geschäftsmodell sah so aus, dass er qualitativ nicht so tolle Waren einkaufte und diese durch die guten alten Kaffeefahrten völlig überteuert verkaufte. Ihr kennt das ja mit den Kaffeefahrten. Da wird Rentnern groß und breit erklärt, dass sie diese tolle Matratze für 2.000 Euro brauchen. Dabei hat die nicht mal einen Bruchteil des Verkaufspreises als Wert. Aber der Herr Muschke hat aus seinen Fehlern gelernt. Er wandelte auf einem schmalen Grat der Legalität, man konnte ihm juristisch nichts anhaben. Natürlich hagelte es Anzeigen gegen ihn, wegen der windigen Waren, aber alle Anzeigen liefen ins Leere." Ralf schaute hoch von seinem Bericht und endete: „… und das war es dann von meiner Seite aus."

„Danke Ralf, super gemacht. Das heißt, wir müssten jede Person ausfindig machen, die er mal über den Tisch gezogen hat. Nachdem vorwiegend ältere Menschen immer noch, trotz aller Warnungen, bei solchen Veranstaltungen mitmachen, wäre es ein uferloses Unterfangen, hier einen eventuellen Täter ausfindig zu machen. Die Taktik bei diesen Fahrten ist so simpel und gerade ältere Leute springen darauf an. Du gibst den Teilnehmern ein Zuckerl und holst dir im Gegenzug ein ganzes Zuckerrübenfeld. Das ist so eine psychische Sache und leicht nachzuvollziehen. Schau Carlo, mal angenommen, ich fahr mit dir zum Bäcker und kauf für uns eine vegane Breze", sagte er blinzelnd in die Richtung seines Kollegen, der humorlos lachend seine Zähne zeigte. „Und schon liegt der Spielball bei Carlo. Der Mensch will nicht einfach etwas geschenkt bekommen. Carlos Gewissen sagt nun: ‚Ich habe etwas geschenkt bekommen, ich muss Vincent nun etwas zurückgeben'. Carlo wird beim nächsten Mal mit ziemlicher Sicherheit den Kuchen zahlen, wenn ich ihn darum bitte, auch wenn der Kuchen viel mehr kostet als zwei Brezen. Und diese Methode nutzen die Kaffeefahrtenbetreiber."

Die Kollegen der Runde nickten verstehend ob dieser Erklärung. Vince fuhr fort: „Kennt ihr diese Prospekte? Es gibt eine wunderbare Fahrt ins Grüne, die viel zu lange dauert. Es wird wohlschmeckendes Mittagessen versprochen, das sich aber als nicht so toll entpuppt. Und dann wird vorzugsweise bei einem einsamen Gasthof eine langatmige Verkaufsveranstaltung durchgeführt, bei der dieser Ramsch angepriesen wird. Der Gast bekam also die Fahrt, das Essen und hat nun das Bedürfnis etwas zurückzugeben und kauft diese teuren Produkte. Das Gewissen ist beruhigt, der Veranstalter hat sein Ziel erreicht. Nach über zwei Wochen werden die Produkte geliefert, man stellt fest, dass das Produkt nicht das hält, was man versprochen bekommen hat, man kann vom Kaufvertrag nicht mehr zurücktreten und fühlt sich betrogen. Man wünscht dem Veranstalter die Pest an den Hals oder einen Fleischklopfer auf den Kopf." Die Kollegen lachten los über den trockenen letzten Satz von Vince, der aber betont ernst blieb, was den trockenen Effekt noch verstärkte.

Nachdem sich das Gelächter gelegt hatte, sprach Vincent weiter: „Vielleicht liegt auch eine Eifersuchtssache vor, ein gehörnter Ehemann, dessen Frau sich auf eine Affäre mit Muschke eingelassen hat. Auch das wär nicht so weit her geholt, da Muschke allein lebte und Rücksicht offensichtlich nicht zu dessen Stärken gehörte. Oder es ist ein Grund, der länger zurückliegt. Was meinst du, Ralf, können wir herausfinden, mit wem Muschke betrügerische Geschäfte gemacht hat? Aber ob wir da auf einen grünen Zweig kommen? Es ist schon 20 Jahre her, dass der Muschke aus Kaufbeuren abgehauen ist. Unwahrscheinlich, aber nicht auszuschließen, dass da heute noch einer böse ist auf unseren nun toten Muschke."

„Ich werde es auf jeden Fall versuchen, Vince. Kann aber dauern und ist eine ziemliche Sisyphusarbeit."

„Danke, Ralf, dafür darfst dir noch ein Stück Streuselkuchen nehmen", grinste Vincent. Wieder lachten die Teilnehmer der SoKo.

„Na, solche Opfer mag ich ja. Dreck am Stecken, dass man den kaum noch hinterherziehen kann und die halbe Menschheit, die nicht gut auf ihn zu sprechen war. Wenn da nicht einer bei der Tür reinkommt und ruft ‚Ich war's', seh ich da einigermaßen schwarz, dass wir einen Täter finden. Umso intensiver müssen wir uns hier reinhängen." Vincent dachte nach, sah sich einen unbestimmten Punkt in der Zimmerecke an und kratzte sich am Kinn. Schlug sich dann auf die Schenkel und sagte: „Nutzt ja nix, machen wir unseren Job, Leute. Carlo, Jochen, wir machen uns auf, um das Haus von Muschke in Augenschein zu nehmen. Den Schlosser werden wir herbeizitieren, und dann schauen wir mal, ob wir Anhaltspunkte finden. Ralf, du suchst Muschke-Feinde von früher und heute. Auf geht's." Vincent erhob sich, der Rest der SoKo machte es ihm nach.

30 Minuten später war das Ermittlertrio vor dem Haus von Jakob Muschke. Der etwa 50-jährige Schlosser wartete bereits mit seinem Handwerkskoffer neben seinem Wagen, einem alten, weißen VW-Caddy. Vincent erwartete einen

Mann, etwas dicklich, im Blaumann, mit ebenso blauer Schirmmütze, auf dem der Name der Firma aufgedruckt stand. Aber er wurde in seinem Klischee nicht bestätigt. Vor ihm stand ein sportlich aussehender Mann, etwas größer als Vincent und mit festem Händedruck. Statt der Monteurkleidung trug der Schlosser eine schwarze Jeanshose und ein Poloshirt. Lediglich auf der linken Seite des Hemdes war ein Aufdruck der Schlosserfirma. Wie sich herausstellte, hatten sie es mit dem Chef selbst zu tun. Die Männer begrüßten sich und Vincent zeigte dem Facharbeiter die richterliche Genehmigung der Türöffnung. Herr Schweiger, so der Name des Schlossers, studierte das Schriftstück genau, reichte es an Vincent zurück und meinte: „Dann spielen wir mal Einbrecher." Nahm seinen Koffer und strebte der Eingangstüre zu. Sah sich einige Sekunden das Schloss an, nahm zwei Gegenstände aus seinem Koffer, verdeckte mit seinem Körper die Sicht auf sein Tun und innerhalb von 10 Sekunden schnappte die Türe auf.

„Bitteschön, die Herren, ziemlich hochwertiges Schloss. War nicht so einfach zu öffnen", sagte Herr Schweiger und machte eine einladende Geste zum Eingang.

Das Team schaute den Schlosser an und suchte in dessen Gesicht nach der Ironie. Konnten aber nichts dergleichen feststellen. Offensichtlich meinte Herr Schweiger das ernst mit dem Schwierigkeitsgrad.

„Vielen Dank, Herr Schweiger, wenn Sie bitte noch dieses Formular unterschreiben wollen? Das ist die Bestätigung für die Öffnung wie auch der Nachweis für Ihre Arbeit, die sie in Rechnung stellen können."

Herr Schweiger las sich auch dieses Schriftstück durch, nickte schließlich, machte seinen Servus auf das Papier und reichte es Vincent zurück. „Immer gern zu Diensten", sagte der Schlossermeister, tippte sich an seine nichtvorhandene Schirmmütze, nahm sein Werkzeug und zog von dannen.

Nachdem alle drei Ermittler im Haus waren, schlossen sie die Türe und sahen sich zunächst um. Das Haus war modern gebaut und auch entsprechend stilvoll eingerichtet. Die Farben schwarz und weiß dominierten. Grau und Silber unterstrichen den Geschmack des Besitzers. Es wurde in kein überflüssiges Möbelstück investiert. Alles war funktionell und offensichtlich teuer. Der Flur bestand noch aus schwarzen, weißen und grauen Fließen. Direkt rechts nach dem Eingang kam die Küche. Nicht überraschend war diese auch in schwarz und weiß gehalten. Die Schranktüren glänzten im Lacklook, die Küchengeräte waren ausnahmslos von hoher Qualität. Weiter den Flur entlang kam das Trio ins Wohnzimmer. Jochen ließ einen beeindruckten Pfiff los, als er den Raum betrat. Der überdimensionale Flatscreen-Fernseher beherrschte das Zimmer. Jochen las an einem Produktschild UB98 4k und ließ wieder ein Pfiff durch die Zähne folgen. Strich sich mit einer Hand durch die Haare und sagte: „Leute, wisst ihr, was dieser 98-Zoll-Kasten kostet? Ihr dürft gern schätzen."

„Du wirst es uns gleich sagen", blieb Vincent sachlich.

„Fünf-zehn-tau-send-neun-hun-dert-neun-und-neun-zig-Euro." Jede Silbe malte er mit seinem Zeigefinger in die Luft.

„Für 100 Zoll hat es wohl nicht gereicht? Na, wer so was braucht. Unser Opfer auf jeden Fall nicht mehr." Wieder ein typisch trockener Vincent-Kommentar, der den Kommissarkollegen erden sollte.

„Du, wir staunen später. Wir brauchen Hinweise und Eindrücke, nicht Beeindruckung." Jochen wirkte pikiert.

Das Zimmer konnte von einem Soundsystem beschallt werden. In jeder Ecke waren gut getarnte, integrierte Lautsprecher zu finden. Der Blick von Vincent blieb am Sofa hängen. Auch Muschke hatte, wie er, ein Rolf-Benz-Sofa. Nur war dieses hier wesentlich teurer als das von Vincent. Er fühlte nun doch eine leichte Eifersucht, schüttelte sie aber schnell ab. Schließlich hatte er hier eine Arbeit zu verrichten.

Mit Büchern hatte es Muschke wohl nicht so recht. Gerade mal ein paar Sachbücher befanden sich in einem Wandregal. Carlo öffnete den Wohnzimmerschrank und fand einige Ordner. „Ich glaub, so etwas in der Richtung suchen wir, oder, Leute?", rief Carlo über die Schulter.

„Super, Carlo. Nimm die doch alle mal raus und leg sie auf den Tisch hier. Das Zeug nehmen wir mit auf die Dienststelle."

Auch die restlichen Räume waren mit dem gleichen Geschmack eingerichtet. Das Schlafzimmer unterschied sich jedoch etwas in der Farbwahl. Statt mit Silber wurde das Zimmer durch Lilatöne betont. Das überbreite Bett war nicht gemacht. Das war das Einzige am Haus, was nicht einen aufgeräumten Eindruck machte. Ein großer, verspiegelter Schrank, ebenfalls in schwarz und lila, nahm eine komplette Seite des Raumes ein. Vincent öffnete den Schrank, fand aber nur das Erwartete: Klamotten. Die Nachtschränkchen waren da schon interessanter. Eine Großpackung Kondome wurde hier bevorratet. Einiges an Sexspielzeugen konnte gefunden werden. Dass Handschellen zum Inventar gehörten, das konnte die drei nun nicht weiter überraschen. Im anderen Nachtkästchen wurden Dinge entdeckt, die Batterien benötigten. Über das Sexleben von Muschke wusste das Trio nun mehr oder weniger Bescheid. Die Menge an Kondomen stützte die Aussage der Nachbarn, dass Muschke wohl regen Wechsel bei seinen Sexpartnern hatte. Und offensichtlich war er hetero. Das Interessanteste war aber der Laptop auf einem Nachtkästchen. Jochen nahm den tragbaren Computer direkt an sich, nachdem er das Ladekabel ausgestöpselt hatte.

Das Bad konnte die Beamten auch nicht mehr beeindrucken. In Muschkes Lieblingsfarben schwarz, weiß und silber war es ausgestattet. Schwarze Schieferplatten statt Fliesen waren hier ausgelegt. In einer Ecke des großzügigen Raumes war eine halbrunde Badewanne inklusive Whirlpool, die über drei Stufen zu erreichen war. Lag man zu zweit in der Wanne, konnten beide locker die Beine darin ausstrecken. Am Beckenrand stand eine Vase mit künstlichen Blumen, daneben zwei umgedrehte Sektgläser auf einem silbernen Tablett.

Die Dusche hatte eine runde Echtglaskabine. Der Duschkopf war riesig und viereckig. In die Schieferplatten der Duschkabine waren noch einzelne Düsen eingebaut. Das Wasser wurde offensichtlich vorgewärmt. Eine eingebaute Digitalanzeige in einer Schieferplatte zeigte 40 °C an. Durch Touchscreen-Pfeile konnte der Nutzer die Temperatur höher oder niedriger anwählen. Grinsen musste Vincent, als er nach oben blickte und fast außer Reichweite einen weißen Abzieher sah. Dieses Utensil passte überhaupt nicht zur peniblen, hochqualitativen Ausstattung des Bades und war lediglich ein praktischer Helfer gegen den Kalkansatz.

Nach einer guten Stunde erklärte Vincent die Durchsuchung für beendet. Weitere Ordner wurden noch gefunden, die nun zum Dienstaudi getragen wurden, um untersucht zu werden.

Vincent schloss die Türe hinter sich, griff in sein Ausweismäppchen, holte das amtliche Siegel hervor und befestigte es an der Haustüre.

Kurz darauf machten sich die Kommissare auf den Weg zum Präsidium.

Kapitel 26

24. Juni 2016

„Babba, da gibt's 'ne neue Runde bei Frankenried. Sollen wir die heute machen? Hast ja noch frei, gell?", riss Mirjam ihren Vater aus seinen Gedanken.

„Was?", fragte Siegfried desorientiert.

„Frankenried? Runde? Dooosen?", betonte Mirjam jedes Wort mit hochgezogenen Augenbrauen, als spräche sie mit einem Begriffsstutzigen.

„Ach so, neue Runde." Siegfried war in die Allgäuer Zeitung vertieft und las erneut den Bericht über den ‚Bärenseemord'. Ein Kaffee stand vor Siegfried. Appetit hatte er jedoch keinen; die ganze Sache lag ihm schwer im Magen. Aber er musste seine Vaterpflichten erfüllen, er durfte sich einfach nicht anmerken lassen, dass etwas an ihm nagte. Karin war am gestrigen Abend durchaus etwas stutzig geworden wegen seiner geistigen Abwesenheit. Aber er glaubte nicht, dass Karin irgendwie einen Zusammenhang zwischen der Sache mit Jakob und ihm fand.

„Ja, Mirjam, das können wir gerne machen heute. So wie ich meine Lieblingstochter kenne, hat sie schon die Wegpunkte aufs GPS-Gerät geladen", lächelte er schief sein Mädchen an.

Mirjam rollte mit den Augen. „Ja, Lieblingsvater, hab ich schon alles gemacht. Also, sollen wir bald los?" Mirjam hüpfte herum, klatschte in die Hände, und ihre braunen Haare wippten dabei auf und ab.

„Gib mir eine halbe Stunde, dann kann es losgehen. Wo müssen wir parken?"

Mirjam sah mit konzentriertem Blick auf das Gerät, sodass sich ihre Stirn in Falten legte. „Am Gasthof geht ein Weg nach rechts, da ist ein Parkplatz angegeben. Wir können dann zwar nicht beim ersten Cache anfangen, aber das juckt ja nicht."

Siegfried verließ kurz den Raum und sagte zu Mirjam, als er zurück war: „Ganz schön anstrengend, etwas zu finden auf dem kleinen Display, oder?"

„Ja, Babba. Wenn ich mal selber arbeite, kauf ich mir von meinem ersten Geld ein neues GPS-Gerät. Das hier ist doch recht *basic*."

„Oder du nimmst das da." Siegfried ließ das hochmoderne GPS-Gerät von Jakob an der Handschlaufe vor den Augen Mirjam's baumeln.

„Ah, kreisch, wo hast du *das* denn her? Der Hammer. Das kostet doch mindestens 500 €?!" Aufgeregt nahm Mirjam das Gerät in ihre Hände und hantierte an den Knöpfen herum.

„Ist zwar gebraucht, und deshalb hab ich es auch viel billiger bekommen", log Siegfried.

„Einfach nur *wow*. Ich lad sofort die Wegpunkte da drauf. Babba, du bist der Beste." Mit diesen Worten verschwand seine Tochter, um die Caches auf das Gerät zu übertragen, wofür sie nur wenige Minuten benötigte. „So, Babba, guck mal, wir müssen zu dem Parkplatz, den ich markiert habe." Mirjam zeigte ihrem Vater die Stelle auf der Karte des Gerätes.

„Den Parkplatz kenn ich. Okay, ich wäre schon reisefertig. Wie lang ist die Runde denn?"

„Ich schätz so um die sechs bis sieben Kilometer. Ich beeil mich, dann können wir vielleicht ein paar FTF machen."

‚Jakob kann ihnen die First to Find's nicht mehr strittig machen', dachte Siegfried mit düsterer Miene.

Er zeigte Mirjam den Autoschlüssel, zum Zeichen des Aufbruchs. „Auf geht's, Kleine." Siegfried klopfte seiner Tochter auf den Hintern, die jedoch keinen Antrieb brauchte.

Nach 15 Minuten erreichten Vater und Tochter den angegebenen Parkplatz. Beide schauten auf das GPS-Gerät und stellten fest, dass sie 30 Meter bis zum ersten Objekt der Begierde entfernt waren. Mirjam blickte in die Richtung und lief zielstrebig auf ein Verkehrsschild zu, sah am Rohr entlang nach unten und fand einen verräterischen Stein, hob diesen ab und präsentierte ihrem Vater triumphierend ein Plastikröhrchen.

„Jetzt bin ich gespannt", flüsterte Mirjam, schraubte den Deckel ab und schüttelte das Logbuch heraus. Langsam blätterte sie um und gab einen Quietschlaut von sich. „Erster, Erster, Babba ist bloß Zweiter", sang sie, beugte sich vor und streckte ihrem Vater die Zunge raus. Siegfried lächelte seine glückliche Tochter an. Diese nahm einen Kuli aus ihrer Tasche und schrieb *„KaSiMir 24.6.2016 FTF"* in das kleine Heftchen. Sie schob es zurück in den Kunststoffbehälter, legte es wieder in sein Versteck und den Stein obenauf. Auf dem Gerät wurde der Cache als ‚gefunden' markiert und dann sahen die beiden sich auf dem Gerät an, wo der nächste Cache versteckt war. „653 Meter die Straße entlang, los Babba, FTF's jagen!", rief die 16-Jährige aufgeregt und federte bereits den Weg entlang.

Als die beiden in die Nähe der Koordinaten kamen, konnte man schon erahnen, wo der nächste Cache versteckt war. Es war eine Hütte mit Büschen, einer Aussichtsbank und einem großen Findling. Aber so einfach war es dann doch nicht. Während Mirjam die Bank abklapperte, suchte Siegfried an dem Findling. Beide fanden nichts und gemeinsam suchten sie in den Büschen nach dem Objekt der Begierde. Es dauerte eine Weile, bis die zwei realisierten, dass dieser Kiefernzapfen künstlich war. Die Rückseite war hohl, darin befand sich das jungfräuliche Logbuch.

„Und noch ein FTF, Babba. Du darfst reinschreiben", streckte Mirjam generös das Logbuch zu ihrem Vater.

„Herzlichen Dank, holde Mirjam." Siegfried verbeugte sich theatralisch vor seiner Tochter. Als er mit ‚Kasimir' unterschrieb, musste er an Jakob denken, der ihn wegen des Accountnamens als Dorfesel bezeichnet hatte. Sein schlechtes Gewissen ebbte ab, Wut kam wieder in ihm hoch. Siegfried war in dem Moment wieder überzeugt davon, dass dieser Jakob den Tod verdient hatte. Seine Stimmung hellte sich auf und er konnte die Serie, bestehend aus 16 Caches, genießen.

Die Runde war tatsächlich sehr schön. Beim nächsten Cache, einer Filmdose, die mit Magnet an einem Schild mit der Aufschrift *Müll abladen verboten!!!* befestigt war, betraten sie einen schönen Wald. Die Caches waren kreativ gestaltet, sie fanden einen künstlichen Pilz, in dem ein Logbuch steckte, kamen zu einem Vogelhaus, dessen Einflugloch verschlossen war. Darin befand sich ein Behälter, in dem das Logbuch steckte. Das Highlight war etwa bei der Hälfte der Runde. Sie kamen an eine Waldhütte, und man hatte am heutigen sonnigen Vormittag einen gigantischen Blick über den Wald und bis in die Berge. Vater und Tochter genossen die Aussicht und suchten anschließend verzweifelt nach dem Cache. 20 Minuten suchten sie die Fassade der Hütte ab, suchten an Baumwurzeln, schauten immer wieder auf das GPS, ob sie auch wirklich am Ziel waren. Und dann plötzlich rief Siegfried laut: „Ich hab's!", und hielt einen viereckigen Stein hoch. Dieser Stein hatte auf der Rückseite ein Loch, darin befanden sich ein eingeklebter, kleiner Plastikbehälter und natürlich das Logbuch.

„Boah, ganz schön tricky versteckt", nickte Mirjam beeindruckt. „Krass. Aber Babba kann man nichts vormachen, gell?"

„So ist es. Ich darf doch mal?" Siegfried streckte Mirjam die Hand entgegen und wackelte auffordernd mit den Fingern, dass sie ihm den Kugelschreiber reichen möge. Die Tochter kam gern der Aufforderung nach. Und wieder konnten sie den ‚First to Find' klarmachen.

Als sie nach etwa vier Kilometern wieder aus dem Wald herauskamen, hatte man einen schönen Blick nach Westen, auf Kaufbeuren, das in einem Tal liegt. Während der letzten Eiszeit hatten die Eismassen dieses Tal gefräst. Störend wirkte die Schnellstraße. Die B12, auch Todesstrecke genannt, verschandelte mit ihrem grauen Asphaltband und dem permanenten Geräuschpegel aus vorbeifahrenden Autos und LKWs das Idyll. Sah man jedoch darüber hinweg, war der Ausblick toll. Von ihrer Platz aus konnte Siegfried auch jenseits der Bundesstraße den Wald erkennen, in dem Jakob Bekanntschaft mit einem Fleischklopfer gemacht hatte. Siegfried dachte an die Szenerie von vor fast zwei Wochen und fühlte sich dabei im Recht.

Mirjam deutete das Verharren ihres Vaters falsch. Sie dachte, dass er so vertieft wäre in die wunderbare Landschaft und wollte ihn nicht dabei stören. Woher sollte sie auch wissen, dass ihr Vater ein Mörder war. Für sie war er der tollste Babba der Welt. Nie erhob er die Hand gegen sie. Wenn er sie ausschimpfte, dann war er innerhalb von Minuten wieder gut mit ihr. Sie war sich sicher, dass Babba alles für sie tun würde. Mit jedem Problem konnte sie zu ihm kommen; auch bei Mädchenthemen lachte er sie nicht aus. Er hörte aufmerksam zu, gab Tipps und fand Lösungen. Mirjam war stolz auf ihren Vater. Sie nahm seine Hand und Siegfried kehrte aus seinen Gedanken zurück.

„Sollen wir weitergehen? Nicht, dass doch noch einer unterwegs ist und sich vor uns in die Logbücher einträgt", drängelte Mirjam.

„Ja, klar, dann hoppigaloppi." Siegfried strich über die Haare seiner Tochter, die sich aber schnell wegduckte.

„Niicht, meine Haare, Babba!" Mirjam strich ihre Frisur wieder glatt.

An einer Rastbank, unter die ein Plastikröhrchen geschraubt war und der mittlerweile 12. FTF klargemacht werden konnte, machten Vater und Tochter kurz Pause und schauten den rasenden Autos auf der B12 nach.

„Schade, dass Mama nicht dabei ist", sagte Mirjam bedrückt.

„Ja, stimmt, hätt ihr auch gefallen, die Runde. Aber es sind halt keine Ferien, und einfach so frei machen geht nun mal nicht."

„Babba?", fragte Mirjam leise.

„Ja, mein Engel?"

„Wann fahren wir eigentlich mal so richtig in Urlaub? Wir sind noch nie irgendwo hingeflogen, immer bloß mit dem Auto, höchstens mal für 'ne Woche an den Gardasee. Das war bisher unser größter Urlaub." Sehnsucht schwang in ihrer Stimme mit.

„Ach, Mäusle, du weißt doch, dass wir es nicht so fett haben. Ich kann dir aber sagen, dass Mama und ich schon etwas angespart haben, und nächstes Jahr machen wir wirklich richtig Urlaub, mindestens zwei Wochen in der Türkei oder sowas. Wär das was?"

„Das wär toll, Babba. Im September fang ich mit der Lehre an, dann kann ich ja auch ein bisschen was beisteuern. Da freu ich mich jetzt schon drauf." Mirjam legte ihren Kopf an die Schulter ihres Vaters.

„Kriegen wir hin. Alles wird besser." Siegfried küsste die Haare seiner Tochter und stand auf. „Aber erst müssen wir noch vier Döschen suchen."

Tatsächlich schafften die beiden es, in allen Caches der Serie als erstes ihren gemeinsamen Namen KaSiMir in die Logbücher einzutragen. Am letzten Cache, der unter einem Brunnen versteckt war, klatschten sich Vater und Tochter ab, wie es Sportler nach einer gelungenen Aktion zu tun pflegen, und grinsten sich breit an.

„Waren wir gut oder waren wir gut?", fragte Mirjam mit gespielt arrogantem Blick und vor der Brust verschränkten Armen.

„Wir sind die Besten", bestätigte Siegfried. „Jetzt aber schnell heim und im Internet unsere Erfolge loggen."

Am Parkplatz angekommen, war ihr Auto nicht mehr das einzige, das abgestellt war. Zwei weitere Fahrzeuge standen dort, und an dem Verkehrsschild konnten sie beobachten, wie jemand sich nach einem Kunststoffröhrchen bückte.

Vater und Tochter grinsten sich an und stiegen ins Auto.

Kurze Zeit später war der betagte Fiesta auf dem Weg zurück nach Neugablonz.

Der Urlaub in der Türkei würde ein Traum bleiben.

Kapitel 27

Mai 2002

Siegfried hatte es völlig vergessen, oder besser gesagt, er hatte es verdrängt, seiner Frau Karin zu sagen, dass der Mietvertrag von seiner Wohnung in Leipzig gekündigt worden war. Er war im Laufe der Jahre zu einem richtigen Künstler geworden, wenn es hieß, unangenehme Dinge zu ignorieren. Der Brief lag in der Schublade. Aus den Augen, aus dem Sinn. Wie kleine Kinder, die glauben, dass, wenn sie die Hände vor die Augen legen, sie dann nicht entdeckt werden. Aber die Realität sah nun mal anders aus. Auch wenn Siegfried betont nicht daran dachte, das Desaster nahm auch ohne sein Zutun seinen Lauf. Mit seiner Tochter auf dem Arm ging er zum Briefkasten und sah schon durch den Sichtschlitz den verhassten Poststempel aus Leipzig. Mirjam gab ein schmerzliches Piepsen von sich. Siegfried hatte aus Versehen so fest das Bein von der Kleinen gedrückt, dass sie vor Schmerz zu weinen anfing. Das tat Siegfried so leid, dass er seiner Süßen wehgetan hatte, er tröstete sie und sagte immer wieder, dass es ihm leidtat. Nach kurzer Zeit beruhigte Mirjam sich wieder. Siegfried setzte seine Tochter auf das Wohnzimmersofa und ging wieder zum Briefkasten, um die Post hereinzuholen.

Eine ganze Weile starrte er den ungewohnt dicken Brief an und malte sich in Gedanken aus, was darin wohl stehen möge. Seine Hoffnung war ja, dass alles ok wäre, die Mieter schön ausgezogen wären und die Verwaltung ihm einfach mitteilte, dass sie bereits einen Nachmieter für seine Wohnung gefunden hätten. Aber ihm war klar, dass das nur Wunschdenken war. Aus Leipzig konnte gar nicht mehr mit guten Neuigkeiten gerechnet werden.

Siegfried schaltete den Fernseher an, um sich abzulenken. Zappte durch die Programme, fand nichts Interessantes, drückte den Off-Knopf, spielte mit Mirjam Lego, und trotz aller Ablenkung wollte der Brief einfach nicht verschwinden. Er hätte den Brief nehmen können und in den Schreibtisch legen, aber ihm war auch klar, dass das nur ein Aufschieben seiner neuen Probleme wäre. Außerdem hegte er trotzdem die Hoffnung, dass doch etwas Positives darin stünde.

Er nahm den Brief zur Hand, öffnete ihn mit zittrigen Fingern und las die erste Seite mit der mittlerweile bekannten Anrede:

Sehr geehrter Herr Distl

Wir teilen Ihnen mit, dass die Bewohner aus Ihrer Wohnung ausgezogen sind. Allerdings haben sich diese nicht wie vorgesehen abgemeldet, sondern haben Ihr Objekt zu einem unbekannten Zeitpunkt verlassen. Es ist davon auszugehen, dass die Personen, die in ihrer Wohnung untergebracht waren, zurück nach Bulgarien bzw. Rumänien gereist sind. Die Firma, die ihre Wohnung angemietet hatte, musste bedauerlicherweise Insolvenz anmelden. Dadurch blieben auch die Mietzahlungen für die Monate April und Mai aus.

Durch den Auszug treten nun mehrere Probleme auf. Die Bewohner haben die Wohnungsschlüssel mitgenommen. Daher mussten die Räumlichkeiten durch einen Schlüsseldienst geöffnet werden. Selbstverständlich haben wir das Schloss direkt auswechseln lassen.

Bei der Begutachtung der Wohnung mussten wir feststellen, dass der Zustand des Objektes als unbewohnbar einzustufen ist. Die Wohnung war offensichtlich mit ca. 12 – 15 Personen bewohnt. Neben den üblichen Abnutzungen müssen wir Ihnen leider mitteilen, dass vorsätzlich einige Schäden gemacht wurden.

Im Anhang 1 finden Sie bitte eine Auflistung der Schäden

Im Anhang 2 finden Sie bitte einen Kostenvoranschlag für die unumgänglichen Reparaturen

Im Anhang 3 finden Sie bitte die aktuelle Liste Ihres Wohngeldkontos, das Sie bitte bis zum 30.06.2002 ausgleichen mögen.

Mit freundlichen Grüßen

Diana Möller
Bruner Immobilien- und Hausverwaltung
Fasanenweg 22
04211 Leipzig

Siegfried lief hastig mit dem Brief in der Hand auf die Toilette, kniete sich nieder und erbrach sich schwallartig in die Kloschüssel. Auch nachdem nichts mehr kam, würgte es ihn immer wieder. So musste er eine gefühlte Ewigkeit auf dem Klo verbringen, während er Mirjam auf dem Sofa quengeln hörte und er nicht in der Lage war, nach ihr zu sehen.

Völlig erschöpft schleppte er sich irgendwann zum Sofa zu seiner Tochter, die erkannte, dass es ihrem Vater nicht gutging und deswegen so quengelte. Ihrem Vater solle es doch gut gehen, wollte sie ihm so mitteilen. Siegfried nahm seine Tochter in die Arme und versuchte ihr zu suggerieren, dass alles in bester Ordnung war. Nur wollte es ihm trotz aller Anstrengung nicht gelingen.

Irgendwann schliefen Vater und Tochter eng umschlungen auf dem Sofa ein. Sie wachten nicht mal auf, als Karin von der Arbeit nach Hause kam. Seine Frau kam ins Wohnzimmer und lächelte beglückt über diesen herzigen Anblick ihrer Liebsten, die dort so friedlich vor sich hin schlummerten. Auf dem Boden lag ein dicker, knittriger Brief, den sie hochhob und begann zu lesen. Ihr glücklicher Gesichtsausdruck begann sich immer mehr aufzulösen, die Mundwinkel zogen sich immer weiter nach unten. Ihre Augen, die kurz zuvor noch fröhlich glänzten, wurden stumpf, traurig und verzweifelt. Zwei weitere Male las sie den Brief mit den beigefügten Anlagen. Tränen bahnten sich einen Weg aus ihren Augen an der Nase entlang. Karin ließ den Tränen ihren Lauf, die auf den Boden tropften.

Siegfried erwachte, als seine Frau die Nase hochzog und sah sie erstaunt an.

„Du schon hier? Wie spät ist es denn?", fragte Siegfried.

„Halb fünf."

Beide schwiegen und sahen abwechselnd sich und den Brief an. Siegfried setzte sich auf und sah nun aus wie das sprichwörtliche Häufchen Elend.

„Es tut mir leid", sagte Siegfried schwach.

„Was tut dir leid, Sigi?"

„Alles, es tut mir alles so leid. Mir tut es leid, dass du mich kennenlernen musstest." Siegfried begann zu weinen, wandte sich von Karin ab und rollte sich auf dem Sofa zusammen.

„Idiot. Du Vollidiot", sagte Karin leise, küsste ihre Tochter, die eben aufgewacht war, die Ärmchen ausstreckte und ihre Mutter ansah.

„Ja, Idiot, stimmt. Ich bin ein blöder Idiot. Lass dich scheiden, dass du wenigstens dein Leben retten kannst. Ich bin ein blöder Versager." Siegfried schluchzte in ein Kissen.

„Du bist noch der viel größere Idiot, wenn du meinst, dass ich den Mann, den ich über alles liebe, verlasse. Du bist ein Idiot, weil du immer wieder versuchst, alle deine Sorgen alleine zu bewältigen. Ich bin die Frau Distl, das solltest du mittlerweile gerafft haben." Karin legte sich zu ihrem Mann und zog die Beine an. Mirjam kuschelte sich dazu und gemeinsam genossen sie das Beisammensein. Tröstend streichelte Karin über den Kopf von Siegfried. Mirjam rieb sich die Augen und quengelte. Mirjam passte es nicht, dass sie aus dem Schlaf geweckt wurde. Karin nahm ihre Tochter hoch, küsste sie auf den Scheitel, legte sie im Kinderzimmer in ihr Bettchen und deckte sie liebevoll mit der leichten Sommerdecke zu. Nach kurzer Zeit fielen dem Mädchen die Augen zu und sie schlief ein. Leise die Tür schließend, kam Karin zurück ins Wohnzimmer.

Karin war der nüchterne, sachliche Part in der Beziehung. Irgendwann klaubte sie den Brief zusammen und ging analytisch an die Sache heran.

„Jammern nützt uns jetzt auch nix", meinte Karin. „Wir müssen sehen, wie wir das bewältigen können. Ich hab das jetzt alles durchgelesen, das ist ja der Wahnsinn mit der Wohnung."

„Ich glaub, mit Wahnsinn ist das eher noch untertrieben. Ich hab überhaupt keine Ahnung, wie ich da rauskomme soll." Siegfried saß am vorderen Rand des Sofas, die Füße auf den Boden gestellt, und strich sich verzweifelt über die Haare.

„Wir!"

„Was meinst?"

„Es heißt wir und nicht du, Herrgott nochmal."

„Wir." Siegfried lächelte bedröppelt.

„Eigentlich hätten die die Hütte direkt abfackeln können, das wär wohl aufs Gleiche raus gekommen. Da ist ja alles kaputt in der Wohnung. Wie kann man das zulassen?" Karin war zurecht empört.

Die Auflistung der Schäden und der Kostenvoranschlag für die Reparaturen lasen sich wie nach einer Schlacht. Zum Beweis wurden die Schäden durch beigefügte Bilder dokumentiert. Der Teppichboden war übersät mit Brandlöchern. In der Küche fehlte die Hälfte der Schranktüren. Ein Schrank lag mutwillig zerdeppert mitten im Raum. Die Funktion der Küchengeräte war eingeschränkt, manche Geräte waren defekt. Warum man Zigarettenkippen an den Zimmerwänden ausdrückte, das blieb das Geheimnis dieser Vandalen. Das Bad war das Hauptproblem. Das Waschbecken hatte einen Riss und war offensichtlich schon länger undicht. Das Klo völlig verkalkt und verdreckt, das bekam das härteste Putzmittel nicht mehr sauber. Von der Badewanne war die Emaille zerkratzt. Der installierte Duschvorhang hing in Fetzen von der Stange. Irgendjemand konnte wohl seinen eigenen Anblick nicht ertragen, denn der Spiegelschrank war eingeschlagen. Neben den Schäden stach der abgestandene Dreck von Monaten ins Auge. Die Wände waren beschmiert und dreckig. Ein wirklich unbegabter

Graffitikünstler war offensichtlich unter den Bewohnern. Sogar die Lichtschalter und Steckdosen wurden deinstalliert.

So konnte es nicht überraschen, dass am Ende des Kostenvoranschlages eine Summe von über 12.000 € stand.

„Meine Fresse, das sind ja über 24.000 Mark, die da in die Reparatur gesteckt werden sollen", klagte Karin.

Siegfried sah resigniert hoch in Karins Augen. „Und dann noch der Ausgleich des Wohngeldkontos. Sind auch noch mal 1.500 €."

Das Paar schwieg und überlegte.

„Das bricht uns das Genick", sagte Siegfried mit sehr leiser Stimme, senkte seinen Blick und starrte ins Leere.

Nach einer gefühlten Ewigkeit, während der das Paar sich gegenübersaß, die Hände haltend, und nur Schweigen den Raum erfüllte, musste auch die stets optimistische Karin zugeben, dass es kein Leichtes sein würde, so viel Geld aufzubringen. Ihre Augen waren wieder feucht vor Tränen, doch sie wollte keine Schwäche zeigen.

„Sigi, wir müssen nochmal versuchen, die Wohnung irgendwie zu verkaufen. Die muss einfach weg, das ist ein Fass ohne Boden."

„Wie denn, Karin. Wie denn?" Siegfried blickte nicht hoch. „Wer bitte kauft denn so eine Wohnung in so einer asozialen Gegend, nicht vermietet, praktisch zertrümmert? Da müsste ja einer genau so blöd sein wie ich. Mindestens." Siegfried rieb sich über die Augen.

„Hör auf damit", sagte Karin etwas lauter als beabsichtigt. „Du bist nicht blöd, ich heirate doch keinen Blödmann. Du hast einen Fehler gemacht, du wurdest über den Tisch gezogen. Schuld ist dieser Wichser von Immobilienmakler."

Nun sah Siegfried doch erschrocken seine Frau an. Solche Kraftausdrücke kannte er gar nicht von seiner Karin. Unwillkürlich musste er nun grinsen. Als Karin das sah, versuchte sie, ernst zu bleiben, konnte es nicht, grinste mit, bis sie erst leise, dann laut lachte. Und in dieses Gelächter fiel Siegfried mit ein. Das Paar lag sich Tränen lachend in den Armen, es suchte die Nähe des anderen und legte sich aufs Sofa. Aus dem Lachen wurde ein Küssen. Kurze Zeit später flogen Kleidungsstücke durch das Wohnzimmer und sie liebten sich wild und verzweifelt, bis sie erschöpft und schwer nach Atem ringend auseinanderglitten.

Danach starrten sie an die Decke und hingen ihren Gedanken nach. Karin hatte die Arme hinter dem Kopf verschränkt und sah in ihrer Nacktheit zum Anbeißen aus. Auch wenn der Erguss gerade Mal ein paar Minuten her war, erregte Siegfried der Anblick seiner Frau. Die herrlichen, festen Brüste, die ungeniert leicht gespreizten Beine, die ordentlich getrimmte Schambehaarung, die vor allzu neugierigen Blicken schützte, das ließ das Blut in Siegfrieds Lenden erneut pochen. Allerdings holte Karin ihren Mann auf den Boden der tragischen Tatsachen zurück.

„Wir machen das jetzt so: Wir beißen wieder mal in den sauren Apfel. Wir gehen zur Bank und fragen nach einem Kredit. Wir als Eheleute, mit zwei gesicherten Einkommen, haben bestimmt eine höhere Kreditwürdigkeit. Wir lassen die Wohnung reparieren, und wenn die saniert ist, dann bekommen wir bestimmt auch einen neuen Mieter rein. Wir müssen halt aufpassen, dass die Verwaltung nicht wieder so ein Gesindel reinlässt. Lieber ein bisschen länger leerstehen lassen und dafür an vernünftige Leute vermieten. Und mit dem Kredit ist das Wohngeldkonto auch ausgeglichen. Ein paar Euro Reserven lassen wir auf unserem Konto, und dann wird die Bude verkauft." Karin drehte sich zu Siegfried herüber, stützte sich auf einen Arm und war mit ihrem Lächeln wieder die optimistische Frau, die er so liebte.

Siegfried sah seiner Frau tief in die Augen. „Wenn ich dich nicht hätte. Ich kann dir nie mehr in diesem Leben zurückgeben, was du für mich tust. Ich liebe dich so sehr."

„Mach das", sagte sie frech und zog ihn auf sich.

Kapitel 28

24. Juni 2016

Hauptkommissar Vincent Zeller und sein Kollege Kommissar Carlo Genocci saßen in Neugablonz unter einem großen Sommerschirm und genossen einen Döner. Carlo hatte heute eigentlich keine Lust, sich über das Essen zu unterhalten. Er hatte eh immer das Gefühl, dass er den Kürzeren zog, wenn er die vegane Lebensweise seines Kollegen infrage stellte. Und nachdem gestern sein Sandwich durch die Luft flog, war er lieber vorsichtig. Er fand es äußerst merkwürdig, als Vincent vorschlug, zu diesem Dönerladen zu gehen. So saßen die Kommissare vor der heißen Sonne geschützt auf den Plastikstühlen und ließen sich ihren Döner schmecken.

Vorsichtig fragte Carlo nun doch: „Du, Vince, was ist das eigentlich bei dir im Brot?"

„Seitan", war die Antwort und Vincent biss wieder, die Ellbogen auf den Tisch gestützt, herzhaft in seinen Döner, dass das Kraut nur so auf den Teller fiel und die Soße von seinen Fingern herabtropfte.

„Satan?"

„Seitan, Carlo."

„Ok, und was ist das?"

„Das ist Weizeneiweiß. Die Gluten vom Weizen werden durch auswaschen gewonnen, das was übrig bleibt, kannst du in einem stark gewürzten Sud kochen und praktisch wie Fleisch verarbeiten. Anbraten, Geschnetzeltes machen. Ich kenn jemanden aus Franken, die hat aus Seitan einen irren

Sauerbraten gemacht, da hättest dich reingelegt und wärst nicht mehr rausgekommen. Dazu Knödel, göttlich." Vincent legte Zeigefinger und Daumen zusammen, küsste die Finger theatralisch und schmatzend, um seine Begeisterung gestenreich zu unterstreichen. „Und man kann auch Döner damit füllen."

„Krieg ich mal so ein Stückchen?", fragte Carlo schüchtern.

Vincent klappte das Brot auf und forderte seinen Kollegen auf, sich ein Teil zu nehmen. Carlo fasste vorsichtig hinein und probierte mit nach oben blickenden Augen und hochkonzentriert. Schaute dann erstaunt Vincent an. „Geil!"

„Gell?"

„Ne, geil."

„Hab ich schon verstanden." Vincent blinzelte. „Tja, da siehst mal, was du verpasst." Und schon biss der Kommissar wieder in seinen Veggie-Döner.

„Und die Soße?"

Vincent musste erst kauen und schlucken, um antworten zu können. „Vegan. Sojaquark. Kräuter. Gewürze", schmatzte Vincent.

Carlo beobachtete seinen Vorgesetzten bei seinem Mahl und biss in seinen eigenen Döner. Als er ihn verputzt hatte, stand er auf und ging in das Geschäft. Nach ein paar Minuten hatte Carlo einen neuen Döner in der Hand und gesellte sich wieder zu Vincent.

„Noch einer? Du bist ja drauf."

„Veggie-Döner, ist aus Seitan, weißt?", sagte Carlo grinsend und biss genüsslich in sein Brot. Vincent zog anerkennend die Augenbrauen hoch.

Der Kommissar verschlang die Reste seines Veggie-Döners und wischte sich anschließend mit der Serviette die Hände sauber. Er Spülte das Ganze dann mit einer Apfelschorle hinunter und wirkte nun völlig zufrieden.

„Carlo, ich weiß noch ziemlich wenig von dir. Wir arbeiten zwar zusammen, aber Privates lässt du von dir aus nicht raus."

Carlo schaute kauend und skeptisch seinen Vorgesetzten an und fragte: „Was willst denn wissen?"

„Na, alles halt. Warum du hier bist, in Deutschland. Wie es dich hierher verschlagen hat, was du so in deiner Freizeit machst und so weiter. Ich weiß gerade mal, dass du Fleisch isst", lachte Vincent.

Carlo überlegte weiter kauend, bevor er zu erzählen begann: „Naja, also in Deutschland bin ich, weil meine Eltern in den 1960ern als Gastarbeiter herkamen. Sie sind in den späten 70ern wieder nach Italien gezogen. Dort blieben sie bis 1985, bevor es sie wieder nach Deutschland zog, wo sie eine Pizzeria in Mainz eröffnet haben. Ich bin also in Italien geboren und mit meinen Eltern nach Mainz gezogen. Meine Eltern hatten wohl immer die Sehnsucht, zurück nach Deutschland zu kommen, denn ich wurde in Italien schon zweisprachig erzogen. So kam ich in die Schule und hatte keinerlei Nachteile. Als schlaues Kerlchen schaffte ich es 1991 aufs Gymnasium und hab 2000 das Abitur gemacht. Mit 1,7 übrigens."

Carlo grinste Vincent beifallheischend an. Der Applaus blieb aber aus. Vincent reagierte überhaupt nicht und hörte lediglich aufmerksam zu, wie er es als Ermittler bei der Kripo gewohnt war. Leicht irritiert darüber fuhr Carlo fort. „Ich hab mich dann für eine Ausbildung bei der Polizei entschieden. Und willst du wissen, warum? Weil ich verhindern wollte, dass ich zur Bundeswehr eingezogen werde. Witzig, oder? Die hätten mich wahrscheinlich eh nicht genommen, aber egal. Ich bin sehr gerne Bulle, ha." Carlo lachte über seine Selbstbeleidigung.

Vincent verzog keine Miene: „Und dann hast du deine Polizistenkarriere in Mainz gemacht und hast gedacht, im Allgäu gibt's so viele Rindviecher, da fällt ein Bulle mehr oder weniger auch nicht mehr auf?"

Aufgrund dieses trockenen Kommentares verschluckte sich Carlo an seinem Wasser und hustete heftig, während er lachen musste, bis ihm die Tränen kamen. „Vince, könntest du mich bitte in Zukunft irgendwie vorwarnen, wenn du so einen Gag bringst? Es würde schon reichen, wenn du auch nur ein bisschen die Mundwinkel nach oben ziehst."

„Ich geb mir Mühe. Macht aber viel mehr Spaß, wenn solche Reaktionen wie bei dir kommen."

„Du nimmst also in Kauf, dass dein netter Kollege erstickt und findest das amüsant?"

„Ja." Vincent grinste. „Etwas Schwund ist immer, und wie gesagt, wir haben so viele Kühe und Bullen im Allgäu, da findet sich schnell Ersatz."

„Klingt beruhigend. Aber nicht für mich", bemerkte Carlo und trocknete sich die tränenden Augen. „Also weiter mit meiner Biographie. Ich habe seit fünf Jahren eine wunderschöne Freundin, die jetzt 29 Jahre alt ist. Südländischer Typ, mit langen, lockigen, dunkelbraunen Haaren. Neidisch?" Carlo hatte sich mit verschränkten Armen auf den Tisch gestützt und schaute Vincent betont unschuldig an.

„Und wie. Solltest darauf achten, dass du sie mir nicht vorstellst, sonst bist *du* neidisch."

Mit großen Augen sagte Carlo: „Das, das würdest du nicht tun!"

„Wer weiß. Schließlich bin ich Single. Und schau mich doch mal an!" Vincent breitete die Arme aus und lachte seinem Compagnon mit strahlend weißen Zähnen ins Gesicht.

„Verarsch mich ruhig, ich kann das ab. Jetzt zu meiner Freizeit. Am liebsten mach ich was mit meiner Freundin." Nun war es an Carlo, frech zu grinsen. „Außerdem spiel ich gerne Poolbillard und Snooker. Da gehen schon immer ein paar Stunden drauf. Was sonst noch so? Kochen tu ich ganz gerne mal. Aber Sabrina meint immer, ich soll das mal besser bleiben lassen, weil die Küche anschließend aussieht, als hätt eine Bombe eingeschlagen."

Just in diesem Moment läutete das Smartphone von Vincent. Er hatte sich einen neuen Klingelton gegönnt, jetzt sang die Metalband Disturbed vom *Sound of silence*. „Hauptkommissar Zeller?", meldete sich Vincent.

„Servus Vince, hast du schon gehört? Bombenalarm!", drang die Stimme von Jochen durchs Telefon.

Vincents Kopf ruckte hoch, er blickte zu Carlo. „Hat ein Italiener etwa Nudeln gekocht?"

„Was? Wieso jetzt Nudeln?" Die Verwirrung war regelrecht durchs Telefon zu hören.

„Vergiss es, erzähl lieber."

„In der Innenstadt von Kaufbeuren wurde Bombenalarm ausgelöst. In der Nähe vom Erostischen Brunnen, da, beim Café Roma. Das LKA hat bereits den Sprengmittelräumdienst losgeschickt. Eine Person hat jemanden beobachtet, der einen verdächtigen Gegenstand platziert hat", berichtete Jochen das Wesentliche.

„Du, Jochen, Carlo und ich machen uns auf den Weg dahin. Servus." Schnell hatte Vincent das Gespräch beendet, sprang hoch und war schon auf dem Weg zum Auto. Ein knappes „Komm mit" zu Carlo, und dieser sprang auf, ließ seinen fast gegessenen Veggie-Burger liegen und folgte im Laufschritt Vincent. Sekunden später saßen die Beamten im Audi und fegten mit Blaulicht über die Hauptstraße von Neugablonz. Lediglich fünf Minuten später waren die Kommissare am Hafenmarkt, beim Erostischen Brunnen und stellten den Wagen ab, wo noch Platz war. Das Gelände war weiträumig abgesperrt. Hunderte Schaulustige verrenkten ihre Hälse, um einen Kick von der Terrorgefahr mitzubekommen. Mindestens jeder Dritte hielt sein Smartphone hoch, um die Szene auf SD-Karte festzuhalten, um die mögliche Katastrophe wahrscheinlich auf YouTube hochzuladen und dem Freundeskreis zu berichten: „Ich war dabei. Sehet, meine Internetjünger, ich war in Lebensgefahr". Etliche Beamte hatten reichlich zu tun, um die Neugierigen in Schach zu halten. Am liebsten wären die Wagemutigsten wohl direkt unter das Absperrband getaucht, um sich hautnah der Gefahr zu stellen. Vincent und Carlo gingen forschen Schrittes auf einen Beamten mit hochrotem Kopf zu.

„Seid's ihr auch so sensationsgeile Reporter, die ′ne Bombe live und in Farbe sehen wollen? Dann habt's euch aber geschnitten, ihr kommt da nur über meine Leiche durch. Schleicht's euch!"

Ohne mit der Wimper zu zucken oder auch nur einen Zentimeter zurückzuweichen, nahm Vincent sein Ausweismäppchen aus der Jackentasche, klappte es ruhig auf und hielt sie dem bedauernswert gestressten Polizisten vor die

Nase. Dessen Kopf wurde nun noch roter, nachdem ihm klar wurde, dass er eben einen Hauptkommissar angeblafft hatte. Er hob das Absperrband hoch und ließ die beiden Beamten passieren.

„Ihr macht einen tollen Job, Leute", sagte Vincent zu ihm und klopfte ihm im Vorbeigehen auf die Schulter. Dies schien den Beamten mit seinem Fauxpas zu beruhigen. Eifrig hielt er wieder die Stellung, auf dass niemand unbefugt die Absperrung überwinden konnte.

In sicherer Entfernung, hinter einem Einsatzwagen, erkannte Vincent den Kollegen vom Sprengmittelräumdienst. Heinrich Schmölz, gerade mal 45 Jahre alt und während solcher Einsätze eiskalt und unerschütterlich. Gerade diese Abgebrühtheit war es, die ihn schon in relativ jungen Jahren zum Leiter der *Feuerwerker* des Landeskriminalamtes machte. Auch er hatte, wie Vincent, volles, gepflegtes Haar, immer einen Dreitagebart. Niemand hatte ihn während der Arbeit jemals lächeln oder gar lachen sehen. Schmölz machte seine Arbeit effektiv, mit klaren Ansagen, konzentriert und unerschrocken. Wenn Schmölz Befehle und Weisungen erteilte, waren diese Gesetz. Niemand kam auf die Idee, dessen Befehle infrage zu stellen oder gar dagegen zu murren. Seine Erscheinung war drahtig, und ohne Sport hatte für ihn das Leben offensichtlich keinen Sinn. Marathonläufe waren ihm zu kurz. Wenn es seine Zeit zuließ, machte er bei Ironman-Veranstaltungen mit. In Frankfurt erreichte er vor drei Jahren das Ziel in einer Zeit unter 10 Stunden. Und auf dem Zielfoto sah man Heinrich Schmölz mit offenem Mund lachen.

„Ah, der Herr Hauptkommissar. Hallo Vince, komm schnell rüber", winkte er den Beamten zu sich. Sofort konzentrierte er seinen Blick auf Carlo, den er nicht kannte. Er musste eine Gefahr ausschließen und scannte den Kommissar mit seinen stahlblauen Augen.

„Carlo ist mein Kollege", sagte Vincent schnell, damit sich nicht prophylaktisch fünf Beamte auf ihn stürzten.

„Kann auch herkommen." Eine knappe Ansage.

Die beiden Beamten schüttelten sich die Hände, wobei Schmölz nur eine Millisekunde hersah, um sofort das Gelände wieder zu sondieren.

„Was haben wir, Heinrich?"

„Es wurde der Notruf abgesetzt, dass sich eine verdächtige Person dort vorne am Tor der Münzhalde zu schaffen gemacht hätte. Diese unbekannte Person blickte sich angeblich nervös um, bevor sie sich bückte und einen Gegenstand in Päckchengröße versteckte. Die Person soll ein südländisches Aussehen haben. Der Notrufabsetzer, eine Frau, 60 Jahre alt, hier aus der Stadt, beharrt darauf, dass es ein Syrer war, Zitat: ‚Irgendein Flüchtling'. Eure Polizeibeamten waren nach Minuten vor Ort und konnten tatsächlich einen versteckten Gegenstand erkennen, sperrten den Bereich so weit wie möglich ab und ließen über die Zentrale unsere Leute anfordern. Und schon stehen wir hier. Wie geht's dir?"

Vincent verwirrte der schnelle Themenwechsel. „Mir geht's gut, wir haben einen Mord aufzuklären."

„Und deshalb geht's dir gut? Du bist echt seltsam drauf Vince, iss mal ein Steak."

„Du machst einen Witz? Du bist echt seltsam drauf, Heinrich", konterte Vincent.

Heinrich sah mit unbewegter Miene Vincent an und schaute schnell wieder aufs Geschehen.

„Der Gegenstand wird jetzt isoliert und eventuell gesprengt. Die Sprengstoffexperten sichten noch. Gegenstand ist ca. 25 cm lang, 15 cm breit und 10 cm hoch. Werden wir noch genauer vermessen können. Mit dem richtigen Sprengstoff kann das ordentlich scheppern." Das Funkgerät quäkte, Vincent verstand den Kauderwelsch von seiner Stelle aus nicht so recht.

„In Ordnung, schicken wir mal unsere Marssonde zum Objekt und sehen uns die Sache mal an", sprach der LKA-Mann in sein Funkgerät.

„Marssonde?" Die Frage kam von Carlo.

Heinrich sah kurz den Italiener an, bevor er, die Konzentration wieder auf das Geschehen gelenkt, erklärte: „So nennen wir bei uns das fahrbare Robotergefährt. Dieses Gefährt kann man ferngesteuert an das Objekt heranführen. Wir nennen sie so, weil sie so eine Ähnlichkeit mit der Marssonde *Pathfinder* hat. Vollgepackt mit Technik und Kamera, kann dieses Schmuckstück meist feststellen, ob das Objekt mit Sprengstoff gespickt ist. Es hat einen sogenannten Massen-Spektrographen an Bord und kann die 40 gängigsten Sprengstoffarten erkennen. Toll, was? Und jetzt schauen wir uns das mal am Monitor an. Mitkommen."

Dem Befehl des LKA-Beamten wurde Folge geleistet. Das Trio steuerte einen schwarzen Van mit verdunkelten Scheiben an. Geduckt betrat Schmölz den Van und sagte den beiden Insassen knapp: „Kommissare Zeller und Genocci, Kripo Kaufbeuren." Ebenso knapp fiel der Gruß der beiden Beamten im Van aus.

„Kommt her, Männer", sagte Heinrich zu den beiden Kripobeamten. Devot folgten die beiden Kommissare. „Hier auf dem Monitor sehen wir das Livebild von unserem

Pathfinder. Die Kamera kann ausgefahren und in sämtliche Richtungen gedreht werden. Wichtig für uns, dass die Kamera auch unter das Gitter blicken kann, wo unser Ziel arretiert ist."

Der Van war bis unter das Dach futuristisch ausgerüstet. Vier Monitore standen auf einem durchgehenden Arbeitstisch. Fünf Augenpaare sahen auf dem Monitor, wie sich das Gefährt langsam dem Torbogen näherte. Einer der Männer lenkte entspannt und routiniert mit einem Joystick den Pathfinder. Kurze Zeit ließ er das Mobil anhalten. Die Kamera wurde ausgefahren und unter das Stahlgitter gelenkt. Alle sahen nun das Zielobjekt. Es handelte sich um eine rechteckige Schachtel aus ungewissem Material. Die Größe wurde auf etwa 25 x 18 x 10 cm taxiert. Die Box war mit sogenanntem Camouflageband umwickelt, um nicht sofort erkannt zu werden.

„Wenn dieses Teil da mit modernem Sprengstoff gefüllt ist, dann macht das aber ordentlich Krach", sagte Heinrich Schmölz emotionslos. „Also, beginnt mit dem Spektrographen!"

Der zweite Mann nickte und hantierte an seinem Pult herum, das entfernt an ein Mischpult eines Plattenstudios erinnerte, nur wesentlich kleiner.

Minuten später sagte Beamter Nr. 2: „Die Isolierung der Box bringt uns kein 100%iges Ergebnis. Es gibt einen geringen Ausschlag bei einer Sprengstoffsorte. Solche Ausschläge sind meist negativ, aber es ist eben auch nicht komplett auszuschließen, dass Sprengstoff darin ist."

„Alles klar, Thorben. Dann vorbereiten zum Waterloo."

„Heinrich?" Vincent störte nur ungern die Konzentration des LKA-Beamten.

„Ihr wollt wissen, was es mit Waterloo auf sich hat. Unser Pathfinder kann ja so ziemlich alles außer kochen und Küche aufräumen. Das Gerät hat eine Art Dampfstrahler, nur mit etwas mehr Power. Heutzutage muss man nicht mehr alles in die Luft jagen, was einem verdächtig vorkommt. Wir wollen auch keinen Schaden an dem mittelalterlichen Gebäude haben. Also schießen wir die Box mit sehr hohem Wasserdruck auf. Wir reden hier von 250 bar. Der Strahl ist lebensgefährlich."

Die Kommissare waren beeindruckt von der Technik.

„Okay, dann beschießen in fünf Minuten", Schmölz sah auf seine Uhr.

Lautsprecherdurchsagen wurden gemacht, die Anwohner und Neugierigen wurden darüber informiert, dass der „Beschuss" bevorstand. Die Passanten aufgefordert, sich nicht der Gefahrenzone zu nähern und hinter den Absperrungen zu bleiben. Nur widerwillig ließ sich der Pulk von den Beamten zurückhalten. Die Neugierde war größer als die Vernunft. Lautsprecherdurchsagen wurden immer dringlicher, die Beamten immer bestimmter bei der Durchsetzung ihrer Aufforderungen. Vincent warf einen Blick aus dem Vanfenster und stellte fest, dass die überregionale Presse bereits ihr Equipment aufgebaut hatte. Er fragte sich wieder mal erstaunt, wie es die Presse schaffte, innerhalb kürzester Zeit auf der Matte zu stehen. Dass die Allgäuer Zeitung da war, das konnte nicht überraschen, aber z. B. SAT1, RTL, ARD? Ihm würde es immer ein Rätsel bleiben.

Eine Minute vor der Deadline überkam den Platz eine eigentümliche Ruhe. Die Anspannung war förmlich zu greifen. Die Passanten drängten nicht mehr nach vorne, die Polizisten blieben konzentriert und richteten ihre Aufmerksamkeitauf die Neugierigen als auch in die andere Richtung, zum Hauptgeschehen. Furcht und Unsicherheit war an vielen Gesichtern abzulesen. Nicht so jedoch bei Heinrich Schmölz; er saß im Van und sah ruhig und auf den Monitor. Der fingerdicke Schlauch mit einer Edelstahldüse war bereits ausgerichtet. „10 Sekunden", sagte er gelassen. Beamter Nr.2 nahm hatte seinen Joystick umfasst und ließ seinen Zeigefinger über einem roten Knopf schweben. Es sah so aus, als würden die Beamten lediglich ein Spiel am PC veranstalten. Dann betätigte Nr. 2 den roten Knopf, und auf dem Monitor sah man, wie ein Strahl die breite Seite der Box mit dem Wasserstrahl beschoss. Die Box konnte dem Strahl scheinbar keine Millisekunde standhalten. Der Strahl ging wie Butter hindurch. Beamter Nr. 2 navigierte mit seinem Joystick hin und her, bis nach wenigen Sekunden nur noch Fetzen von der Box übrig waren. Gegenstände konnten erkannt werden, die wild umherflogen.

„Stopp!", befahl Heinrich Schmölz. Nr. 2 ließ den Knopf los, der Strahl hörte auf. Alle fünf Beamten versuchten, das Ergebnis zu erkennen.

„Auf, schauen wir uns die Sache mal an!"

An der Kiste angekommen, schaute Heinrich hinein und sagte: „Was ist *das* denn jetzt für ein Scheiß?"

Vincent und Carlo sahen ebenfalls hinein und sahen einen völlig zerstörten Plastikbehälter, aufgeweichtes Papier und etliche Münzen im Wasser liegen. Was auch immer in dem Behälter drin war, Sprengstoff war es mit Sicherheit nicht.

„Nichts anfassen, das geht zur Untersuchung!", sagte Heinrich unnötigerweise. Er hatte es hier schließlich mit Profis zu tun. „Lassen wir ins Labor bringen, und dann schauen wir mal, was das mit den Münzen soll, ob da irgendeine Message oder Warnung von Terroristen dahintersteckt. Wir werden auf jeden Fall vorsichtig bleiben. Männer, packt die Kiste in den VW-Bus, die wird nach Kempten gefahren."

Kaum ausgesprochen, wurde der Befehl ausgeführt, die Kommissare gingen mit Schmölz zurück zum Polizeiwagen. „In einer Stunde ist Pressekonferenz, ihr seid eingeladen." Mit diesen Worten widmete er sich seinem Funkgerät. Vincent und Carlo schauten, dass sie so schnell wie möglich ins Präsidium kamen.

Nachdem die Spannung nun nachgelassen hatte, löste sich die Gemeinschaft der Katastrophen-Sightseer auf, manche machten tatsächlich ein enttäuschtes Gesicht.

„Was hat es eigentlich mit dem Erotischen Brunnen auf sich?", fragte Carlo, als sie zu ihrem Dienstwagen zurückgingen und an dem seltsam anmutenden Gebilde vorbei kamen, das drei Frauen zeigte, die von Wasserfontänen umspielt wurden.

„*Erostischer Brunnen mit Voyeur* heißt der", gab Vincent mit schlauem Gesicht und erhobenem Zeigefinger zum Besten. „Eine Mischung aus erotisch und rostig. Und siehst du da drüben bei dem Café diese Skulptur? Die gehört zu dem Brunnen dazu." Vincent räusperte sich, als er sein Wissen weitergab. „Also, das war so: Früher gab es hier auf dem Hafenmarkt ein Badehaus. Die Frauen wollten logischerweise beim Baden unter sich sein, das soll der Brunnen zeigen. Das Teil dort am Café stellt einen Mann hinter einer Wand dar. Er guckt durch ein Loch in der Wand und spitzelt ins Badehaus. Das ist der Voyeur vor dem Badehaus." Mit dieser Erklärung kam das Ermittlerduo am Wagen an.

„Ach so, interessant. Den Voyeur hätt' ich gar nicht gesehen, wenn du mir den nicht gezeigt hättest."

„Bitte, gerne", grinste der Hauptkommissar. Vincent startete den Wagen, um kurz zur KPS zu fahren, bevor die Bevölkerung bei der Pressekonferenz über den Bombenalarm aufgeklärt wurde.

Kapitel 29

24. Juni 2016

Familie Distl saß vor dem Fernseher und sah sich die Pressekonferenz an. Karin kam vor ein paar Minuten aufgeregt bei der Haustüre rein und machte sich mit fahrigen Bewegungen an der Fernbedienung zu schaffen. Siegfried und Mirjam sahen sich fragend an. Karin klärte ihren Mann und die Tochter auf: „Vorhin gab es Bombenalarm in der Stadt, Terrorverdacht, so wie in Belgien oder Paris, und ihr kriegt davon überhaupt nichts mit? Wir haben die Kinder von den Eltern abholen lassen und haben den Kindergarten dicht gemacht für heute, deshalb bin ich jetzt schon da."

„Ne, das haben wir echt nicht mitbekommen, wir waren erst auf einer neuen Runde in Frankenried und sind grad vorhin erst zurückgekommen. Weiß man schon, wer die Bombe gelegt hat?"

„Nein, das werden sie uns jetzt gleich sagen. Das kannst doch greifen, wer das war." Karin hatte sich aufs Sofa gesetzt und murmelte: „Jetzt ist der Terror tatsächlich in unsere Stadt gekommen, das gibt's doch nicht. Das Kaff ist doch eigentlich völlig unbedeutend, wir wollen doch bloß unsere Ruhe." Sorgenfalten hatten sich auf ihrer Stirn gebildet. Sie saß vornübergebeugt, die Ellbogen auf den Knien, und knabberte an ihren Fingernägeln.

„Muss ja nicht gleich Terror sein, wenn da eine Bombe ist", versuchte Siegfried zu beschwichtigen.

„Ja, was denn sonst!", fauchte Karin ihren Mann laut an. Dieser fuhr ob dieses Ausbruchs auf dem Sofa zusammen und sah seine Frau verwundert an. „Tut mir leid, mein Schatz. Ich wollt' dich nicht so anfahren." Ihre Stimme klang niedergeschlagen. Siegfried rückte näher an Karin heran und nahm sie in die Arme.

„Wir hören einfach mal zu, was sie zu sagen haben, ja?" Siegfried küsste seine Frau auf die Stirn, was sie sichtlich beruhigte.

„Pscht, es geht los!", sagte Mirjam.

Nach 15 Minuten endete die Pressekonferenz. Die Erkenntnis war, dass es sich mitnichten um eine Bombe handelte. Es wurde nach einer verdächtigen Person gefahndet, die diesen Behälter anbrachte. Es soll sich gemäß einer Augenzeugin um einen Mann handeln, der südländisch wirkte. Ob es sich bei dem Südländer um einen Europäer oder Nordafrikaner handelte, konnte die Zeugin nicht mit Sicherheit sagen. Es gab überhaupt keine Spuren eines Sprengkörpers. Es wurde ein Behälter gefunden, der kontrolliert gesprengt wurde. Was sich in dem Behälter befand, müsse erst noch geklärt werden. Hierfür wurde das Objekt, beziehungsweise die Reste davon, zur genaueren Durchsuchung weitergeleitet. Sobald Ergebnisse vorlägen, würden diese umgehend veröffentlicht werden. Somit sei auch mit großer Sicherheit auszuschließen, dass es sich um einen Akt des Terrorismus handelte. Auch wenn die Verantwortlichen noch im Dunkeln tappten, könne diesbezüglich vorsichtig Entwarnung gegeben werden. Den Bürgern von Kaufbeuren wurde nahegelegt, dass sie dennoch vorsichtig sein sollten und bei verdächtigen Personen sofort den Notruf tätigen.

Nachdem die Presse noch ihre Fragen gestellt hatte, wurde die Konferenz beendet.

„Anscheinend doch kein Terror", meinte Siegfried.

„Die können doch viel sagen, wenn sie wollen. Meinst du vielleicht, die sagen jetzt: ‚Jawohl, wir haben hier Terroristen, die uns wegbomben wollen'? Ne, mein Lieber, die wollen doch keine Panik in unser Nest bringen, was meinst du, was da los wäre? In großen Städten kriegen die sowas ja hin, aber bei uns?" Karin schüttelte fassungslos den Kopf. Mirjam hatte echte Angst. So kannte sie ihre Mutter überhaupt nicht. Siegfried hingegen versuchte, sie zu beschwichtigen. Er selbst glaubte nicht, dass ihre schöne Stadt von Terroristen heimgesucht würde. Außerdem wachte doch auch die Heilige Crescentia über die Stadt.

Die Schwester Oberin, die im 18. Jahrhundert lebte, solle Wunder vollbracht haben. Eines dieser Wunder war, dass im zweiten Weltkrieg eine englische Fliegerstaffel Kaufbeuren zerstören sollte. Aber an diesem Tag kam dichter Nebel auf, der die Stadt einhüllte. Die Piloten konnten Kaufbeuren nicht ausfindig machen und steuerten stattdessen das nahe Kempten an, um ihre Bombenfracht abzuwerfen. Nie wurde auch nur eine Bombe auf den Ort geworfen. Man war sich einig, dass die Heilige Crescentia für den Nebel verantwortlich war, um die Piloten zu desorientieren.

Das zweite Wunder war, dass im Jahre 1986 bei einem Badeunfall ein 13-jähriges Mädchen über 35 Minuten unter

Wasser gelegen hatte. Die Freundin starb bei dem Unfall, aber dieses Mädchen wurde wieder kerngesund.

Aufgrund dieser Wunder wurde Crescentia im Jahre 2001 von Papst Johannes Paul II. heiliggesprochen. Und deshalb glaubte die Bevölkerung auch nicht daran, dass der Terror in ihr beschauliches Städtchen Einzug halten würde, Crescentia würde auf die Bürger aufpassen.

„Ich bleib auf jeden Fall daheim, bis ich weiß, was da los ist." Karin zappte durch die Programme, um mehr über die Bombendrohung zu erfahren. Aber nachdem die Konferenz zu Ende war, gab es momentan eben nichts Neues. Irgendwann gab Karin auf, schaltete ab und lehnte sich schwer seufzend auf dem Sofa zurück. Siegfried drückte beruhigend ihre Hand, während Mirjam über ihr Smartphone mit ihren Freundinnen *WhatsAppte.*

Kapitel 30

Februar 2003

Die Distls konnten im vergangenen Jahr die Bank tatsächlich davon überzeugen, dass sie einen Kredit benötigten, um die Wohnung in Leipzig zu renovieren. Selbstverständlich hatte das Paar die Sachlage schöngeredet. Es war nun mal nötig, eine Wohnung hin und wieder zu sanieren und dem modernen Standard anzupassen. Dann wäre es auch kein Problem, die Wohnung neu zu vermieten. Von der Problematik des Umfeldes sollte die Bank lieber nichts wissen. Wobei der Bankangestellte durchaus unbequeme Fragen stellte. Aber die Eheleute konnten glaubhaft versichern, dass ihre Immobilie eine lohnende Wohneinheit wäre. Dem Kredit stand irgendwann nichts mehr im Wege. Der Banker gratulierte dem Paar sogar noch zum bewilligten Kredit über 15.000 € und wünschte alles Gute bei der Sanierung der Wohnung.

Umgehend wurde der Hausverwaltung mitgeteilt, dass die Renovierung der Wohnung begonnen werden konnte. Siegfried fragte, ob er selbst nach Leipzig kommen solle, um Hand anzulegen. Davon wurde ihm aber abgeraten. ‚Zu gefährlich', war die einfache und schockierende Antwort. Man könne nicht für die Sicherheit garantieren und solle die Arbeit lieber den Fachleuten überlassen, die das Milieu kannten, es gewohnt waren, in solchen Gegenden zu arbeiten und von den Gangs und Bewohnern in Ruhe gelassen wurden.

So wurde die Wohnung in einem Zeitraum von vier Wochen auf Vordermann gebracht. Als die Arbeiten abgeschlossen waren, schickte die Verwaltung Bilder von den sanierten Räumen. Siegfried und Karin waren beeindruckt vom Aussehen und der Arbeit der Fachleute. Und zu deren Überraschung kosteten die Reparaturen ‚nur' rund 10.500 € statt der 12.000 €, mit denen zunächst gerechnet wurde. Nach dem Ausgleich des Wohngeldkontos blieben aber dennoch nur 1200 € vom Kredit übrig, und die mussten auf die hohe Kante gelegt werden, denn die Wohnung hatte ja noch keinen neuen Mieter.

Monate später konnte die Verwaltung immer noch keinen neuen Mieter präsentieren. Natürlich hatte Siegfried jetzt eine der schönsten Wohnungen in dem Wohnblock, nur wollte niemand dorthin ziehen. Das heißt, man hätte durchaus Mieter anheuern können, aber das wäre wieder eine Wohngemeinschaft aus Leiharbeitern aus dem Osten Europas gewesen. Nur verständlich, dass Siegfried abwinkte. Er wollte sich die Wohnung nicht nochmal ruinieren lassen. Das restliche Geld des Kredites neigte sich auch bereits dem Ende zu; das Wohngeld musste schließlich jeden Monat beglichen werden. Da die Zahlungsmoral der Hauseigentümer so schlecht war, duldete die Verwaltung keinen Aufschub mehr und forderte monatlich die Kosten ein.

Karin und Siegfried hatten in den letzten Monaten einige Makler kontaktiert und den Auftrag erteilt, die Wohnung zu verkaufen, jedoch ohne Erfolg. Mehr und mehr fragten sich die beiden, wie dieses Dilemma nur enden sollte.

Nachdem der befristete Maklerauftrag ausgelaufen war, versuchte Karin, eine neue Maklerfirma zu beauftragen, die von der Hausverwaltung empfohlen wurde. Doch dieses Telefongespräch mit dem Makler war der nächste Schock für die junge Familie.

Nervös wählte Karin die Nummer des Büros und knitterte den Notizzettel, auf den sie die Kontaktdaten des Maklers aufgeschrieben hatte.

„Distl. Guten Tag, Herr Kanter, ich ruf Sie an, weil wir eine Wohnung zu verkaufen hätten", sagte Karin in den Hörer.

„Hallo, Frau Distl. Ja, das hören wir doch immer gerne. Dürfte ich fragen, um welche Art Wohnung es sich handelt und wo sich Ihre Immobilie befindet?"

Karin schätzte den Mann auf 35 Jahre und fand dessen ruhige Baritonstimme sehr angenehm. „Also, es ist eine 4-Zimmer-Wohnung, Küche, Bad, 90 m². Wir haben frisch renoviert und würden sie nun gerne veräußern."

„Sehr schön, das klingt doch ganz gut. Sagen Sie mir bitte, wo das Objekt zu finden ist? Ist es eine Etagenwohnung, wieviel Wohneinheiten in dem Haus, der Ort etc. Je mehr Infos ich bekomme, umso leichter kann ich mir schon mal ein ungefähres Bild machen", sagte die angenehme Stimme.

Karin teilte dem Makler sämtliche Informationen mit, die er benötigte, worauf längere Zeit keine Baritonstimme zu hören war. Nach einer gefühlten Ewigkeit antwortete Herr Kanter mit nun reservierter Stimme: „Ja, diese Adresse kenne ich, mit dem Stadtteil von Leipzig. Nicht sehr einfaches Pflaster. Aber jede Immobilie findet irgendwann seinen Käufer. Welchen Preis hätten Sie sich denn vorgestellt, Frau Distl?"

„Mein Mann hat dafür damals umgerechnet 90.000 € bezahlt und dieses Geld hätten wir gerne wieder. Uns ist es nicht so wichtig, dass wir mit der Immobilie Gewinn erzielen, wir wollen sie auf jeden Fall abstoßen."

Wieder herrschte Stille am Telefon, bevor Karin ein tiefes Atmen vernahm.

„Frau Distl, ich glaube, ich muss Sie da sämtlicher Illusionen berauben. Ich als Makler stünde da natürlich auf Ihrer Seite, denn je höher der Verkaufspreis, desto mehr Provision kann ich in Rechnung stellen. Aber… so leid es mir tut, das sagen zu müssen, Sie werden Ihren Wunschpreis nicht bekommen, den Zahn muss ich Ihnen ganz schnell ziehen."

Nun war es an Karin zu schweigen, und ein sehr unangenehmes Gefühl breitete sich über ihren Rücken bis zu ihrem Hintern hinab aus, sie befürchtete Schlimmes.

„Sie haben die Wohnung noch nicht gesehen, die ist echt toll renoviert worden von Fachfirmen, schauen Sie sich die an, und dann werden Sie mir recht geben", sagte Karin sich mit fast überschlagender Stimme.

„Frau Distl, ich bin mir sicher, dass Sie die Wohnung liebevoll und für viel Geld saniert haben. Aber es ist nun mal so, dass diese Gegend nicht die … Topadresse Leipzigs ist. Wir hatten in der Vergangenheit mehrere Aufträge aus diesen Wohnblöcken, auch schön sanierte Objekte, doch 90.000 € werden Sie nicht bekommen."

„Wieviel?", sagte Karin mit gepresster Stimme und krallte sich an den Hörer, bis die Knöchel weiß wurden.

„Die letzten Wohnungen dieser Art konnten wir mit viel Glück für 25.000 € verkaufen."

„Bitte?", Karins Stimme wurde schrill.

Frau Distl, es tut mir sehr leid, dass ich Ihnen keinen besseren Preis in Aussicht stellen kann. Und ich muss Ihnen auch sagen, dass die Immobilie niemals dieses Geld wert war. Frau Distl, kann es sein, dass Sie aus dem Allgäu kommen?"

"Äh, ja, warum?", sagte Karin nun erstaunt.

"Dann ist für mich alles klar. Ihr Mann hat die Wohnung in den 90ern für einen völlig überteuerten Kaufpreis erstanden, nehme ich an. Damals gab es eine Firma in Ihrer Gegend, die die Wohnungen billig aus Staatsbesitz kaufte und für Wucherpreise als sogenannte Kapitalanlage verkaufte. Ihr Mann wurde Opfer eines Betruges, so wie auch einige weitere Anleger im Allgäu. Erschwerend kommt hinzu, dass die Wohnblöcke in dem Viertel in einem desolaten Zustand sind. Die schwierige Klientel, die dort nun seit einigen Jahren wohnt, erschwert die Lage zusätzlich."

Karin krallte sich an den Hörer. "Oh mein Gott, das darf doch nicht wahr sein. Wenn wir die Wohnung für das Geld verkaufen, sind wir ruiniert!"

"Das tut mir sehr leid, Frau Distl. Gern suchen wir einen Käufer für Sie, aber ich kann Ihnen keine Garantie auf einen Preis machen."

"Bitte, versuchen Sie die Wohnung zu verkaufen. Egal wie, wir müssen die loswerden, bevor sie uns umbringt." Nun musste Karin schluchzen. Diese verheerenden Informationen waren zu viel für sie.

"Frau Distl, ich kann mir denken, wie Sie sich fühlen. Es tut mir persönlich wirklich sehr leid. Senden Sie uns bitte ein Exposé der Wohnung und eine schriftliche Auftragsbestätigung, dann bin ich ihr Makler."

"Ja, schicken wir Ihnen zu. Vielen Dank, Herr Kanter." Mit zitternden Händen legte Karin auf und krümmte sich auf dem Sofa in eine Embrionalstellung.

Das war eine finanzielle Katastrophe, das konnten sie niemals stemmen, sie waren erledigt, pleite, am Ende. Minuten später kam Siegfried vom Spielplatz mit Mirjam nach Hause und fand seine Frau völlig aufgelöst auf der Couch. Er brachte die kleine Mirjam in ihr Zimmer und hörte sich dann an, was ihm seine Frau zu berichten hatte.

Kapitel 31

24. Juni 2016

„Polizeiinspektion Kaufbeuren, Polizeiobermeister Schmidle, Grüß Gott, wie kann ich Ihnen helfen?", meldete sich der Beamte am Telefon und sah aus Gewohnheit auf die Uhr, die kurz nach 16 Uhr anzeigte.

„Ebermeiser, hallo", sprach eine nervöse Stimme.

„Was kann ich für Sie tun, Herr Ebermeiser?"

Der Anrufer hatte nicht die Notrufnummer gewählt, sondern die Nummer der Inspektion.

„Es geht um die Bombengeschichte, heute am Hafenmarkt."

Der Polizist setzte sich aufrecht auf seinem Drehstuhl hin und machte sich auf alles gefasst. War das ein Bekenneranruf oder Ähnliches? Das konnte ja keiner wissen. Automatisch nahm er seinen Kugelschreiber und den Notizblock zu sich heran.

„Bitte, sprechen Sie weiter, Herr Ebermeiser."

„Ich weiß, was es mit dem Behälter auf sich hat."

Der Polizist lauschte höchst angespannt und rief sich in Erinnerung, wie er jetzt zu handeln hatte.

„Das Teil war überhaupt keine Bombe oder Ähnliches. Das war etwas völlig Harmloses."

„Aha, woher bitte, wollen Sie das wissen?" Schmidle machte sich Notizen.

„Ich weiß es halt. Ich nehme an, der Behälter war mit Magneten an einem Eisengitter so angebracht, dass man ihn nicht sehen konnte."

„Darüber darf ich Ihnen leider keine Auskunft geben, Herr Ebermeiser."

„Das war ein Geocache, den ihre Kollegen da in die Luft gejagt haben", fuhr der Anrufer fort.

„Ein was?" Schmidle lehnte sich nach vorne und verstand nur den sprichwörtlichen Bahnhof.

„Ein Geocache. Das ist so eine Art moderne Schnitzeljagd mit GPS-Gerät. Menschen verstecken an diversen Orten kleinere oder größere Behälter, die andere Menschen eben über GPS-Geräte finden sollen. Hat man den Behälter gefunden, kann man sich in das Logbuch eintragen, das in dieser Dose ist. Anschließend kann man seinen Fund im Internet eintragen."

„Herr Ebermeiser, das ist schön, dass Sie mir das erzählen, aber verzeihen Sie mir, ich verstehe nur die Hälfte von dem, was Sie da sagen. Kommen Sie doch bitte umgehend beim Revier vorbei, dann können Sie mir und den Kollegen Ihre Informationen mitteilen. Sie wissen, wo Sie uns finden?"

„Ja, klar, das kennt man doch. Ich kann in 15 Minuten da sein."

„Sehr gut, dann erwarten wir Sie, vielen Dank für den Anruf."

Nachdem das Gespräch beendet war, versuchte POM Schmidle, seine Notizen zu vervollständigen, sofern er sie verstanden hatte. Danach rief er den Kommissar seines Vertrauens, Vincent Zeller, an.

Vincent und Carlo waren im Dienstwagen gerade auf dem Weg von Kempten zurück nach Kaufbeuren. „Die Bombe" entpuppte sich immer mehr als ein harmloses Objekt. Nur wusste keiner, warum es dort abgelegt wurde.

„Herr Kommissar Zeller, entschuldigen Sie die Störung. Mich hat eben ein Mann angerufen, der etwas zu dem Bombenalarm sagen möchte. Er kommt in ein paar Minuten zur PI. Vielleicht wollen Sie dabei sein, schließlich waren Sie ja auch heute Mittag vor Ort."

„Hallo, Herr Schmidle. Das ist ja interessant. Was er dazu sagen kann, wollte er am Telefon nicht mitteilen?"

„Doch, das hat er, aber ich hab es nicht kapiert. Daher dachte ich mir, Sie hätten Interesse daran, zur Aufklärung beizutragen."

„Das war aber nicht so ein Spinner, der sich wichtigmachen will oder sowas? Gerade bei so sensiblen Einsätzen kommen solche Helden zum Vorschein."

„Nein, der Mann klang vernünftig."

„Ja, gut, ich fahr direkt los und bring Kommissar Genocci mit. Ich nehme einen Kaffee."

Überrumpelt von dem Themenwechsel, musste Schmidle erst überlegen, was Vincent meinte und sagte dann: „Ja, Kaffee wird gemacht. Ihr Kollege auch?"

Mit Blick zu Carlo, der neben ihm im Auto saß, fragte er: „Du auch Kaffee?"

„Kaffee nehm ich doch immer", grinste Carlo.

„Sind unterwegs." Damit beendete Vincent das über Freisprecheinrichtung geführte Gespräch. Die Kriminalbeamten machten sich auf den Weg zur Polizeiinspektion.

Eine knappe Viertelstunde später betraten die beiden Kommissare die Inspektion und wurden von POM Schmidle erwartet. Der Zeuge war ebenfalls eingetroffen und saß auf einem abgenutzten Holzstuhl im Vorraum der Inspektion.

„Sie haben wohl immer Dienst, Herr Schmidle?"

„Nein, ich wohne hier", kam der direkte, trockene Konter.

„Der Spruch hätt von mir sein können. Das ist wohl der Zeuge?", fragte Vincent, auf das Thema ihrer Zusammenkunft kommend.

„Ja, gerade vor fünf Minuten erschienen. Ich hab seine Personalien aufgenommen und ihn Platz nehmen lassen."

„Stimmt, sieht vernünftig aus", bestätigte Vincent den ersten Eindruck des diensthabenden Beamten. „Holen wir ihn mal rein."

Auf dem Stuhl saß ein durchschnittlicher Mann. Alles an ihm schien durchschnittlich. Das Alter mit etwa 40 Jahren, die durchschnittliche Kleidung, kariertes Hemd, das in einer dunkelblauen Jeans steckte. Die vernünftige Frisur, nicht modern, nicht altbacken, braun. die Größe bei etwa 1,80, die Statur normal, nicht muskulös, nicht dick, einfach Durchschnitt. Vincent hätte es nicht gewundert, wenn vor der Tür ein silberfarbener Golf gestanden hätte.

Schmidle sprach Herrn Durchschnitt über Mikrofon an, dass er reinkommen solle und betätigte einen Summer, der die Tür aus Panzerglas entriegelte.

„Herr Ebermeiser, wenn Sie uns folgen wollen." Herr Schmidle ging voraus und steuerte einen Vernehmungsraum an. Dahinter folgte der Zeuge, den Schluss bildeten die Kommissare. Im Raum wurde Herrn Ebermeiser ein Stuhl zugewiesen. Die Beamten setzten sich ebenfalls. Bevor die Befragung beginnen konnte, betrat eine Sekretärin den Raum und stellte eine Thermoskanne mit Kaffee auf den Tisch, Milch, Zucker, Gläser und eine Flasche Mineralwasser, bevor sie wieder verschwand.

„Keine Grasmilch", grinste Carlo Vincent an.

„Das muss hier noch geübt werden", erwiderte dieser ebenfalls grinsend. POM Schmidle war die Verwirrung anzusehen und er blickte verständnislos abwechselnd die beiden Kommissare an. Nachdem jeder sein Getränk vor sich stehen hatte, Herr Ebermeiser nahm Wasser, begann die Befragung.

„Herr Ebermeiser, könnten Sie den Herren Kommissaren erläutern, was Sie mir bereits gesagt haben?"

Herr Durchschnitt wiederholte vor den Beamten, was er bereits am Telefon erzählt hatte. Doch weder Vincent noch Carlo hatten jemals von Geocaching gehört. Aufmerksam hörten die Polizisten zu, während Herr Ebermeiser erklärte, wie die Schnitzeljagd via *Global Positioning System* funktionierte.

Vincent unterbrach den Sprecher nur ungern. „Verstehe ich das jetzt richtig? Da draußen gibt es Leute, die irgendwas bei bestimmten Koordinaten verstecken, und dann gibt es Leute, die das Versteckte suchen. Und wofür soll das gut sein?"

Herr Ebermeiser fühlte sich etwas angegriffen von Vincent. Ihm kam es etwas herablassend vor, wie der Kommissar sein Hobby kommentierte. „Hören Sie, das ist ein ganz tolles Hobby. Sinn und Zweck von Geocaching ist, dass Leute wie Sie und ich Stellen und Orte kennen, die sie für besonders sehenswert erachten. Sie finden, dass andere Leute diese Stellen auch sehen sollen, also verstecken Sie einen Geocache an dieser Stelle und machen ein Listing im Internet. Dann sehen Gleichgesinnte, dass es an dieser Stelle einen Geocache gibt und gehen, radeln oder fahren an diese Stelle, suchen den Geocache, schreiben sich in das Logbuch rein und teilen im Internet mit, dass sie den Cache gefunden haben und geben zum Besten, was sie erlebt oder gesehen haben. Sie glauben gar nicht, was für schöne und interessante Orte es gibt, die Sie ohne Geocaching niemals sehen würden." Herr Ebermeiser war nun richtig in seinem Element und redete sich heiß. „Da gibt es Tradis, Multis und Mysterys usw. ..."

„Langsam, langsam, Herr Ebermeiser, ich habe gerade bei *Tradis* abgeschaltet", bremste Vincent den Erklärer erneut aus.

„Ach so, okay. Also Tradis sind normale Geocaches. Sie haben die Koordinaten, gehen zu der Stelle und finden die Dose. Bei Multis müssen sie unterwegs eine oder mehrere Aufgaben erfüllen, um die Koordinaten des sogenannten Finals zu bekommen. Und Mysterys sind Rätselcaches, die man oft zu Hause löst. Durch die Lösung des Rätsels bekommt man die Koordinaten."

„Alles klar, das habe ich jetzt verstanden. Und dieses Teil, das unsere Kollegen gesprengt haben, das war ein ...?" Vincent machte mit der Hand eine Bewegung, die sein Gegenüber aufforderte, seinen Satz zu vervollständigen.

„Das war ein Normaler, also ein Tradi. Sagen Sie, Herr Kommissar, wurden in der Dose ein paar Münzen gefunden?"

Vincent schaute Herrn Ebermeiser skeptisch an und ließ einige Sekunden verstreichen, ehe er antwortete. „Es waren tatsächlich Münzen in dem Behältnis", räumte Vincent ein.

„Der Cache heißt ja auch ‚Münzhalde'. Der Besitzer wollte, dass man in seine Dose Münzen reinlegt. Keine Euros, sondern ausländische oder alte Münzen. Ich kann ihm eine Mail schicken, dass er sich bei Ihnen melden soll. Hat er denn etwas zu befürchten wegen dem ganzen Aufwand?"

„Nein, wenn das ein legales Spiel ist und alles seine Richtigkeit hat, dann wird derjenige keine Konsequenzen fürchten müssen", beruhigte Vincent.

„Okay, dann schreib ich ihm eine Mail?"

„Gerne, wir wären Ihnen sehr dankbar. Das sollte es von unserer Seite aus auch gewesen sein, Herr Ebermeiser. Vielen Dank, dass Sie für uns Licht in die Sache gebracht haben. Geben Sie uns bitte Ihre Kontaktdaten; wenn wir weitere Fragen haben, möchten wir uns gerne bei Ihnen melden."

Herr Ebermeiser nahm aus seiner Smartphonehülle eine Visitenkarte heraus und gab sie Vincent.

„Hier steht alles drauf von mir. E-Mail, Adresse, Telefon, Wohnort."

Vincent nahm das Kärtchen an sich, las es sich durch und gab dem Zeugen ebenfalls sein Kärtchen, mit dem Hinweis, dass er sich jederzeit melden könne, wenn ihm noch etwas einfiele. Vincent stand auf. Ein Zeichen, dass die Befragung beendet war. Er schüttelte Herrn Ebermeiser die Hand und POM Schmidle geleitete ihn nach draußen.

Wenig später erschien der Beamte wieder im Besprechungsraum.

„Herr Schmidle, ich nehme an, dieser Laptop auf dem Tisch hat Zugang zum Internet. Könnten wir den eben mal aktivieren?", fragte Vincent.

„Ja, natürlich, Kommissar." Der Polizist ließ den Laptop hochfahren und schenkte währenddessen für alle Kaffee nach. Kurz darauf steckten die drei Beamten die Köpfe zusammen. Vincent gab in den Browser geocaching.com ein.

Sofort öffnete sich eine grüne Webseite und erklärte dem Besucher: ‚Search the millions of Geocaches worldwide'.

„Wieviel? Millionen?", gab Carlo einen Ausruf des Erstaunens von sich.

Vincent zog ebenfalls die Augenbrauen hoch, nachdem er gelesen hatte, dass es weltweit über 2,7 Millionen Geocaches gab. „Und wir haben noch niemals davon gehört. Das ist schon schräg."

„Schau doch mal, wie viele um Kaufbeuren herum sind. Müssten ja dann auch ein paar sein", meinte Carlo.

Vincent machte sich mit der Handhabung der Webseite vertraut, gab als Suchort Kaufbeuren ein und wartete auf das Ergebnis.

„Ja, von wegen ein paar. Es gibt einige Hundert davon in unserer Gegend. Irre, alles voll mit grünen, orangen und blauen Kästchen."

„Schau mal", duzte Schmidle nun Vincent unbewusst und zeigte auf einen grünen Punkt in der Mitte der Stadt auf der virtuellen Landkarte. „Das da müsste dieser Catch sein, der heute das Zeitliche gesegnet hat."

„Cache, Robert. Es heißt Cache."

„Klick da mal drauf. Mal schauen, was es für Infos dazu gibt."

Vincent befolgte den *Befehl* des POM's, die Landkarte verschwand, es wurden Details zu diesem Cache angezeigt. Der Owner, wie der Besitzer von Caches genannt wird, schrieb unter anderem, dass nur Münzen in diesem getauscht werden sollten.

„Da können wir genau nachlesen, was der Herr Ebermeiser schon gesagt hat. Ich werde jetzt den Chef des Sprengmittelräumdienstes anrufen und ihn über die", Vincent zeichnete mit den Fingern Gänsefüßchen in die Luft, „*Bombe* ... aufklären." Vincent kratzte sich am Kinn. „Ich glaube, das könnt' echt ein nettes Spiel sein. Man ist an der frischen Luft, bewegt sich und sieht vielleicht wirklich schöne Orte. Vielleicht leg ich mir einen Account zu."

Carlo sah Vincent an, ob er ihn verschaukelte. Aber seiner unbewegten Miene nach zu urteilen, war es ihm ernst damit.

„Mach das, Vince. Bist ja eh oft am Laufen. Für mich wär das wohl nix", winkte Carlo ab.

„Mir könnte das nicht schaden", meinte dagegen Schmidle, der mit schlechtem Gewissen sein dezentes Feinkostgewölbe betrachtete.

Vincent tätschelte den kleinen Bauch von Robert Schmidle und grinste ihn gutmütig an, nahm sein Smartphone und schickte sich an, beim LKA Heinrich Schmölz aufzuklären.

Kapitel 32

24. Juni 2016

Lauthals lachte Karin los, dass Siegfried regelrecht auf dem Sofa zusammenzuckte. Sie bekam sich gar nicht mehr ein. Ihre Augen tränten, sie griff zu einem Kleenex auf dem Wohnzimmertisch, schnäuzte sich, tupfte ihre Augen und lachte weiter. Verwundert schaute Siegfried seine Frau an und wartete darauf, dass Karin den Grund ihrer Erheiterung erläuterte. Aber das konnte offensichtlich noch dauern. Er fragte sich, was da so dermaßen Lustiges auf dem Smartphone von Karin zu lesen war. So blieb ihm zunächst nichts anderes übrig als abzuwarten. Fragend und lächelnd betrachtete er seine Frau, die versuchte, sich zusammenzureißen, aber mehrmals kläglich scheiterte. Sie grabschte nach ihrem Handy und allein der Griff danach ließ sie wieder loslachen. Nach mehreren Minuten schien es, als ob Karin sich wieder unter Kontrolle hätte. Sie zog mehrmals die Nase hoch, las wieder und erneut war es um ihre Ernsthaftigkeit geschehen. Sie zeigte nun nur aufs Handy und gab Siegfried zu verstehen, dass er doch bitte selber lesen solle, was sie so zum Lachen brachte.

Siegfried nahm das Smartphone und begann zu lesen. Es ging um den vermeintlichen Bombenanschlag in der Stadt, der sich als völlig harmlos herausstellte. Es handelte sich, gemäß der Polizei, um ein Internetspiel, in dem Menschen eine Schnitzeljagd via Satelliten machten. Und so ein Behälter wurde am frühen Nachmittag vorsorglich gesprengt.

„Findest du das echt so lustig?", fragte Siegfried seine tränenüberströmte Frau.

„Jaha", sagte diese. „Aua, mein Bauch, ich kann nicht mehr. So eine Riesenaufregung und dann jagen die 'nen Geocache in die Luft." Karin schnappte nach Luft. „Und dann noch der an dem Tor, der Cache. Stell dir mal vor, wie die Münzen da durch die Gegend geflogen sind. Bumm, klimper, klimper." Das war der letzte Satz von Karin, bevor sie wieder gackernd auf dem Sofa, die Tränen abwischend, laut weiterlachte. So hatte Siegfried seine Frau ewig nicht mehr erlebt. Die Lachattacke war auch Ausdruck ihrer Erleichterung. Sie hatte sich, wie viele Bürger Kaufbeurens ebenfalls, Sorgen um den vermeintlich in die Stadt eingezogenen Terror gemacht. Dabei stellte sich alles als nicht schlimm heraus. Und diese Erleichterung ließ nun Karin so reagieren. Siegfried fand die Vorstellung ebenfalls sehr lustig und grinste vor sich hin, aber er hatte sich da besser unter Kontrolle. Außerdem hatte er ja auch gelesen, dass da keine Münzen durch die Gegend flogen, sondern kontrolliert mit einer speziellen Apparatur zerstört wurde. Es bestand keinerlei Gefahr für Personen oder für das Tor aus dem Mittelalter. Aber er freute sich über den Anblick seiner lachenden Frau, die so liebenswert aussah mit ihrer kindlichen Fröhlichkeit und den roten Wangen, und ließ sie in dem Glauben, dass da Münzen durch die Gegend flogen.

Siegfried zog seine Frau an seine Schulter und ließ sie schniefen, um ihre Kontrolle wiederzubekommen. Doch immer wieder schüttelte es sie. Sie grinste ihren Mann an und sagte leise „klimper", woraufhin sie wieder losprustete.

„Bist schon froh, dass es nicht der IS war, gell?", holte Siegfried seine Frau auf den Boden der Tatsachen zurück.

Karin wurde ernst und wischte sich die Tränen ab, schnäuzte sich und sah ihren Mann an. „Ja, klar, ich hab echt gedacht, jetzt hat es uns erwischt mit den Terroristen. Meine Güte, bin ich froh, dass es nur geklimpert hat." Karin konnte einen neuen Anfall unterdrücken.

„So etwas ist schon öfter vorgekommen, dass Leute gedacht haben, so ein Cache ist eine Bombe oder ein Drogenversteck oder Ähnliches. Eigentlich sollte sich das mittlerweile bei der Polizei rumgesprochen haben."

„Mich würde ja interessieren, ob dem Oskar da Konsequenzen drohen, der hat ja die Dose dort gelegt. Und wenn die sagen, dass er den Einsatz zahlen muss, dann wär das echt bitter. Kein Mensch würde in dem Fall dann noch Caches auslegen, oder was meinst, Sigi?"

„Glaub ich nicht, dass da was auf Oskar zukommt. Er hat ja nichts falsch gemacht – Die Polizei hat da meiner Meinung nach mit Kanonen auf Spatzen geschossen. Aber wie ich schon gesagt hab, die sollten halt mal eine Mail rumgehen lassen, dass es Geocaching gibt, das würde einiges an Aufregung sparen. Im Schwarzwald haben sie auch mal ein Verkehrsschild gesprengt", erinnerte sich Siegfried.

„Hat's geklimpert?" Karin grinste auf einem schmalen Grat zum Gelächter.

„Ne, gescheppert wahrscheinlich", antwortete Siegfried.

Das war zu viel für Karin, sie stürzte vom Grat des Grinsens und fiel in ein neues Tal des Gelächters. Siegfried musste nun mitlachen und so amüsierte sich das Paar lange Zeit über das Kopfkino. Über scheppernde Schilder und durch die Luft fliegende Münzen. Das endete schließlich in einem wilden Liebesspiel auf dem Sofa, bevor um 18:45 Peter Klöppel auf RTL von dem Vorfall im Allgäu berichtete.

Zum Beginn von Karins Lieblingsserien saß das Paar wieder beherrscht und glücklich vor dem Fernseher. Als Mirjam eine halbe Stunde später von ihrer Freundin zurückkam, wunderte sie sich etwas über das Derangement ihrer Eltern, fragte aber nicht weiter nach und verzog sich in ihr Zimmer, um Chartmusik zu hören.

„Steht dieser Justin Bieber unter Artenschutz, oder kann man den sprengen?", fragte Karin.

„Das ist nicht lustig", meinte Siegfried.

„Nö, gar nicht." Und doch prusteten die beiden wieder los. Es war das letzte Mal, dass das Paar so herzlich lachen konnte.

Kapitel 33

September 2003

Hände haltend saßen Karin und Siegfried vor dem Chef ihrer Hausbank, der, über die Designerbrille blickend, einige Formulare studierte. Die Distls hatten reichlich Zeit, den Banker zu betrachten. Vor ihnen saß ein 60-jähriger Mann mit grauem Haupt. Er war glattrasiert. Seine Statur war durchschnittlich, aber eher mit sportlicher Tendenz. In seinem schicken Anzug, schwarz, mit weißem Hemd, goldenen Manschettenknöpfen und roter Krawatte passte er ins volle Klischee des Bankchefs und fühlte sich darin anscheinend richtig wohl. Sein Auftreten zeugte von Sicherheit und Fachkenntnis. An dem Gesicht war keine Regung abzulesen.

Hin und wieder blätterte Herr Kraus in den Formularen, mal nach vorne, mal wieder zurück und ließ ab und zu ein „hmhm" hören. Karin knetete nervös die Hände von Siegfried, die ebenso feucht waren wie die seiner Frau. Der Bankchef war der letzte Strohhalm für das Ehepaar.

Nach weiteren Hmhms und Blättereien begann Herr Kraus zu sprechen.

„Tja, Frau und Herr Distl. Wir als Ihre Hausbank haben uns intensiv mit Ihrem Fall vertraut gemacht. Sie, Herr Distl, sind ja schon einige Jahre bei unserer Bank Kunde. Dafür sind wir Ihnen sehr dankbar. Heutzutage ist das ja nicht mehr so. Treue bei einem Dienstleister hat nicht mehr so hohe Priorität. Hauptsache billig muss alles sein, ob der Service dabei stimmt oder nicht, das ist praktisch nebensächlich. Und seit vor ein paar Jahren dieses Internet in der Geschäftswelt Einzug gehalten hat, wird es immer schlimmer. Schon viele Menschen kaufen mittlerweile lieber über das Internet ein, als selbst in ein Geschäft zu gehen, um sich beraten zu lassen und dort einzukaufen. Sie werden sehen, das führt noch zu einem großen Gewerbesterben. Ganz schlimm finde ich diese Leute, die sich in Geschäften beraten lassen, um dann im Internet einzukaufen."

Diese Litanei interessierte die Distls momentan nicht die Bohne. Sie wollten wissen, ob sie einen letzten, großen Kredit bewilligt bekommen, und deshalb saßen sie jetzt vor dem Banker als Bittsteller. Deshalb die schwitzenden Hände. Deshalb die Nervosität.

Man konnte dem Makler in Leipzig, Herrn Kanter, keinen Vorwurf machen. Er machte seine Arbeit und suchte einen Käufer für die Wohnung. Doch so oft Siegfried oder Karin bei Herrn Kanter anriefen, konnte dieser keine guten Nachrichten verkünden. Kein Mensch wollte die Immobilie von Siegfried kaufen. Und schon gar nicht für diesen Preis von angesetzten 25.000 €. Es gab durchaus die eine oder andere Hausbesichtigung, doch einige potenzielle Interessenten machten auf dem Absatz kehrt, nachdem man sie über den Hof der Wohnanlage geführt hatte. Wer es bis zur Wohnung Siegfrieds schaffte, war durchaus angetan, wie die Wohnung hergerichtet war. Man nickte zustimmend, wenn der Makler sagte, dass die Lebensqualität in der Wohnung gut war. Aber sobald man aus der Wohnung draußen war, traf einen das geballte Elend und das offensichtlich kriminelle Umfeld mit voller Wucht. Und spätestens dann überlegte es sich der Käufer anders. Selbst wollte kein Interessent einziehen, und Kapitalanleger winkten ab, weil die Wohnung keinen Mieter hatte und es offensichtlich äußerst schwierig war, in dieser Gegend zu vermieten.

Doch letztlich gab es tatsächlich jemanden, der im großen Stile in die Wohnanlagen einsteigen und Geld in die Hand nehmen wollte. Auch die Wohnung von Siegfried wollte der Investor kaufen. Allerdings musste der Makler den Distls die Illusion rauben, dass sie den Wunschpreis bekommen könnten. Der Investor bot lediglich 9.500 € für das Objekt.

Nachdem Herr Kanter bei den Distls anrief, etwas rumdruckste und dann den gebotenen Preis nannte, war zunächst Stille am Telefon. Der Preis war so lächerlich niedrig, dass Siegfried tatsächlich humorlos lachen musste. Schließlich kostete die Sanierung des Objektes mehr, als er nun für die Wohnung geboten bekam. Aber was blieb ihnen anderes übrig? Sie konnten die Wohnung finanziell nicht halten, sie hatten die sinnbildliche Pistole auf die Brust gesetzt bekommen. Und so gab Siegfried dem Makler grünes Licht für den Verkauf seiner Wohnung, und deshalb saß das Ehepaar nun auch vor dem Banker, Herrn Kraus.

„Nun, Frau Distl, Herr Distl, schön, dass Sie sich Gedanken gemacht haben über Ihre finanzielle Situation. Wenn ich das nun noch einmal zusammenfassen dürfte: Sie haben bei unserem Institut Kredite in Höhe von", Herr Kraus blickte wieder über seine Designerbrille in seine Formulare, „43.300 €. „Sie beide haben ein Einkommen von", es wurde weitergeblättert, „3.100 € monatlich. Ihre Kosten für den Lebensunterhalt beläuft sich nach Ihren Angaben auf 2600 € inkl. Miete, Nebenkosten, Versicherungen. Sie müssen die Kredite bedienen und haben daher Ratenzahlungen in Höhe von rund 400 € zu stemmen. Das heißt, Sie haben gerade mal noch 100 € zur freien Verfügung, für Urlaub, Reparaturen oder andere Dinge. Habe ich alles so weit richtig wiedergegeben?"

Warum Herr Kraus eine Brille aufhatte, leuchtete Siegfried nicht ganz ein, da er sowieso die ganze Zeit über den Rand hinwegblickte.

„Ja, das stimmt in etwa. Wir wollen kürzertreten und demnächst bekomme ich auch eine Lohnerhöhung, dann haben wir noch etwas mehr Luft", versuchte Siegfried zu verharmlosen. Karin krallte sich in die Hand von ihrem Mann.

Herr Kraus betrachtete das Ehepaar Distl, bevor er sich wieder in die Papiere vertiefte.

„Und nun wollen Sie Ihre Immobilie verkaufen, für die Sie bei der Konkurrenzbank eine Restschuld von 82.000 € haben. Und Sie wollen die Wohnung verkaufen für einen Preis von", Herr Kraus blickte betont entgeistert über die Brille, „9.500 €? Sie haben da nicht zufällig eine Null vergessen?"

„Nein, leider nicht. Der Preis stimmt", gab Siegfried niedergeschlagen von sich.

Herr Kraus lehnte sich auf seinem Ledersessel zurück, legte ein Bein über das andere und klickte enervierend mit seinem teuer aussehenden Kugelschreiber.

„Herr Distl, darf ich Ihnen offen eine Frage stellen? Warum zum Henker haben Sie diese Bruchbude gekauft?"

Siegfrieds Puls ging schlagartig in die Höhe, sein Gesicht errötete. Er spürte eine Riesenwut in sich aufsteigen, schaffte es aber gerade so, sich zu beherrschen. „Glauben Sie mir, diese Frage stelle ich mir seit Jahren jeden einzelnen Tag. Es gibt keinen Tag, an dem ich es nicht bereue, die Wohnung gekauft zu haben. Ich muss die loswerden, egal, wie. Auch wenn es so sehr weh tut. Lieber ein Ende mit Schrecken..." Siegfrieds Augen waren nur noch schmale, gefährliche Schlitze.

„Als ein Schrecken ohne Ende, ich weiß, ich weiß", komplettierte Herr Kraus das uralte Zitat und machte eine abwinkende Bewegung. „Tja, man lernt nie aus, nicht wahr, Herr Distl? Ich sehe darin aber ein gravierendes Problem, ich kann Ihnen auf keinen Fall einen Kredit in solch einer Höhe gewähren. Wir sprechen hier von knapp 73.000 € und mit Ihren bereits bestehenden Krediten lägen wir dann bei einer Schuld von 116.000 €!" Herr Kraus stützte die Ellbogen auf seine Sessellehne und legte die Zeigefingerspitzen an die Lippen, die er gespitzt hatte. Es war still im Büro des Bankers. Karin legte beruhigend eine Hand auf Siegfrieds Arm.

„Sehen Sie, Herr Distl, Sie verdienen gut in Ihrer Fabrik, ich bin mir sicher, dass Sie sich krumm machen, um gutes Geld zu verdienen, und Sie sind seit etlichen Jahren bei Ihrem Arbeitgeber, aber ich sehe einfach nicht, dass Sie Kredite in dieser Höhe abzahlen könnten."

Herr Kraus zog einen Taschenrechner zu sich heran, bevor er weitersprach.

„Die Zinsen sind in den letzten Jahren erheblich gesunken, der momentane Satz bei unserer Bank liegt bei 5,8 % p.A. Würden wir Ihnen den Kredit gewähren, müssten Sie etwa 560 € aufbringen, um nur die Zinsen zu zahlen. Und dann müssen wir als Bank das Risiko abwägen, ob Sie den Kredit in voller Höhe abzahlen können. Gäben wir Ihnen das

Geld auf der Basis von 10 Jahren, müssten Sie inkl. Zinsen 1.500 € monatlich zahlen, und da sehe ich das Problem."

Siegfried und Karin starrten ihre letzte Hoffnung an und sahen diese Hoffnung zerplatzen.

„Haben Sie denn Angehörige, Eltern, Geschwister oder Freunde, die Ihnen privat Geld leihen könnten? Das wäre eine Lösung." Herr Kraus wollte dem Paar einen Strohhalm zuwerfen, an den sie sich krallen konnten, doch beide mussten verneinen. Weder die Eltern von Karin und Siegfried hatten übermäßig Geld, noch wussten sie etwas von Freunden, die sie fragen könnten. Außerdem wollten sie auch gar nicht bei anderen die Hosen runterlassen. Also schüttelte das Paar nur resignierend den Kopf.

„Nein, leider nicht. Uns fällt da niemand ein." Siegfried blickte auf den Boden. „Was sollen wir jetzt tun?"

Herr Kraus tippte mit seinem Kugelschreiber an seine Zähne und wippte nach vorne, legte die Hände auf dem Schreibtisch zusammen.

„Ich würde Ihnen raten, dass Sie zu einer Schuldnerberatung gehen, die könnten Ihnen womöglich Wege aus Ihrer Misere aufzeigen. Solche Fälle wie Ihrer ist für die Mitarbeiter bestimmt nichts Neues. Danach können wir uns erneut treffen."

Siegfried und Karin sahen sich an und kamen, ohne ein Wort zu wechseln, zu der Einigung, dass sie diesen Tipp annehmen wollten.

Herr Kraus stand von seinem schicken Sessel auf und schloss sein Sakko.

„Ich geleite Sie noch zur Türe."

Siegfried und Karin taperten mit leeren Köpfen hinter dem Bankchef hinterher. An der Tür zum Vorraum gab Herr Kraus Karin und Siegfried die Hand.

„Ich wünsche Ihnen alles Gute, und dass die Sache gut ausgeht für Sie ... und auch für uns. Auf Wiedersehen."

Mit schweren Beinen verließ das Ehepaar die Bank und ging einer ungewissen, dunklen Zukunft entgegen.

Kapitel 34

25. Juni 2016

Um 6 Uhr wurde Vincent durch die Mondscheinsonate von Beethoven über sein Smartphone geweckt. Einen angenehmeren Weckton konnte er sich nicht vorstellen. Eine kurze Zeit lauschte er dem Klavierspiel, bevor er die Musik abstellte, sich kurz die Augen rieb, herzhaft gähnte und aus dem Bett federte. Entgegen seiner üblichen Gewohnheiten hatte er vor, in der Früh zu laufen. Am Vorabend hatte er es sich mit ein paar Gläschen Pastougrant, einem schönen Rotwein aus dem Burgund, auf dem Sofa gemütlich gemacht und hatte die Webseite von geocaching.com. studiert. Das Prinzip gefiel ihm immer mehr; das könnte ein echtes, neues Hobby von ihm werden, dachte er sich. Er war fasziniert, wie viele Geocaches es in unmittelbarer Nähe gab. Beeindruckt hatte ihn auf der Karte, dass es in den Bergen im Tannheimer Tal offensichtlich ganz tolle Wanderrouten gibt, bei denen etliche dieser Caches ausgelegt waren. Das würde ihm gefallen, in die Berge gehen, unbekannte Wege ablaufen und dabei solche Dosen finden. Er hatte gar nicht mitbekommen, wie die Zeit verging, und ehe er es sich versah, war es bereits kurz vor 23 Uhr. Noch schnell lud er sich zwei Geocaching-Apps auf sein Smartphone und freute sich auf den Lauf am kommenden Morgen.

Schnell hatte Vincent seine Laufklamotten angezogen, schaltete auf dem Handy die GPS-Funktion an und öffnete eine dieser Apps. Vor der Türe orientierte er sich und tippte auf ein grünes Icon, das ihm einen Cache anzeigte. 850 Meter

Luftlinie, am Rande der Stadt von Kaufbeuren, die Straße kannte er. Vincent sog die frische Morgenluft in seine Lungen. Es würde wieder ein schöner Tag werden, mit bis zu 25° bei einem wolkenlosen Himmel. Jetzt am Morgen war es aber noch recht frisch. Und diese Frische ließ die Sinne von Vincent aufleben. Nach einigen zähen Laufschritten fand er seinen Rhythmus und lief motiviert durch die noch relativ wenig frequentierten Straßen.

Als er auf seinem Handy sah, dass er nur noch 200 Meter von dem ausgewählten Cache war, wurde er immer freudig erregter. Bald waren es nur noch 40 Meter. Vincent ging die letzten Meter auf eine Hauswand zu. Das verwunderte ihn etwas, aber die Navigation insistierte dorthin. Nur noch vier Meter; hier musste wohl dieser Cache irgendwo sein und es galt nun zu suchen. Aber wo? Außer der Wand war nur noch ein Kaugummiautomat angeschraubt. Mit schlechtem Gewissen sah sich Vincent um, ob ihn jemand beobachtete, was aber nicht der Fall schien. Er sah sich den Kaugummiautomaten an und bückte sich. Tatsächlich, auf der Unterseite des Automaten klebte etwas Flaches, das hier nicht dazugehörte. Er fummelte danach und bemerkte, dass dieses Teil mit Magneten am Bodenblech des Automaten angebracht war. Ihn durchlief ein Glücksgefühl, als er diesen Cache vom Blech abzog. Es war eine flache, alte Kaugummidose, die Vincent öffnete und dabei einen Zettel vorfand. Er faltete diesen Zettel auseinander und las einige Namen und das Datum dazu. Manche benutzten Stempel, andere benutzten Aufkleber, die meisten schrieben aber mit Kugelschreiber ihren Accountnamen und Datum hinein. Vincent nahm den mitgebrachten Kugelschreiber aus einer Tasche seines Laufshirts und schrieb seinen Namen Veg-Vin auf das

Logbuch. Jetzt schon fand er diesen Account albern. Veg für Veganer und Vin für Vincent. Aber etwas Brauchbareres fiel ihm nicht ein. Und so faltete er den Zettel wieder zusammen, legte ihn in die Dose und platzierte den Cache wieder unter dem Automaten. Grinsend nahm er sein Smartphone zu sich und machte an Ort und Stelle feierlich seinen ersten Logeintrag und ging das Menü durch.

Besuch loggen
Gefunden Heute
Log-Text

Nun bin ich auch ein Geocacher. Soeben meinen ersten Cache gefunden. Beim morgendlichen Lauf diesen Platz angesteuert und eine interessante Dose vorgefunden.
Das hat Spaß gemacht. Und nun möchte ich mich auch beim Platzierer bedanken.

Er drückte auf ein Pfeilsymbol und schon war sein erster Fund vermerkt. Er betrachtete eine Weile seinen Eintrag und suchte danach den nächsten Cache auf der virtuellen Landkarte. Vincent hatte für sein neues Hobby Feuer gefangen.

Um Punkt acht Uhr erschien Vincent frisch geduscht und quietschfidel im Präsidium. Jeder Beamte wurde mit einem fröhlichen Gruß bedacht,;die Laune des Hauptkommissars konnte nicht besser sein. Beschwingt betrat er den Besprechungsraum, in dem schon die komplette Crew im locker plaudernden Ton zusammen aß.

„Guten Morgen, Leute. Ihr müsst unbedingt mal in der Früh laufen gehen, ihr seid ganz neue Menschen danach. Ah, was für ein schöner Tag."

Vincent grabschte sich eine Flasche stilles Mineralwasser vom Tisch und trank diese mit zwei tiefen Zügen leer. Er nahm dann eine Kaffeetasse zu sich heran und schenkte sich ein. Aus *seinem* Milchkännchen gab er Haferdrink dazu und rührte um, während er seine Mitarbeiter breit grinsend betrachtete, die wiederum einigermaßen konsterniert ihren Chef anstarrten.

„Was ist?"

„Dir auch einen guten Morgen, Vincent", ergriff Carlo als Erster wieder das Wort. „Ich würd´ dann doch lieber etwas länger im Bett liegenbleiben, als so früh durch die dunkle Gegend zu rennen."

„Carlo, wir haben Sommer, da ist es um sechs Uhr längst hell. Also, morgen kommst mit?", blinzelte Vincent seinen Compagnon an.

„Im nächsten Leben dann bestimmt."

„Ich komm darauf zurück, Carlo. So, was gibt es Neues, Leute?" Mit diesen Worten legte sich Vincent ein großes Stück des Kuchens auf den Teller, der in der Mitte des Konferenztisches stand.

„Haselnusskuchen", kam die Antwort von Annett Fichtl. Alle in der Runde lachten.

„Du läufst doch sonst immer erst nach Feierabend?!", warf Ralf ein, der scheinbar noch nicht im Arbeitsmodus war.

„Und deshalb bist du Kommissar, weil du so einen scharfen Verstand hast, Ralf." Vincent machte mit Daumen und Zeigefinger eine Pistole und zeigte damit auf seinen Computerspezialisten. „Ich war Geocachen." Vincent ließ die Info so stehen und schaute in die zum Teil verständnislosen Gesichter. Der Hauptkommissar genoss diese fragenden Gesichtsausdrücke, ehe er fortfuhr. „Ihr wisst natürlich von dem Bombenalarm gestern. Dabei stellte sich heraus, dass ein Geocache die Ursache der Aufregung war. Also ein völlig harmloser Anlass für das gestrige Theater. Naja, und dann hab ich mich über Geocaching informiert und fand dieses Spiel ganz interessant. So hab ich mir gestern einen Account zugelegt und bin heute Morgen losgelaufen, um unter die Geocacher zu gehen. Und siehe da, ich hab direkt vier Stück davon gefunden."

„Und die hast du jetzt mitgebracht?", fragte Jochen Breininger.

„Och, Jochen, einen Geocache nimmt man nicht mit. Man geht dahin, sucht, findet, schreibt seinen Namen rein und geht wieder."

„Was für ein Quatsch", befand der Belehrte.

„Mir gefällt's." Vincent wirkte beleidigt, fasste sich aber schnell wieder. „Ich bin also mit meinem Handy und der GPS-Funktion losgelaufen und hab die Koordinaten angesteuert. Und ZACK", Vincent schnippte mit den Fingern, „ein Cache ward gefunden."

„Früher brauchte man da unbedingt ein extra GPS-Gerät, als es noch keine Smartphones gab", sagte Ralf. „Ich hab übrigens auch einen Account, aber ich hab nach 10 gefundenen Caches wieder damit aufgehört. Zuviel frische Luft", grinste Ralf in die Runde. Das gutmütige Gelächter der Kollegen war ihm mit dem Spruch sicher.

„Ralf, wie wär's? Wir könnten doch zusammen mal ins Tannheimer Tal auf Dosensuche gehen. Das Gerät hast du noch?" Plötzlich erstarrte Vincent und blickte durch Ralf hindurch ins Leere. Alle im Büro waren etwas verwirrt ob der plötzlichen Regungslosigkeit ihres Chefs und warteten darauf, dass sich dessen Statue wieder bewegte.

„Der Läufer", sagte Vincent nach einigen Sekunden zur Wand.

„Der Läufer?", Carlo machte mit dem Arm eine kreisende Bewegung um anzudeuten, dass er seinen Satz fertig stellen solle.

„Der Zeuge, derjenige, der Muschke am Bärenseeparkplatz angetroffen hatte und von ihm dumm angemacht wurde."

Ralf war bereits an seinem Laptop und sagte: „Haugert, Achim."

„Genau der. Was sagte er in der Vernehmung? Muschke solle ein klobiges Gerät in der Hand gehabt haben, offensichtlich kein Smartphone. Sag mal, Ralf, klobiger als ein Smartphone, kann das ein GPS-Gerät gewesen sein?"

„Es ist tatsächlich so, dass die GPS-Geräte zwar in Länge und Breite etwas kleiner sind, aber in der Tiefe viel dicker. Sie wirken eher wie die alten Nokia-Handys, nur eben ... klobiger, ja."

„Ich stelle jetzt mal die Theorie in den Raum, dass unser Jakob Muschke ein Geocacher war. Wer geht damit konform?"

„Du meinst, am Tag, als die beiden sich begegneten, der Haugert und der Muschke, war dieser gerade dabei, zum Geocaching zu gehen?" Ralf und Vincent warfen sich ihre Gedanken wie Spielbälle zu.

„Ja, das denke ich. Mach mal die Webseite von geocaching.com auf."

Sekunden später schaute das Team auf den kleinen Bildschirm des Laptops von Richard, auf dem sich die Landkarte um Kaufbeuren herum ausgebreitet hatte.

„Zoom mal die Gegend um den Bärensee heran."

Alle schauten gespannt auf die sich verkleinernde Karte, bis nur noch der Bereich um den Bärensee zu sehen war.

„Da", zeigte Vincent auf den grünen Punkt, der einen herkömmlichen Cache darstellte. „Klick auf den Traditionellen."

Ralf tat wie geheißen und sie begannen zu lesen:

Name: Am Bärensee
Typ: Traditionell Cache
Geocode: GC63HTZ
Entfernung: 3,2 km
Besitzer: KaSiMir
Versteckt: 13. Juni 2016

„Ralf, Ralf, schau nach, wann unser Supersportler Haugert unser Opfer getroffen hat. Er war sich hundert Pro sicher mit dem Datum." Vincent war aufs Äußerste gespannt.

Ralf klickte auf seinem Laptop herum, bis er die Zeugenaussage von Achim Haugert aufgerufen hatte. „Ja, tatsächlich, die Begegnung wurde auf den 13. Juni am späten Vormittag eingetragen." Das gesamte Team erkannte nun den Zusammenhang.

„Ist das nun Zufall, dass Jakob Muschke zum Geocachen geht, zu einer Dose, die exakt an diesem Tag veröffentlicht wird und er direkt in der Nähe getötet wird? Ich werfe jetzt die Theorie in den Raum, dass dieser Kasimir der Mörder von Muschke ist." Vincent blickte von einem zum anderen. Zunächst keine Reaktion, dann nickte erst Ralf, dann Carlo.

„So wie ich das sehe, haben User bei der Plattform nicht die richtigen Namen, sondern Fantasynamen für den Spieleaccount. Wie sollen wir jetzt herausfinden, wer sich hinter diesem Kasimir verbirgt?", fragte Carlo.

„Tja, da gilt es, sich etwas auszudenken. Vielleicht sind bei geocaching.com die Klarnamen hinterlegt. Bei den normalen Accounts wohl nicht, aber bei den Premiummitgliedern. Schließlich kostet das 30 Dollar im Jahr. Und in bar wird bestimmt nicht bezahlt. Ich schau mir jetzt erstmal das Profil von Kasimir an, ob er überhaupt Premium ist", erläuterte Ralf.

Wieder wurden die Köpfe zusammengesteckt, um gemeinsam auf den Laptop zu sehen. Doch die Infos waren eher enttäuschend. Kasimir war kein Premiummitglied; viel mehr war aus seinem Profil nicht ersichtlich. Es gab keine Fotos von ihm, nur hübsche Landschaftsbilder, die er eingestellt hatte. Weitere Infos waren Fehlanzeige.

„Schade", meinte Vincent. „Wir fahren jetzt zu diesem Cache und sehen ihn uns an. Der Muschke müsste sich ja ins Logbuch eingetragen haben, wenn er erst zum Cache ging und dann erschlagen wurde. Wobei wir den Accountnamen von Muschke auch nicht wissen. Wir sind der Sache so nahe, aber trotzdem so fern. Ralf, in der Zwischenzeit kannst du die Aktivitäten von Kasimir nachverfolgen, die Logeinträge, die er in der Vergangenheit gemacht hat etc., vielleicht verrät er uns etwas über sich. Jochen, du kommst mit uns mit", delegierte Vincent die Arbeit. „Annett? Danke für Kaffee und Kuchen." Vincent schob sich das letzte Stück Kuchen in den Mund und trank den Kaffee aus, bevor sich die Gemeinschaft auflöste, um Jagd auf Kasimir zu machen.

15 Minuten später waren die Kommissare mit dem Dienstaudi am Bärenseeparkplatz angekommen. Vincent öffnete die Geocaching-App und schaltete die GPS Funktion ein. Nach einer kurzen Orientierung ging das Team die Schotterstraße entlang, die zu dem Cache von Kasimir führen sollte. Etwas mehr als 200 Meter später zeigte das Smartphone, dass sie noch acht Meter entfernt waren. Der Pfeil des Kompasses zeigte nach rechts in die Büsche. Vincent bückte sich unter die Zweige und stand vor einer Wurzel und in dieser war die Tupperdose zu sehen. Vincent nahm sich die Dose und kam wieder zum Vorschein.

„Gefunden", grinste Vincent und öffnete die Klickverschlüsse. Er schaute sich den Inhalt an, der aus einem stabilen DIN A6 Logbuch in schwarz-rot bestand und zwei IKEA-Bleistiften. Vincent nahm das Logbuch heraus und gab die Dose an Carlo weiter. Den Deckel drückte er Jochen in die Hand. Er blätterte durch das Büchlein und sah sich die Namen durch, die den Cache bereits gefunden hatten und studierte die Logeinträge. Dann blätterte er zur ersten Seite zurück und schaute einige Sekunden darauf.

„Hier hat jemand die erste Seite herausgerissen." Vincent reichte das Logbuch an Carlo weiter, der sich die erste Seite ebenfalls ansah und seinem Chef recht gab.

„Stimmt, man sieht ganz deutlich die Ausfransungen."

Jochen inspizierte ebenfalls das Büchlein und meinte nur: „Eindeutig, Adlerauge Vince."

„Und wer könnte wohl der Verunstalter gewesen sein? Ich fresse einen Besen mitsamt Putzfrau, wenn das nicht unser Kasimir war."

Strohtrocken sagte Carlo: „Wenn ich mal anmerken dürfte, dass Putzfrauen nicht vegan sind?!"

Jochen prustete los und auch Vincent zeigte ein breites Lachen. „Männer, etwas mehr Ernsthaftigkeit, wenn ich bitten darf, wir klären einen Mord auf." Dennoch mussten alle Kommissare erneut lachen.

Vincent zauberte einen Kugelschreiber hervor, blätterte zum letzten Eintrag und schrieb:

25.06.2016 VEG-VIN Danke für den Cache

„Sag mal, spinnst du jetzt? Du kannst doch nicht in ein Beweisstück irgendwas reinschreiben!" Carlo traute seinen Augen nicht.

„Das war der fünfte Cache, den ich heute gefunden hab." Vincent grinste jubilierend.

„Also manchmal glaub ich's echt nicht", schüttelte Carlo den Kopf.

„Es ist ja kein Beweisstück, lediglich ein Indiz."

„Ich find es auch strange, aber was soll's, es geht ja nix kaputt dadurch."

„Danke, Jochen", nickte Vincent dem Aktenführer zu. „Was sollen wir jetzt eigentlich machen? Wir haben eine Theorie, wir haben ein Indiz, das war's. Was wir brauchen, ist der Mörder von Muschke."

„Ich würde sagen, dass wir diese Dose wieder so zurücklassen, wie wir sie vorgefunden haben, denn wenn wir die jetzt mitnehmen und ein anderer User findet sie nicht mehr, bekommt Kasimir wahrscheinlich eine Meldung, dass dieser Cache weg ist", überlegte Jochen.

„Sehe ich auch so, wir müssen dem Kasimir eine Falle stellen, und dafür wäre es am besten, wenn wir zunächst mal alles so lassen, wie es ist."

Vincent dachte darüber nach und stimmte seinen Kollegen zu. „Okay, fahren wir zurück zum Präsidium, aber erst mach ich meinen Onlinelog des Caches."

„Ich fasse es nicht." Carlo klatschte sich mit der flachen Hand an die Stirn. „Dir ist klar, dass der Besitzer der Dose, also Herr Kasimir, eine Mail erhält, wenn du einen Log machst?"

„Na und? Er kennt mich ja nicht." Vincent zuckte mit den Schultern und begann, seinen erfolgreichen Fund in sein Handy zu tippen.

Kapitel 35

25. Juni 2016

Siegfried sah auf sein Smartphone. Schon wieder hatte jemand seinen Cache am Bärensee entdeckt. Er öffnete die Mail mit dem Betreff: *[LOG] Owner: VEG-VIN found Bärensee (Traditional Cache)* und las:

Logged by: VEG-VIN
Log Type: Found it
Date: 06/25/2016
Location: Bayern, Germany
Type: Traditional Cache

Heute bei herrlichem Sommerwetter mit guten Freunden hierhergekommen, um ein bisschen die Ruhe des Sees zu genießen. Da freute es mich, dass in unmittelbarer Nähe dieser Cache zu finden war. Ich habe diese Dose sehr schnell gefunden. Vielen Dank an Kasimir für den Spaß und Gruß von VEG-VIN

Siegfried checkte noch die restlichen Mails, sah sich etwas bei Facebook um und legte das Handy wieder weg. Dann öffnete er die Tüte mit Semmeln und Brezen, die er zuvor beim Grauper-Bäcker gekauft hatte und legte die Teile in einen Brotkorb. Er öffnete einen Tetrapak mit Orangensaft, stellte drei Gläser auf den Esstisch, Teller dazu und erleichterte den Kühlschrank um Wurst, Käse, Marmelade. Eine Nuss- Nougatcreme stellte er für Mirjam auf den Tisch.

Die Kaffeemaschine blubberte vor sich hin, während Siegfried noch Tassen, Milch und Zucker auf den Tisch stellte. Als er den Frühstückstisch fertig hergerichtet hatte, stellte er das Radio an und suchte den regionalen Allgäuer Sender. Black Sabbath begrüßte ihn mit *Paranoid*. Gut gelaunt nickte Siegfried den harten Rhythmus mit. Er stellte das Radio lauter, um seine Lieben aus dem Schlummer zu holen. Die Stimme von Ozzy Osbourne konnte da äußerst hilfreich sein. Siegfried stellte den Lautstärkeregler noch etwas höher und versuchte, mitzusingen. Textsicherheit war in diesem Falle überhaupt nicht gegeben. Entsprechend alberne Silben kamen aus seinem Mund. Aber ihm war es egal; Hauptsache seine Lieben würden bald mal aufstehen. Kaum hatte er den Gedanken fertig gedacht, öffnete sich die Schlafzimmertüre und eine zerzauste, zerknautschte Karin schlappte in die Küche, steuerte zielstrebig den Wasserhahn an und füllte ein großes Glas, das sie in einem Zug austrank. Sie stellte es auf die Anrichte und sagte verschlafen zu Siegfried: „Mach den Scheiß leiser", wuschelte sich durchs Haar, gähnte herzhaft und lehnte sich kraft- und saftlos gegen ihren Mann. Dabei ließ sie die Hände baumeln und wartete auf die fällige Umarmung. Diesen Gefallen tat ihr Siegfried gerne, drückte sie, legte einen Finger unter ihr Kinn und hob ihr Gesicht hoch, um sie auf den Mund zu küssen. Mit ihrem viel zu langen T-Shirt sah seine Frau zum Anbeißen aus. Kurz überlegte er, Karin wieder ins Schlafzimmer zu bugsieren, doch dann öffnete sich die Kinderzimmertür und eine ebenso zerzauste Mirjam wankte aus ihrem Domizil. Sie ging zum Kühlschrank, um nach Orangensaft zu suchen, fand keinen und entdeckte die gefüllten Gläser auf dem Tisch. Nahm sich eines und trank es direkt leer. Erst dann kam ein „Guten Morgen" aus ihrem Mund und der Hinweis: „Mach den Scheiß leiser."

„Mädels, das ist kein Scheiß, das ist Black Sabbath, etwas mehr Respekt bitte vor ultimativen Klassikern."

„Okay, Babba, entschuldige. Ich wollte sagen, *alter* Scheiß."

„Kunstbanausen, alle beide. Setzt euch, Frühstück." Bevor sich Siegfried setzte, machte er das Radio leiser.

„Lieb von dir, das mit dem Frühstück herrichten. Machst du das jetzt jedes Wochenende?", fragte Karin gut gelaunt und lächelnd.

„Lass mich kurz überlegen . Nein."

Karin haute ihm spielerisch auf den Arm. „Du willst schon wieder mal was im Schlafzimmer von mir."

„MAMA!!! Es gibt Minderjährige, die das nicht wissen wollen!"

Siegfried und Karin lächelten sich, tief in die Augen blickend, an.

Siegfried schnitt sich eine Semmel auf, schmierte sich Butter drauf und fügte eine Wurstscheibe und Käse hinzu und biss herzhaft hinein. Karin mümmelte an einer Marmeladensemmel, während sie ihr Smartphone studierte. Siegfried war gerade dabei, einen Schluck Kaffee zu nehmen, als Karin sagte: „So schnelllebig ist die Zeit, da gibt's eine Bombenmeldung in der Stadt und schon redet keiner mehr von dem Mord am Bärensee."

Siegfried verschluckte sich und musste heftig husten. Mirjam sprang förmlich vom Stuhl auf und klopfte ihrem Vater zwischen die Schulterblätter, bis dieser sich wieder beruhigt hatte.

„Geht's wieder?", fragte Karin mit besorgtem Blick.

Siegfried wischte sich die Tränen aus den Augen und antwortete mit belegter Stimme: „Passt schon. Hab den Hals wohl nicht voll bekommen", versuchte er seinen Hustenanfall zu rechtfertigen.

„Hauptsache, du überlebst", lachte Karin. „Aber ist doch wirklich so: Auf der Seite von all-in.de ist der gesprengte Cache das Oberthema, obwohl da ja eigentlich gar nix war, und vor nicht mal einer Woche finden sie einen Toten im Wald, das ist schon gar nicht mehr wichtig. Alle wiegen sich wieder in Sicherheit, und ehe du dich umschaust, hat der Psycho schon den Nächsten erschlagen. Dann ist das Geschrei wieder groß." Karin schüttelte den Kopf, las weiter in der Onlineausgabe der Zeitung und knusperte geistesabwesend an ihrer Semmel.

„Hoffentlich kriegen sie das Arschloch. Man hört aber echt nix mehr davon. Die haben scheinbar überhaupt keine Spur bei der Polente. Muss man sich mal klarmachen, der läuft da draußen rum. Dem begegnet man vielleicht in der Fußgängerzone und kann ja nicht wissen, dass der jemanden um die Ecke gebracht hat. Das ist mal gruslig. Ich schau auf jeden Fall, dass ich immer mit einer Freundin zusammen unterwegs bin. Allein mag ich draußen nicht sein, solange der Psychopath frei rumläuft."

„Sehr löblich, Mirjam", sagte Karin, ohne vom Smartphone hochzublicken. „Aber was ist, wenn man den überhaupt nicht schnappt? Man kann sich ja nicht komplett einigeln."

Siegfried hatte wenig Lust, sich an der Diskussion zu beteiligen. Auch sein Appetit war nun etwas gezügelt. Seine Familie redete über ihn und sie ahnten natürlich nichts davon. Das musste auch unbedingt so bleiben. Es beruhigte ihn, dass man keine Spuren fand; niemand hatte ihn gesehen, nichts deutete auf ihn. Nur echte Entspannung wollte sich nicht bei ihm einstellen. Sein Gewissen machte ihm zu schaffen.

„Was machen wir heute Schönes?"

Siegfried wurde aus seinen Gedanken gerissen. „Hm?"

„Was wir heute machen, wir haben einen schönen Samstag, der nicht allzu warm wird, wir haben Zeit und können mal wieder raus aus der Stadt. Ich würd auch gern mal wieder auf Dosensuche gehen, nicht immer bloß ihr zwei." Ein Vorwurf war aus Karins Stimme herauszuhören. Vielleicht auch ein bisschen Eifersucht, weil sie sich oft außen vor fühlte, wenn Ehemann und Tochter ständig auf Geocache-Tour gingen und sie meist in der Arbeit war.

„Au ja, Babba, die Runde bei Füssen, zum Alatsee hoch, die wollten wir doch schon lange machen. Bitte bitte, Babba." Mirjam schaute ihren Vater hoffnungsvoll an.

„Ja, klar, können wir gerne machen. Aber die ist gar nicht so einfach, das wisst ihr?"

„Wissen wir, zusammen kriegen wir die bestimmt in vier Stunden hin", spekulierte seine Tochter. „Und das neue GPS-Gerät hat auch einen viel besseren Empfang und kann die Dosen genauer anzeigen."

Karin stutzte. „Was für ein neues GPS-Gerät? Was weiß ich hier nicht?"

„Babba hat bei eBay ein gebrauchtes GPS ersteigert, das kostet normal 500 €."

„Aha, und warum weiß ich davon nichts?" Karin sah verletzt zu Siegfried.

„Karin, ich hab einfach vergessen, es dir zu sagen, okay? Tut mir leid. Ich hätte es dir sagen müssen."

Karins Laune wurde jedoch nicht besser. „Was hast gezahlt?"

„250 €", sagte Siegfried kleinlaut.

„Was sind wir froh, dass wir in Geld schwimmen, was sind da schon die paar Kröten?", sagte Karin sarkastisch.

Eisiges Schweigen herrschte in der Küche, bis Karin weitersprach. „Darf ich es mal sehen?"

Mirjam holte eilig das Gerät, schaltete es an und reichte es ihrer Mutter, die es begutachtete. „Sieht kaum gebraucht aus. Wieso gibt man ein fast neues Gerät für den halben Preis her – geklaut?"

„Weiß ich nicht, Karin. Aber so billig kommen wir nicht mehr an so ein tolles Gerät. Ich musste einfach zuschlagen." Die Zweideutigkeit seiner Lüge kam Siegfried nicht in den Sinn.

„Na, wie auch immer. Nun ist es halt gekauft." Karin gab sich versöhnlich.

„Okay, dann räumen wir den Tisch auf, ziehen uns um, und dann kann's ganz schnell auch schon losgehen." Karin war die Erste, die aufstand, um der Familie zu zeigen, dass sie in die Puschen kommen sollten. In Windeseile waren die Spuren des Frühstücks beseitigt, die Küche blitzte wieder, und nur eine halbe Stunde nach dem Ausflugsbeschluss saßen die drei im Auto und fuhren mit Kugelschreiber, Aufklebern und dem neuen GPS-Gerät nach Süden, um einen wunderbaren Familientag zu erleben.

Kapitel 36

Oktober 2003

Siegfried und Karin stiegen die Stufen zum ersten Stock des Jugendstilgebäudes in der Ludwigstraße von Kaufbeuren hoch. Sie lasen das Schild „Schuldnerberatung des Caritasverbandes e.V." Sie sahen sich nochmal an und drückten sich die Hände. Siegfried klingelte, und nur eine Sekunde später ertönte ein Summen als Zeichen, dass die Tür geöffnet werden konnte. Mit einem Schnappen trat das Paar ein und stand direkt vor einem Empfangstresen. Dahinter saß eine Dame um die 55 Jahre und tippte etwas in einen Computer. Sie beendete ihre Dateneingabe, drehte ihren dunkelblond gefärbten Kurzhaarkopf und widmete sich dann dem Paar am Tresen. Ein kleines Namensschild identifizierte die Frau als Gundula Schats. Ihr gutmütiges Gesicht ließ bei den Distls direkt Vertrauen aufkommen. Sie wog vielleicht 15 Kilo mehr, als die Ärzte auf ihrer Tabelle als Idealgewicht vorschlugen, aber sie fühlte sich offensichtlich sehr wohl in ihrer Haut. Sie war so ein Typ Mama, sie kochte bestimmt gerne und aß wohl ebenso leidenschaftlich mit Genuss. Das freundliche Lächeln bestätigte den offensichtlichen Charakter.

„Grüß Gott, wie kann ich Ihnen helfen?", fragte die nette Dame.

„Hallo, Distl, wir haben einen Termin bei Frau Fischer." Die Stimme von Siegfried war devot.

Frau Schats sah auf ihren Terminplaner. „Ja, genau. 17 Uhr, Sie können direkt in Zimmer 4 gehen, klopfen brauchen

Sie nicht, ist eh niemand drin." Sie kicherte fröhlich, auch die Distls lächelten. „Den Gang entlang, das hintere rechte Zimmer", zeigte Frau Schats mit einem Kugelschreiber in die Richtung. „Frau Fischer ist gleich für Sie da." Sie lächelte dem Paar zu und widmete sich wieder ihrem Computer. Siegfried und Karin gingen Hand in Hand in Zimmer 4.

Schweigend sahen sich die beiden in dem Zimmer um, das ziemlich spartanisch eingerichtet war. Sie saßen auf billigen Kunststoffstühlen; auch ihr Gegenüber, das noch nicht da war, würde sich auf einen billigen Drehstuhl setzen. Der große Schreibtisch war aus Pressspan. Auf diesem stand ein 17" Monitor, davor die Tastatur. Ein paar Regale standen an den Wänden, vollgepackt mit Aktenordnern. Die Wände waren in einem hellen Grün gestrichen, das wohl mal in den 70ern modern war. Die Distls waren aber auch nicht sonderlich überrascht über die funktionelle Einrichtung. Schließlich waren sie bei der Caritas.
Die Tür ging auf und eine ca. 40-jährige, schlanke Frau betrat forsch den Raum, ging mit ausgestreckter Hand auf Karin zu, um ihr die Hand zu schütteln, direkt danach gab sie Siegfried die Hand. Sie stellte sich als Schuldnerberaterin Frau Fischer, Doreen, vor und begab sich zu ihrem Drehstuhl jenseits des Schreibtisches.
„Was kann ich für Sie tun?", fragte die schwarzhaarige Frau Fischer mit interessierten, grünen Augen. Ihre nach vorn gebeugte Körperhaltung signalisierte, dass sie bereit und offen war für die Belange ihrer Besucher.
Siegfried druckste etwas herum, was Frau Fischer geduldig zur Kenntnis nahm. Für sie war es Alltag, dass es ihren

Klienten schwerfiel, sozusagen die Hosen runterzulassen. Keiner sprach gern von seinem finanziellen Desaster.

„Uns steht das Wasser bis zum Hals", sagte Siegfried nach etwas Überlegen schlicht.

„Dann müssen wir darauf achten, dass das Wasser nicht noch weiter steigt, deshalb sind Sie hier, nicht wahr?", munterte Frau Fischer Siegfried auf.

„Ja, aber wir wissen nicht, wie wir unseren Untergang bremsen können."

„Herr Distl, Frau Distl, breiten Sie doch einfach alles aus, was Ihnen auf der Seele liegt. Alles, was Sie in diesem Raum sagen, bleibt absolut unter uns dreien."

Siegfried und Karin sahen sich an, Karin nickte unmerklich.

„Wir sind pleite, das heißt, eigentlich ist es meine Schuld und ich habe meine Frau mit reingerissen."

„Stopp, stopp, stopp", unterbrach Frau Fischer, „wir sind hier nicht zusammen, um Schuldige zu finden, Sie sind zu mir gekommen, damit wir Lösungen finden."

Siegfried fasste schon nach diesen paar Sätzen Vertrauen zu der Beraterin und begann nun, sein Herz auszuschütten.

„Es war so: Ich habe vor einigen Jahren, 1991, eine Wohnung in Leipzig gekauft. Es gab da diesen Freund, der mich überredet hat, dass ich in eine Immobilie investieren solle. Da der Typ mir dieses sogenannte Steuersparmodell so schmackhaft gemacht hat, fand ich, dass sich das gut anhört. Außerdem war er ja mein Kumpel und ich hab dem vertraut. Ich hätte ja nie gedacht, dass der mich so dermaßen über den Tisch zieht. Am Anfang war es ja auch einigermaßen okay, aber dann sprang der Mieter ab, ich hatte Nebenkosten, ich hatte Renovierungskosten, wieder sprang ein Mieter ab, die

Wohnung wurde ruiniert. Immer wieder hab ich Geld reinstecken müssen. Und dann kam auch noch raus, dass die Immobilie völlig überteuert an mich verkauft wurde, also nicht nur ein bisschen zu teuer, sondern um über das Doppelte des damaligen Marktwertes. Die Gegend ist dann auch mit der Zeit immer weiter verkommen, so dass die Wohnung nun fast wertlos ist. Jetzt hätte ich einen Käufer, aber ich bin ruiniert." Siegfried hatte Tränen in den Augen. Karin drückte seine Hand.

Frau Fischer hatte sich die Geschichte von Siegfried aufmerksam angehört und ihn nicht unterbrochen. Auch nachdem er geendet hatte, sagte sie zunächst nichts, ließ ihn schnäuzen und ihn seine Fassung wiedererringen.

„Herr Distl, es wird Sie nicht trösten, wenn ich Ihnen sage, dass Sie weiß Gott kein Einzelfall sind. Auf dem Stuhl, auf dem Sie sitzen, haben andere Menschen nahezu identische Verläufe erzählt. Und sogar die Zeiträume waren sehr ähnlich. Damals, nach dem Fall der DDR, gab es diese windigen Immobilienmakler wie Bäume in einer Allee und das Muster war immer gleich. Sagen Sie, konnten Sie die Wohnung vor dem Kauf besichtigen?"

Siegfried sah auf. „Nein, das ging alles so schnell, ich kam mir völlig überrumpelt vor."

„Ich nehme an, zufällig gab es einen Notar, der Sie terminlich dazwischenschieben konnte. Wie lange dauerte es von dem Vorschlag dieses ...", Frau Fischer zeichnete Gänsefüßchen in die Luft und spuckte das nächste Wort praktisch aus, „Steuersparmodelles bis zur Beurkundung beim Notar? Ich tippe auf 2 – 3 Tage."

Siegfried schaute erstaunt: „Ja, stimmt, ich wurde angerufen, wir haben uns getroffen, und zwei Tage später war ich Wohnungseigentümer."

„Ach, Herr Distl, es sind immer die gleichen Methoden, die funktionieren auch in der heutigen Zeit noch, und auch in Zukunft werden immer wieder unbedarfte Menschen Opfer von Betrug. Wie schon gesagt, es ist kein Trost für Sie, aber Sie sind nicht alleine mit Ihrem Schicksal. Dann erzählen Sie mir mal, wie schlimm es um ihre Finanzen steht."

Siegfried blickte in seinen Schoß und entfernte einen imaginären Fussel von seiner Jeans, bevor er antwortete. „Katastrophal. Die Wohnung können wir für 9.500 € verkaufen, aber mit dem bestehenden Immobiliendarlehen und mit den Schulden, die wir aufgehäuft haben, kämen wir auf 116.000 €, die wir zurückzahlen müssten. Und auch wenn wir beide arbeiten, zusammen auf über 3.500 € Verdienst kommen, so viel Geld können wir nicht zahlen. Dann würde es gerade mal noch für die Miete reichen. Ganz davon abgesehen will uns die Bank gar nicht so viel Geld geben. Und deshalb sitzen wir hier, weil wir weder ein noch aus wissen."

Siegfried blickte Frau Fischer hoffnungsvoll an, an deren Gesicht er aber überhaupt nichts ablesen konnte. Wieder herrschte Ruhe in dem Zimmer, in dem die Beraterin nachdachte, ohne den Blick von Siegfried zu nehmen. Karins Aufgabe bestand weiterhin lediglich darin, die Hand von Siegfried zu halten.

„Herr Distl und Frau Distl, Ihre Lage ist prekär. Ich würde Ihnen als Bank auch keinen Kredit in dieser Höhe geben. Es stimmt, Sie sind pleite."

Die Distls dachten synchron, dass sie schlecht hörten. Das sollte eine Schuldnerberatung sein? Dass sie ruiniert waren, dazu brauchten sie keine weitere Meinung, das wussten sie selbst. Siegfrieds Blick verfinsterte sich, er spürte Wut in sich aufsteigen, während Frau Fischer völlig ruhig in die Gesichter des Paares blickte.

„Sie können auf keinen Fall einen Kredit in dieser Höhe zurückzahlen, den Sie ja auch erst gar nicht bekommen, und trotzdem sind Sie in sechs Jahren schuldenfrei."

Erneut herrschte Stille im Raum. Siegfried fühlte sich etwas verarscht, Karin wartete auf die Pointe des Witzes von Frau Fischer.

„Wie können wir schuldenfrei sein, wenn wir doch nicht so einen Betrag stemmen können?" Siegfried war verwirrt.

„Das Zauberwort heißt *Privatinsolvenz*."

„Aber das gibt's doch nur für Firmen, die pleite sind?"

„Nein, seit ein paar Monaten gibt es ein Gesetz, das es ermöglicht, dass auch Privatpersonen Insolvenz anmelden können."

„Das heißt?", fragte nun Karin.

„Ich würde Ihnen das gerne erläutern. Da Sie nicht selbstständig sind, können Sie anmelden, dass Sie zahlungsunfähig sind. Trifft in Ihrem Fall absolut zu, da die Bank keinen Kredit mehr gewährt. Es wird ein Verbraucherinsolvenzverfahren durchgeführt. Für Sie begänne dann die Wohlverhaltensphase. Diese Phase dauert sechs Jahre. Sie müssen in diesen sechs Jahren jede zumutbare Anstrengung unternehmen, dass Sie die Schulden bedienen können. Das heißt für Sie beide, dass Sie arbeiten gehen. Also das, was Sie eh schon machen. Mit dem Nachteil, dass Sie in dieser Zeit nichts ansparen können aus Ihrer Arbeit. Sie bekommen einen pfändungsfreien Betrag zugewiesen. Alles, was Sie darüber hinaus verdienen, wird zur Abtragung der Verbindlichkeiten verwendet. Und sind nach der Wohlverhaltensphase noch Schulden übrig, sind diese hinfällig, dann beginnt für Sie das Leben von Neuem. Sollten Sie in der Zeit etwas erben, könnten Sie die Hälfte des Erbes behalten. Sollten Sie einen Gewinn machen, etwa durch Lotto spielen, könnten Sie das Geld behalten. Bekommen Sie Geschenke, können Sie die ebenfalls behalten. Im November 2009 wäre der Käse gegessen, wie man so sagt." Frau Fischer lehnte sich zurück und lächelte ihre Mandanten aufmunternd an.

Das Ehepaar Distl schaute mit großen, runden Augen zurück. Da saß diese Frau, die ihre Probleme lösen konnte; es bestand Hoffnung auf ein Überleben ihrer Misere.

„In sechs Jahren schuldenfrei", sagte Siegfried leise.

„Sie hätten sofort Ihre Immobilie los, die sie wahrscheinlich nicht nur finanziell, sondern auch psychisch immer wieder auf eine harte Probe stellt."

„Allerdings. Seit einigen Jahren vergeht kein Tag, an dem ich nicht diese Entscheidung von damals und diesen *Kumpel* verfluche."

Karin und Siegfried sahen sich tief in die Augen und kommunizierten ohne Worte, bis sie zu der einvernehmlichen Entscheidung kamen.

„Ja bitte, Frau Fischer, wir würden das so schnell wie möglich durchziehen."

„Sehr gut. Ich kann für Sie die Schritte einleiten. Sie geben mir die notwendigen Formulare wie Einkommensnachweise, Darlehens-, Kreditunterlagen. Moment, ich habe hier einen Vordruck." Frau Fischer förderte ein Formular aus einer Schreibtischschublade zutage. „Hier steht alles, was Sie zur

Insolvenz wissen müssen und was ich für Unterlagen und Nachweise von Ihnen benötige, und dann kann die Pleite ihren Lauf nehmen." Frau Fischer grinste in hoffnungsvolle Gesichter. „Wenn sich noch Fragen ergeben, zögern Sie nicht, mich anzurufen." Mit diesen Worten stand Frau Fischer auf und gab dem Ehepaar Distl die Hand, das sich mit neuem Optimismus verabschiedete. Vor dem Gebäude fielen sich Siegfried und Karin in die Arme, hielten sich minutenlang fest. Siegfried nahm das Gesicht seiner Frau in die Hände, sah ihr wieder tief in die Augen und sagte leise: „Wir schaffen das."

Kapitel 37

25. Juni 2016

Das Team der SoKo Bärensee hatte sich am Mittag wieder im Besprechungsraum getroffen. Zuvor hatte Vincent noch die Bäckerei Grauper angesteuert. Da seine Kollegen an diesem Samstag ohne zu murren Dienst schoben, wollte er als motivierende Maßnahme etwas Gutes tun. Der Bäcker war bekannt für seine leckere heiße Theke. Neben den obligatorischen Leberkässemmeln gab es auch legendäre Gemüseburger auf Quinoabasis. Dieser Burger in eine Vollkornsemmel gesteckt, dazu noch scharfen Senf, einfach ein Gedicht.

Vincent stellte die große Tüte auf den Tisch. Ein herrlicher Duft strömte durch den Raum.

„Auf geht's, zugreifen, Leute." Mit einer einladenden Geste forderte er seine Kollegen auf, es sich gutgehen zu lassen, und Carlo war der Erste, der in die Tüte fasste, um eine in Alufolie gewickelte Semmel herauszunehmen. Schließlich musste er schon im Dienstwagen leiden, weil der Geruch aus der Tüte so verführerisch war. Nach und nach nahm jeder eine Semmel heraus, eine Weile wurde geraschelt und geknistert, bis nur noch Mampfgeräusche zu hören waren, unterbrochen durch „hmmm, lecker" Bemerkungen.

Minuten später, nachdem jeder ein kaltes Getränk vor sich stehen hatte, wurde die Arbeit aufgenommen.

Ralf ergriff als Erstes das Wort. „Ich habe etwas Hochinteressantes herausgefunden", machte es der PC-Spezialist zunächst spannend. „Ich kann die These, dass Kasimir unser Täter ist, untermauern."

„Dann lass dich nicht betteln, Ralf. Wir sind nicht im Kino, wo Spannung für die nächste Szene aufgebaut werden muss", sagte Vincent.

Aber Ralf gefiel sich jetzt in seiner Rolle, in der jeder an seinen Lippen hing.

„Könnt ihr euch erinnern, was Muschke für eine Tätowierung hatte?"

„Get rich or die trying", sagte Annett Fichtl wie aus der Pistole geschossen.

„Yo, Sis, yo." Ralf machte eine alberne Rappergeste und fasste sich sogar noch in den Schritt. Annett kicherte.

Vincent rollte mit den Augen, musste aber dennoch grinsen über den Gangsta-Auftritt seines Kollegen. „Ralf, wenn deine Kommissarkarriere stockt, kannst bestimmt noch ein Spitzenrapper werden. Aber ich würd trotzdem gern etwas Ernsthaftigkeit reinbringen."

„'Tschuldigung, Chef. Wo war ich stehengeblieben?"

„Beim Yo." Die Sekretärin giggelte.

„Annett!", wollte Vincent Einhalt gebieten, aber nun lachte die ganze SoKo, also ließ sie der Hauptkommissar ein Stück weit gewähren. Bald schon hatte sich das Team wieder beruhigt.

„Ich fang nochmal von vorne an", sagte Ralf. „Muschke hatte das besagte Tattoo. Ich habe bei Geocaching.com recherchiert und fand einen User, der sich *Rich or dead* nennt."

„Treffer!", rief Carlo aus.

„Ja, denk ich mir auch. Ich habe mir dessen Tätigkeiten auf der Seite angesehen. Die meisten Logeinträge machte er um Kaufbeuren herum. Dort hat er zu über 90% der Caches gefunden. Interessant zum einen ist, dass dieser *Rich or dead* seit 10. Juni keine Einträge mehr gemacht hat. Die Zeitspanne von über zwei Wochen ohne Log ist unüblich bei ihm. Und dann habe ich noch herausgefunden, dass sowohl *Rich or dead* als auch *KaSiMir* im Mai nacheinander einen neu gelegten Cache geloggt haben. Womöglich trafen sich die beiden vor Ort oder sind gemeinsam zu dieser Dose gegangen. Erwähnenswert finde ich noch die Schreibweise vom Account KaSiMir." Ralf stand auf und schrieb an das Flipboard. Mit dem dicken Eddingstift klopfte er auf den Namen und die Besonderheit der Schreibweise. „Solche Accounts werden gerne genommen, wenn mehrere Namen abgekürzt werden. Wir hier im Team könnten demnach VinCaAnRaJo heißen. Also gehe ich davon aus, dass ‚Ka' ein Vorname ist, ‚Si' und ‚Mir' ebenfalls. Was heißt das nun? Wurde Muschke von drei Tätern ermordet? Diese Theorie müssen wir festhalten. Es wäre aber auch möglich, dass nur eine Person Muschke getötet hat, ohne das Wissen der anderen beiden." Ralf sah in die Runde und stellte fest, dass ihm alle folgen konnten und seine Darstellung schlüssig und interessant fanden. So fuhr er fort.

„Nächste Überlegung: Woraus besteht der Sammelaccount? Sind es Männer, sind es Frauen? Oder geschlechtlich gemischt? Am ehesten ist die Vermutung, dass es sich um eine Familie handelt. Vater, Mutter, Kind. Und in den meisten Fällen stellt sich der Mann an erste Stelle. Also müssen wir ‚nur' nach einem Mann suchen, der in seinem richtigen Namen KA heißt. Karl, Karl-Heinz, Kai etc. Seine

Frau würde demnach Sibille, Sigrid usw. heißen. Die Abkürzung MIR könnte sowohl ein Mädchen als auch ein Junge sein. Mirko, Mirjam, Mirella. Die Spanne an Möglichkeiten ist ziemlich groß. Der Account KaSiMir hat weiterhin auf Geocaching.com geloggt. Die letzte Aktivität war in Frankenried oben. 16 Caches wurden dort von ihm eingetragen, dem Log nach zu urteilen, war er nicht alleine unterwegs." Ralf setzte sich auf seinen Platz. „Das sollte es von meiner Seite vorerst gewesen sein."

„Danke, Ralf, super Arbeit von dir." Vincent nickte seinem Kollegen anerkennend zu.

Jochen hob die Hand wie ein braver Schüler, bevor er zu sprechen begann. „Wir könnten beim Einwohnermeldeamt alle Namen durchforsten, die infrage kämen. Wie viele das sind, das lässt sich natürlich nicht einschätzen. Und dann wissen wir immer noch nicht, ob einer der Kasimirs der Mörder ist."

„Ein Fall für den Herrn Sisyphus.", meinte Carlo.

„Wir stellen ihm eine Falle", sagte Annett Fichtl und stand von ihrem Stuhl auf. „Aber erst hol ich die Kaffeekanne." Mit diesen Worten verließ sie den Raum und ließ verdutzte Gesichter zurück. Schweigend hörte der Rest zu, wie Annett in der Präsidiumsküche hantierte, um nach ein paar Minuten mit Kaffee und entsprechendem Geschirr zurückzukommen. Eifrig wurde der Sekretärin geholfen beim Verteilen von Tassen und dem Ausschenken von Kaffee. Als sich jeder eingegossen hatte, nahm Annett den Faden wieder auf.

„Wir haben doch hier am Tisch einen Neugeocacher." Annett sah vielsagend zu Vincent, dieser zog die Augenbrauen hoch, als er bemerkte, dass er damit gemeint war.

„Wir könnten doch mit seinem Account einen Cache legen. Anscheinend ist man in diesen Kreisen ganz wild darauf, den ersten Logeintrag zu machen. Also stellen sich die Herren Kommissare strategisch in die Nähe des Geocaches und warten darauf, dass unser Kasimir angetrabt kommt, und ‚schwupps', haben wir unseren Täter." Dieses ‚Schwupps' unterstrich Annett mit einer Geste, wie man sie wohl bei einem Skisprung machen würde.

„Einfach mal ‚schwupps', meinst du?" Jochen hatte die Arme verschränkt und war von der Idee Annetts nicht sonderlich überzeugt.

„Und wo verstecken wir unseren Cache? Und wie viele Kollegen brauchen wir, damit sie observieren können, dass unser Kasimir auf die Suche geht?"

„Ja, natürlich müssen wir uns einen geeigneten Platz aussuchen. Einen Ort, der gut einsehbar ist, trotzdem an einer Stelle, die nicht viel frequentiert wird. Die Kommissare dürfen aber auch nicht gesehen werden, bzw. als solche erkannt werden." Annett war von ihrer Idee selbst immer mehr begeistert. Entsprechend engagiert sprach sie auch.

„Und wir verhaften prophylaktisch jeden, der sich an der Dose zu schaffen macht?" Jochen war immer noch skeptisch.

„Deshalb brauchen wir ja die Kommissare vor Ort. Ich stell mir das so vor, dass ihr euch auf die Lauer legt und abwartet. Wenn ein Geocacher kommt und sich in das Buch einträgt und wieder von dannen zieht, kontrolliert einer von euch das Logbuch. Das Ganze muss ziemlich schnell gehen, wenn der Verdächtige außer Sicht ist. Ist der Finder der Kasimir, wird er gestellt. Deshalb brauchen wir eben einen wohlüberlegten Platz. Er darf sich nicht allzu schnell von diesem Ort wegbewegen können."

„Die Idee find ich gut, Annett", gab Vincent der Sekretärin recht. „Das könnte echt klappen. Aber was, wenn Kasimir zum Beispiel im Urlaub ist, oder krank, oder er hat keine Lust? Dann stünden wir tagelang rum, ohne dass die Zielperson dort hinkommt."

Das hatte Annett nicht bedacht, musste sie zugeben. Die Runde im Besprechungsraum schwieg einen Moment und grübelte über die Idee nach.

„Hilft nix", brach Ralf das Schweigen und alle schauten ihn an. „Das Risiko müssen wir eingehen. Wir haben sonst keine großen Möglichkeiten, außer dass wir Herrn Sisyphus bei der Arbeit helfen. Aber ehrlich gesagt, würde ich lieber im Wald stehen."

„Die Version gefällt mir auch wesentlich besser. Gehen wir doch einfach davon aus, dass Kasimir gesund und munter ist und unbedingt einen FTF machen will. Ralf hat ja herausgefunden, dass unsere Zielperson kürzlich noch aktiv als Geocacher war. Das Risiko ist gering, dass er in Urlaub ist oder Schnupfen hat. Lasst uns Annetts Vorschlag umsetzen. Wir suchen uns eine optimale Stelle, an der wir den Cache legen, veröffentlichen ihn auf der Webseite, und dann darf uns Kasimir gerne in die Arme laufen." Beim letzten Satz klatschte Vincent mit der flachen Hand auf den Tisch. „Auf geht's, machen wir die Falle scharf!"

Einige Minuten später steckten wieder ein paar Kommissare die Köpfe vor dem PC-Monitor zusammen. Die virtuelle Karte von geocaching.com war darauf zu sehen und eifrig wurde das Für und Wider von diversen Plätzen diskutiert. Was sich zunächst als einfaches Unterfangen anließ, wurde jedoch immer schwieriger. Geeignete Plätze gab es genug.

Das Problem war aber, dass die meisten Stellen belegt waren durch bereits ausgelegte Geocaches. Das Team erfuhr, dass Dosen mindestens 161 Meter, also exakt 0,1 Meilen voneinander entfernt sein müssen, was die Möglichkeiten drastisch einschränkte. Hatten sie endlich einen Platz gefunden, fand sich immer ein Gegenargument für die Örtlichkeit. Die Zugangswege waren ungünstig, die Versteckmöglichkeiten waren nicht gegeben, der Zugriff wäre schwierig . Die vier Kommissare bemerkten gar nicht, wie die Zeit verging, und schließlich, nach fast zwei Stunden, fiel die Entscheidung auf eine Stelle, die alle Kriterien erfüllen könnte. Doch die Freude wich der Ernüchterung. Sie mussten diesen Ort ja zunächst inspizieren, es musste ein Geocache vorbereitet werden, der ausgelegt werden muss. Das Logbuch wäre kein Problem; kleine Blöcke gab es im Präsidium genug.

„Hol doch mal die Annett rein, Carlo", sagte Vincent zu seinem Compagnon. Der Angesprochene verschwand aus dem Raum und kehrte kurz darauf mit der Sekretärin im Schlepptau zurück.

„Annett, gibt's in der Küche eine Tupperdose? So mittelgroß vielleicht."

„Wir haben einen halben Schrank voll damit, und wie das bei den meisten Tupperdosen ist, passen selten Dose und Deckel zusammen. Man müsste mal eine Doktorarbeit darüber schreiben, wie das sein kann. Schmeiß 30 Tupperdosen mitsamt Deckel in einen Schrank, lass sie ein paar Tage drinnen, öffne den Schrank und versuche, die Deckel den Dosen zuzuordnen. Jede Wette, es kommen keine zehn passenden zusammen."

„Möglich, Annett. Und? Hast du?"

„Was?"

„Eine Tupperdose . mit Deckel!"

„Äh, ich schau schnell", Annett sprach's und verschwand in der Küche. Man hörte sie hantieren, Plastikbehälter pollerten über den Fliesenboden, einige wurden scheinbar wieder achtlos zurückgeworfen. Dann herrschte kurz Ruhe, bis Annett wieder in den Besprechungsraum kam.

„Tadaaa!" Die Sekretärin strahlte und hielt am ausgestreckten Arm eine Klickdose in der Hand und tatsächlich mit passendem Deckel.

„Traumhaft, Annett. Genau so eine hab ich mir vorgestellt. Du bist die Beste."

Annett zuckte mit den Schultern. „Kunststück, bin ja die einzige Frau hier." Ihr gespielter Schmollmund ließ sie kindlich süß wirken. Sie stellte den Behälter auf den großen Besprechungstisch.

Niemand hatte mitbekommen, dass Ralf den Raum verlassen hatte. Als er zur Tür reinkam, sahen die restlichen Kommissare und Annett auf den leeren Platz von Ralf, um sich davon zu vergewissern, dass Ralf nicht doppelt vorhanden war, was aber offensichtlich nicht der Fall war. Der PC-Spezialist warf einen kleinen Schreibblock neben die Tupperdose, zeigte darauf und meinte lapidar: „Logbuch."

Carlo fasste sich an seine Hemdtasche, entnahm ihr einen Kugelschreiber und legte ihn ebenfalls auf den Tisch.

„Sag jetzt ja nicht ‚Kuli'!", schritt Vincent ein, als Carlo Luft holte, um wahrscheinlich genau das zu sagen. So schaute er nur Vincent an und ließ langsam die Luft wieder entweichen.

„Freut mich, nun haben wir jetzt alles beisammen um einen vorbildlichen Cache zu machen. Kleines Problem",

Vincent zeigte mit Daumen und Zeigefinger einen wirklich kleinen Spalt an, um zu demonstrieren, *wie* klein das Problem war. „Keiner von uns hat je einen Cache gelegt, richtig?"

„Richtig. Aber du als intensiver Geocacher schaffst das mit links", frotzelte Jochen.

„Chefsache, meinst? Okay, dann schauen wir mal, wie das funktioniert."

Sekunden später starrte das SoKo-Team auf den Monitor, um zu erfahren, wie ein Cache ausgelegt wird. Ralf klickte sich durch die Webseite und fragte Vincent: „Hast du die Koordinaten von der Stelle, an der die Dose abgelegt werden soll?" Die hochgezogenen Augenbrauen waren für Ralf Antwort genug. „Tja, dann machen wir wohl einen Ausflug zu unserem Versteck. Wird eh mal Zeit, dass wir gemeinsam eine Wanderung unternehmen. So etwas ist sehr teambildend. Und vergesst nicht die Tupperdose."

15 Minuten darauf waren vier Kommissare im Jordanpark. Dem alten Eisstadion sah man an, dass es seine besten Jahre hinter sich hatte. Aber es wurde ja bereits auf der gegenüberliegenden Seite bereits das neue gebaut. Soll ein hübsches Schmuckkästchen für über 20 Millionen Euro werden. Das Team schlenderte durch den Park und begutachtete die Versteckmöglichkeiten für ihre Tupperdose. Carlo hielt den Cache liebevoll im Arm, als wäre es ein zahmes Kätzchen. Vincent hätte es nicht überrascht, wenn sein Kollege die Dose gestreichelt hätte. Bäume gab es hier zuhauf, damit könnte man ein Sägewerk über Jahre hinweg bei Laune halten, doch man musste auch die Versteckmöglichkeiten für einen der Kommissare berücksichtigen, der

nach jedem Geocacher den Namen im Logbuch kontrollieren sollte. So einfach war das gar nicht, bis die Kommissare praktisch gleichzeitig das perfekte Versteck entdeckten. Mitten im Park war ein Monopteros, ein Rundbau mit Säulen im griechischen Baustil. Diese Art Tempel hatte einen Durchmesser von etwa fünf Metern, die Höhe schätzte Jochen auf knapp vier Meter und er lag praktisch in der Mitte des Parks. Umgeben war das Gebäude von Bäumen und Sträuchern. Hier fanden sich reichlich Versteckmöglichkeiten, sowohl für die Dose als auch Überwachungsstellen für die Beamten. Der Ort wurde nach kurzer Beratung als perfekt eingestuft, und es dauerte auch nicht lange, bis man sich auf eine Baumwurzel einigte, in die der Cache optimal passte. Vincent legte den Behälter hinein und legte noch Zweige und Fichtenzapfen darüber, damit der Cache nicht von jedem gesehen wurde. Er begutachtete sein Werk und richtete sich wieder auf, nahm sein Smartphone, aktivierte die GPS-Funktion und nach zwei Minuten tippte er in der Geocaching-App auf ‚meine Koordinaten', um den Standpunkt zu markieren. Diese Prozedur wiederholte er noch zwei Mal und nickte zufrieden seinem Handy zu.

„Ist gespeichert, es kann wieder zurückgehen", ordnete Vincent an. „Aber vorher geht es noch hoch zur Friedhofskirche."

„Warum? Willst beten, dass unsere Falle zuschnappt?", lachte Carlo.

„Ne, da drüben in 324 Metern Entfernung ist ein Cache, den such ich noch schnell, wenn ich schon hier bin."

Drei Kommissare rollten mit den Augen und fügten sich dem neuen Hobby ihres Chefs, der sich auf den Weg machte, seine Geocacherstatistik auszubauen.

Um kurz vor 16 Uhr waren die Polizisten wieder im Besprechungsraum und versammelten sich um den PC-Monitor. Vincent übernahm nun die Initiative. Aber zunächst musste er dringend den Logeintrag des gefundenen Caches an der Kirche eintragen. Mit einem breiten Grinsen dankte er dem Besitzer für das Auslegen der Dose und markierte somit seinen sechsten gefundenen Geocache.

„Können wir dann wieder das Arbeiten aufnehmen?" Ralf hatte diesen genervten Ton angeschlagen, langsam und deutlich und die Frage in einem Halbton nach oben ausklingen lassend.

„Kann losgehen", ließ sich Vincent nicht von seiner guten Stimmung ob seines Fundes abbringen.

„So, dann schauen wir mal, wie so ein Listing eingetragen wird." Vincent klickte sich durch die Webseite, bis er den Punkt „Erstelle ein neues Listing" fand und das grüne Feld auswählte.

„'Traditioneller Geocache' ist unser gutes Stück, nicht wahr? Wo ist denn mein Handy?" Vincent durchsuchte hektisch seine Taschen, bis Carlo ihm mit Daumen und Zeigefinger dessen Smartphone vor die Nase hielt.

Mit einem „Danke" grabschte er danach und wischte über das Display, drückte ein paar Mal auf das Display, bis er fand, was er suchte.

„Wir müssen jetzt die Koordinaten eingeben. Also N 47° 52.774 und E 10° 37.640. Okay und ZACK!" Vincent schaute auf das nächste Eingabenfeld.

„Parkplatz brauchen wir wohl keinen eingeben?!"

„Nö, sind doch genug außen rum. Am Hallenbad zum Beispiel, meinte Jochen.

„Recht hast, also kein Parkplatz, sonst hättest du die Koordinaten ja auch noch holen müssen."

„Wer, ICH?", empörte sich Jochen.

Vincent grinste ihn an.

„Und wie soll unser erster offizieller Bullengeocache heißen?"

„Na, so wie die Stelle heißt vielleicht? Jordanpark, oder so wie das Teil auf Säulen heißt", schlug Ralf vor.

„Gut, unser Cache soll Monopteros heißen. Einwände?"

„Wieder ein Wort gelernt. Hab ich noch nie gehört, diesen Begriff." Carlo wiederholte ein paar Mal leise das Wort, bis er es verinnerlicht hatte.

„1896 gestiftet von einem Herrn Schweyer, aber erst 1910 erbaut."

Ralf sah seinen Chef mit großen Augen an. „Du Streber."

„Stand innen an der Decke von dem Gebäude." Vincent blinzelte ihn an.

„Auswendiglerner!"

„Damit kann ich leben. Also weiter, wir wollen ja Feierabend haben. Ich muss jetzt eingeben, wer ihn versteckt. Also VEG-VIN und das heutige Datum noch dazu. Standort: Germany, State: Bayern. So weit so gut, jetzt brauchen wir eine Beschreibung für unseren Cache." Vincent kratzte sich nachdenklich das kratzige Kinn.

Ralf schlug vor: „Machen wir es uns doch einfach, wir kopieren den Kram über das Monodings aus Wikipedia und fügen es ein."

„Super Vorschlag, Ralf."

Sekunden später hatten sie die Information über das Gebäude parat, kopierten diese und fügten sie in ihr Listing ein.
„Was geben wir als Hinweis an? Muss ja leicht gefunden werden. Ich sag Wurzel." Drei Beamte nickten zustimmend. Vincent tippte und setzte einen Haken bei den Nutzungsbedingungen.
„Was wollen die denn *noch* alles wissen? Das hört ja gar nicht auf hier. Wie groß der Behälter ist, wie schwer das Terrain zwischen 1 und 5 und wie schwer zu finden."
„Regular, 1,5 Terrain und 1 Difficulty." Ralf schlug einen bestimmenden Ton an.
„Steht drin, jetzt noch Attribute, was es mit dem Cache auf sich hat." Vincent klickte einige Symbole an, dass der Ort zu Fuß, mit Fahrrad und Kinderwagen erreichbar war etc. und erwartete den nächsten Schritt.
„Hey, wir haben es fast geschafft, steht da. Wir sollen dem Prüfer des Listings etwas mitteilen."
Carlo sagte: „Schreib ihm, dass der Cache nicht vor 10 Uhr morgen Früh veröffentlicht werden soll."
„Guter Punkt, Carlo. Da hab ich jetzt auch nicht darüber nachgedacht." Vincent schrieb in das Mitteilungsfeld und schickte, nachdem er nochmal versichert hatte, dass er alles verstanden hatte, das Listing ab.
„So, jetzt heißt es warten, bis unser Cache veröffentlicht wird – sollte das der Fall sein, dann rufe ich euch direkt an und dann kriegen wir Kasimir." Vincent hieb mit der rechten Faust in seine linke Hand.
„Chef, es gibt da eine Funktion, dass man direkt eine E-Mail bekommt, wenn es in der Homezone einen neuen Cache gibt.

„Du Streber!", wiederholte Vincent die Frotzelei von Ralf.
„Recherchen." Nun blinzelte Ralf.
„Leute, genug gearbeitet für heute. Macht euch einen schönen Abend, lasst es nicht so krachen, wir brauchen morgen einen klaren Kopf, und haltet euch bereit ab 10 Uhr. Vielen Dank bis hierher, ihr seid super Kollegen." Stellvertretend für alle hieb er Carlo auf die Schulter.

Kapitel 38

1. Dezember 2009

"Zehn, neun, acht, sieben, sechs, fünf, vier, drei, zwei, eins, heeyy." Mit einem lauten Knall schoss der Korken der Sektflasche gegen die Wohnzimmerwand. Siegfried stülpte schnell den Mund über die Flasche, um das überschäumende Getränk aufzufangen. Dann goss er Karin etwas in das bereitgehaltene Glas. Kurz hatten sie Bedenken, dass der Schaum über das Glas schwappen würde, aber unmittelbar davor brach dieser in sich zusammen und perlender, prickelnder Sekt blieb übrig. Lachend schenkte sich Siegfried selbst ein, bevor er die Flasche auf den Tisch stellte.

"Muss ich jetzt eine Rede halten?"

"Au ja, Rede, Rede, Rede." Karin klatschte rhythmisch in die Hände und strahlte dabei.

"Das Aufstehen spar ich mir aber." Siegfried machte ein wichtiges Gesicht. "Okay, räusper, räusper. Geliebte Ehefrau, räusper. Es war eine lange Zeit der Entbehrungen. Jahrelang nagten wir sozusagen am Hungertuch, der ganze Mist mit dieser blöden Wohnung, immer wieder neue Rechnungen und Tiefschläge, und du hast in all den Jahren zu mir gehalten. Ich hätte dich verstanden, wenn du unsere Tochter genommen hättest und verschwunden wärest. Aber nein, du hast die ganze Zeit mit mir zusammen durchgehalten. Dann die langen sechs Jahre der Privatinsolvenz. Nie hast du dich beschwert, nie hast du gesagt, dass du nicht mehr magst. Tiefer und ehrlicher kann eine Liebe nicht sein. Und jetzt, seit Mitternacht, sind wir endlich schuldenfrei, die

Zeit der Insolvenz ist seit drei Minuten beendet. Und wenn wir darauf nicht unser Glas heben, wann dann?" Siegfried nahm sein Glas wieder auf und stieß mit seiner Frau an, während er ihr tief in die Augen sah.

„Ich liebe dich, Karin." Mit dem letzten Satz brach es aus Siegfried heraus und er begann zu weinen. Karin stellte sein Glas auf den Tisch und nahm ihn in die Arme. „Ich liebe dich auch, mein Schatz. Wir haben es gemeinsam geschafft, und jetzt können wir ein wunderbares, neues Leben beginnen." Karin wiegte ihren Siegfried wie ein kleines Kind in den Armen und minutenlang genossen beide die Gegenwart des anderen.

„Nächste Woche geh ich dann auch endlich wieder in den Schichtbetrieb. Die normalen Arbeitszeiten waren ja ganz nett, aber jetzt darf ich endlich wieder Geld verdienen, und im Schichtdienst sind es nun mal einige Hunderter mehr."

„Ja, und durch die Fortbildungen in deiner Firma bist du sogar noch eine Lohnstufe gestiegen."

„Aber mal ehrlich, wieso hätte ich Schichten sollen, wenn mir die Zulagen sowieso weggenommen werden."

„Alles richtig gemacht, Prost." Karin goss sich nach und stieß wieder mit Siegfried an.

„Naja, wenn ich alles richtig gemacht hätte, dann hätt ich nie eine Wohnung in Leipzig gekauft."

Karins Augen blitzten. „Fängst du schon wieder an? Wenn ich noch einmal das Wort *Leipzig* höre, dann muss ich dich *doch* noch verlassen! Die Sache ist erledigt, ist das klar, Siegfried Distl?" Den Namen ihres Mannes betonte sie.

„Okay, ich sag nicht mehr das böse L-Wort." Siegfried lächelte seine Frau an.

„Ich hätte nie gedacht, dass das mit der Insolvenz so gut geht. Wir hatten zwar nur begrenzt Geld und haben keine großen Sprünge gemacht, aber uns hat es an nichts gemangelt. Mirjam hat davon praktisch gar nichts mitbekommen. Im Gegenteil, sie fand es super, dass *Babba* normal gearbeitet hat. Und dass wir nicht bei Käfer in München eingekauft haben, das haben wir auch einigermaßen verkraftet, gell?"

„Oh, was war es für eine Entbehrung, sechs Jahre kein Kaviar, kein Champagner und kein weißer Trüffel. Es war die Hölle."

„Gibt's dann wieder ab nächster Woche." Karin lachte Siegfried an.

„Davon geh ich aus." Siegfried küsste Karin auf den Mund, erst nur ein normaler Kuss, der aber nach mehr schmeckte. Die unbeschwerte Stimmung, beflügelt durch den Sekt, ließ die beiden auf das Sofa niedersinken. Die Küsse wurden intensiver, der Atem ging schwerer, und schnell zogen sie sich gegenseitig die Wohlfühlklamotten vom Leib. Karin hatte etwas Mühe; den Slip von Siegfried herunterzuziehen, schaffte es aber, und der harte Penis ihres Mannes schnellte nach oben. Hastig und ungeduldig zerrte er ebenfalls das Höschen von Karin nach unten und führte sein Glied ohne zu zögern in Karins bereite, überfließende Vagina ein. Der Rhythmus war langsam und vertraut, doch beide hielten dieses moderate Tempo nicht lange durch. Karin forderte mit ihrer Hand auf Siegfrieds Rücken eine schnellere Gangart. Gerne willigte er ein und erhöhte sein Tempo. Karin unterdrückte ihr Stöhnen an der Schulter von Siegfried, um nicht Mirjam auf ihr Tun aufmerksam zu machen. Die Stöße wurden heftiger, rücksichtsloser, doch Karin beschwerte sich nicht darüber, eher zeigte sie ihrem

Mann durch das entgegengereckte Becken, dass er nur ja nicht nachlassen solle. Sie spürte, dass Siegfried nicht mehr lange brauchen würde und flüsterte: „Halt dich nicht zurück, nimm mich mit, nimm mich mit!"

Siegfried ließ sich gehen und gemeinsam verloren sie sich in einem nicht enden wollenden Orgasmus.

Einige Minuten verharrten die beiden regungslos. Siegfried wollte sich nicht aus Karin zurückziehen und Karin wollte ebenfalls den Augenblick des innigen Vertrauens so lange wie möglich hinauszögern. Doch irgendwann erschlaffte der Penis von Siegfried so weit, dass er aus Karin herausgleiten musste und legte sich glücklich, schwitzend und ermattet neben seine erhitzte Frau.

Siegfried tastete nach der Hand seiner Frau, fand diese und hielt sie fest. Sekunden später schlief das Paar, so wie sie dalagen, ein. Siegfried wachte noch einmal auf, weil ihn fror, zog die Couchdecke über Karin und sich und schlief sofort wieder ein. Die erste Nacht seit vielen Jahren, die unbeschwert und frei von Sorgen war.

Kapitel 39

26. Juni 2016
11 Uhr

Mit einem einfachen ‚Pling' kündigte sich eine neue E-Mail auf dem Smartphone von Mirjam an, die sie sogleich in Augenschein nahm.

A new Geocache was just published
Name: Monopteros (GC58XFJ)
Created by: VEG-VIN
Type: Traditional Cache
Date: 06/26/2016
Location: Bayern, Germany
Distance: 3,2 km SW

Der Tag ging ja super los, fand Mirjam und hüpfte fröhlich aus dem Bett. Sonntag, keine Schule, tolles Wetter in Aussicht und auch noch ein neuer Cache. Und so wie sie ihren Babba kannte, würde er genauso euphorisch darauf anspringen, dass es ein neues Dösle zu finden gab. Mama war da eher zurückhaltend, was die Jagd auf neue Caches anging. Sie konnte nicht einfach alles stehen und liegen lassen um einen potentiellen FTF zu machen. Das Mädchen rauschte aus dem Zimmer und fand ihre Eltern, wie erwartet, beim Frühstück am Küchentisch vor.

„Wird ja auch langsam mal Zeit mit Aufstehen, meinst nicht? Es ist schon nach 11, Mademoiselle!" Die Strenge in der Stimme von Mirjams Mutter war nicht wirklich ernst zu nehmen und Karin meinte es auch nicht so. Ihr derangiertes Aussehen mit den wild abstehenden Haaren und dem viel zu weiten Nacht T-Shirt untergrub zudem ihre Autorität. Und was sollte es auch; ihre Tochter hatte schließlich auch ein Recht auf Wochenende, Ruhe und Ausschlafen.

„So lang seid ihr wohl auch noch nicht wach, so wie ihr ausseht." Mirjam nahm einen Kaffeebecher aus dem Schrank, drückte auf den Startknopf des Vollautomaten. Das laute Mahlen der Bohnen unterbrach das Erziehungsgespräch.

Als der Kaffee fertig war, setzte sie sich an den Küchentisch, nahm sich eine Aufbacksemmel und kam auf die Wichtigkeit des Tages zu sprechen: „Eltern, vor ein paar Minuten wurde ein neuer Cache veröffentlicht, gerade mal drei km weit weg."

„WO?!" Die Semmel, in die ihr Vater gerade reinbeißen wollte, schwebte in der Luft, als Mirjam von der Neuigkeit erzählte.

„Ich glaub, im Jordanpark, hab gar nicht so genau auf die Karte geguckt."

„Ja, dann guck mal genauer!" Siegfried nahm einen viel zu großen Bissen von seiner Semmel, um schnell das Frühstück zu beenden.

„Moooment, ja?", unterbrach Karin die schnell keimende Aufbruchsstimmung. „Hier ist jetzt erstmal überhaupt nix los mit Dosenjagd." Karin sah ihren Gatten an und zeigte mit der Kaffeetasse auf ihn. „Wir zwei Hübschen haben gestern ausgemacht, dass du mir hilfst, meine Klamotten auszusortieren und sie zum Kleidercontainer zu bringen. Wenn das erledigt ist, könnt ihr gerne den Cache suchen gehen!"

„Aber Mama, dann ist der FTF doch längst futsch." Mirjam zog einen enttäuschten Flunsch und blickte flehend ihre Mutter an.

Mit Dackelblick sah auch Siegfried seine Frau an, aber diese ließ sich nicht erweichen. „Erst Mutti helfen, anschließend könnt ihr machen, was ihr wollt. Vielleicht komm ich dann ja auch mit."

„Das wär toll, Mama, wenn das ganze KaSiMir-Team unterwegs wäre." Mirjam klatschte in die Hände.

„Okay, einverstanden. Dann brauchen wir uns auch nicht beeilen, ob wir als Dritter oder Zehnter im Logbuch stehen, ist im Endeffekt auch schon egal." Siegfried lenkte ein, aber seine Enttäuschung war dennoch herauszuhören.

„Und je schneller wir anfangen, umso zeitiger sind wir auch fertig damit", sinnierte Mirjam.

„Fertig frühstücken darf ich aber noch?", fragte Karin und deutete auf ihre Marmeladensemmel.

Siegfried schnappte sich mit einem schnellen Griff das Semmelstück von Karin und grinste frech: „Sicher. Hab ich ja schon gesagt, es pressiert echt nicht", genüsslich schob er sich das Gebäckteil mit einem Happs in den Mund.

Kapitel 40

26. Juni 2016
11 Uhr

A new Geocache was just published
Name: Monopteros (GC58XFJ)
Created by: VEG-VIN
Type: Traditional Cache
Date: 06/26/2016
Location: Bayern, Germany
Distance: 4,6 km S

„Na endlich", murmelte Jochen vor sich hin. Seit zwei Stunden ließ er die Augen nicht mehr von seinem Smartphone, um endlich die Mail zu bekommen, auf die er gewartet hatte. Er hatte sich extra frühzeitig auf den Weg zum Jordanpark gemacht, um ja zur Veröffentlichung des Caches vor Ort zu sein. Zu seiner Freude war der Biergartenbetreiber schon vor 10 Uhr eingetroffen und hatte Jochen mit Kaffee versorgt; so ließ sich die Wartezeit gut überbrücken. Da im Biergarten um diese frühe Zeit noch nichts los war, gab es mit dem Betreiber ein lockeres Gespräch. Allerdings fand es der nette, etwas dickliche Mann befremdlich, dass sein Gegenüber alle paar Sekunden auf sein Smartphone starrte. Als schließlich das „na endlich" von Jochen kam, war das Gespräch abrupt beendet. Jochen schüttete sich regelrecht den restlichen Kaffee in den Mund, stellte die Tasse ab, bedankte sich und machte sich flotten

Schrittes auf den Weg zum Monopteros. Zeitgleich rief er seinen Chef an.

„Vincent, der Cache ist scharf, ich bin noch 100 Meter vom Zielort entfernt. Kannst du bitte den anderen Bescheid sagen?"

„Dir auch einen schönen Morgen, lieber Jochen. Ich hab die Mail ebenso bekommen und bereits Carlo angerufen, der wiederum Ralf kontaktiert. In 15 Minuten sind wir alle da. Ich brauch dir nicht zu sagen, dass du die Augen offenhalten sollst, gell? Bis gleich."

Aufgelegt. „Na, das läuft ja", murmelte Jochen wieder und steckte sein Smartphone in die Tasche. Nun hieß es *Stealth Mode*, möglichst unauffällig verhalten und dennoch alles im Blick behalten. Möge Kasimir schon auf dem Weg sein. Zu spät dachte er sich, dass so ein Kaffee eine gute Tarnung gewesen wäre. Eine Zeitung wäre auch nicht schlecht gewesen. So blieb ihm nur sein Handy, um sich unauffällig zu verhalten, aber damit ist man doch heutzutage sowieso wie unsichtbar. Wie hießen diese Leute in der Jugendsprache? Smombie? Auf jeden Fall eine Mischung aus Zombie und Smartphone für Menschen, die nur auf ihr Display starren und nichts mehr von der Umgebung mitbekommen.

In der Nähe des Gebäudes hatte er sich zuvor schon eine Parkbank ausgesucht, die er nun ansteuerte und sich niedersetzte. Von hier aus hatte er einen guten Blick. Zwar nicht bis zum Cache selber, aber wer dort in die Büsche schlich, der hatte nur das Eine im Sinn, das Suchen des Caches. Nach wenigen Minuten Observation kam ein etwa 11-jähriger Junge in einem schwarz-gelben Trikot vorbei, der gelangweilt seinen Fußball mit der Hand vor sich hinditschte. Als der Knabe an Jochens Parkbank vorbeikam, sprach er ihn an: „He, Mini-Messi."

„Ey, Messi ist voll das Opfer, ich steh krass auf Aubameyang, Alter!"

Diese Ansage saß und ließ Jochen kurz irritiert blinzeln.

„Ja, Alter", griff er den Jargon des Jungfußballers auf. „Ey, junger Obadings, würdest du mir einen Gefallen tun?"

„Bist du so ein Perverser?"

Wieder blinzelte Jochen erstaunt. „Ne, ich ... Nein, bestimmt nicht. Ich hab's grad am Fuß und hätt gern einen Kaffee. Meinst, du würdest mir da vorne beim Biergarten einen Kaffee holen?" Jochen zeigte in die entsprechende Richtung.

Der Knabe schaute berechnend von Jochen zum Biergarten und wieder zurück. „Gib mir einen Fünfer, dann hol ich einen." Provokant verschränkte er die Arme.

Jochen überlegte kurz und willigte in das Geschäft ein, fasste in seine Hosentasche und förderte einen entsprechenden Schein zutage, den er dem Jungen entgegenstreckte. „Mit Milch, ohne Zucker."

Jochen wurde der Schein aus der Hand gegrabscht und Ball ditschend verschwand der Knabe in Richtung Biergarten. Warm würde es heute wieder werden. Die lange Jeans würde bald an seinen Beinen unangenehm kleben. Außerdem konnte er auch schwerlich sein Jackett ausziehen. Ansonsten würde es nicht lange dauern, bis ein besorgter Bürger die Polizei rief, weil im Park ein Typ mit einem Schulterholster saß.

Als Jochen den Blick wieder seiner eigentlichen Arbeit zuwandte, stockte ihm der Atem. Ein Mann steuerte zielstrebig den Monopteros an und schaute abwechselnd auf sein Smartphone und auf seine Umgebung. Zunächst ging er geradewegs am Gebäude vorbei und verschwand schließlich, nachdem er wie ein Roboter im rechten Winkel abbog, in den Büschen. Jochen wurde es heiß und kalt gleichzeitig. Was sollte er denn jetzt bloß machen? Er konnte ja schlecht alleine im Logbuch kontrollieren, ob es sich um Kasimir handelte und im Falle, dass es sich um die Zielperson handelte, ihn stellen.

„Dein Kaffee."

Jochen wäre vor Schreck fast von der Parkbank gefallen, bis er merkte, dass der Junge von seiner Mission zurück war.

„Danke, Ronaldo, wie viel kriegst du denn?", fragte Jochen unkonzentriert.

Der Junge schaltete schnell. „Fünf Euro."

Jochen fasste in seine Hosentasche, fand aber nur einen 10-Euro-Schein. Der kleine Fußballfan hielt Jochen den 5er entgegen und sagte dreist: „Ich kann wechseln." Die Scheine wurden getauscht, und ohne sich zu bedanken, gab der junge Ballspieler Fersengeld. Jochen hatte währenddessen den Busch kaum eine Sekunde aus den Augen gelassen. Eine Minute später kam der nun lächelnde Mann wieder aus den Büschen hervor und machte sich zum Parkausgang in der Nähe des Eisstadions. Jochen sprang von der Bank hoch und lief in die Büsche hinein, öffnete schnell den Deckel des Caches, holte das Logbuch heraus, blätterte zur ersten Seite und las:

Was freut einen mehr als ein jungfräuliches Logbuch?
Yeah FTF !!! Vielen Dank sagt
Bruce 80

Jochen fiel ein Stein vom Herzen; er konnte den Erstfinder ruhigen Gewissens ziehen lassen und hoffte, dass seine Kollegen endlich eintreffen würden. Nachdem er die Dose wieder verstaut hatte, ging er zurück zu seiner Bank, auf der mittlerweile eine vertraute Gestalt saß.

„Mann, Vincent, wo wart ihr denn solange?"

„Also bitte, dein Anruf ist genau …", Vincent sah auf sein Handy, „14 Minuten her."

„Kam mir wie Stunden vor. Wir haben übrigens schon den ersten Finder."

Vincent sah Jochen mit großen Augen an. „Also, diese Geocacher lassen ja nix anbrennen. Zwanzig Minuten von der Mail bis zum ersten Eintrag, irre."

„Wo sind die anderen zwei?"

Vincent nickte zum Biergarten. „Ralf ist da vorne, tut, als würde er Zeitung lesen und trinkt Kaffee." Vincent drehte sich in die entgegengesetzte Richtung. „Carlo ist dort drüben am Parkausgang in Richtung Bahnhof. Wir kommunizieren mit dem Handy über unsere WhatsApp-Gruppe. Also schön im Auge behalten. Ich geh da rüber in Richtung Eisstadion und lese auf der Bank mittels Smartphone." Bei dem letzten Satz machte Vincent Gänsefüßchen in die Luft.

„Alles klar, Chef. Abwarten und Kaffee trinken." Jochen hob seinen Becher hoch und wedelte damit vor der Nase Vincents herum.

„Du willst mich nicht wirklich als Feind haben, mein Freund."

Die beiden Kommissare grinsten sich, trotz ihrer inneren Anspannung, an.

Eine halbe Stunde geschah gar nichts. Außer dass in dem Park das übliche Leben stattfand. So ein Park ist in jeder Stadt ein Paradies für Gassigeher. Jochen hatte versucht, die Hunde zu zählen, die an ihm vorbeihechelten und intensiv an Bäumen schnupperten. Aber schon nach wenigen Minuten gab er auf. Allerdings fand er die Herrchen und Frauchen interessant, wie sie mit ihren Vierbeinern umgingen. Manche ließen sich von ihrem Hund regelrecht durch den Park schleifen, was den Begriff Herrchen, bzw. Frauchen absurd machte. Jeder zweite Hund schien ‚Ziehnichtso' zu heißen. Dann gab es wieder andere Hunde, die 20 cm neben ihrem Frauchen herliefen und das ohne Leine. Keinerlei Interesse schienen diese Schnupperer an anderen Hunden oder Menschen zu haben.

Jogger zählen wäre einfacher gewesen, aber auch davon gab es einige. Auch bei den Läufern gab es unterschiedliche Typen. Frauen hatten meist Kopfhörer auf und blickten weder nach links noch nach rechts. Alles an ihnen signalisierte: „Sprich mich bloß nicht an." Dann gab es die Laufhelden. Solche Typen wollten gesehen und bewundert werden. Die auffälligen, bunten Laufklamotten, die äußerst lässige Sonnenbrille und dieser coole Blick, der seiner Umwelt suggerierte: „Ich bin schnell, ich bin toll, ich ignoriere euch, aber schaut mich an!" Dann wiederum Läufer, die sich praktisch durch den Park schleppten, mit viel Mühe einen Schritt vor den anderen schafften und deren Gesichtsfarbe eher an Tomaten erinnerte. Da war nichts lässig, diese Typen wussten das auch und starrten hauptsächlich auf den Boden vor ihrer schweißtropfenden Nase.

Er beobachtete wieder einen Läufer, Kategorie cool, der an ihm vorbeijoggte, auf ein Gerät schaute und den Weg

Richtung Monopteros einschlug. Jochen hielt die Luft an und suchte den Blickkontakt mit Vincent, der durch ein Nicken zu erkennen gab, dass er den Jogger ebenfalls entdeckt hatte und offensichtlich den beiden anderen Kommissaren eine Mitteilung schrieb. Der Läufer kam beim Gebäude an, schaute auf sein Gerät, drehte sich im Kreis, sah sich um und bückte sich in die Büsche hinein. Zwei Minuten später kam er wieder hervor, steckte seinen Kugelschreiber in die Rückentasche, setzte die auf die Stirn geschobene Sonnenbrille wieder vor die Augen und trabte in Richtung Norden, Carlo entgegen. So schnell wie möglich ging Jochen zum Cache, öffnete, riss das Logbuch heraus und schaute auf den Eintrag. Doch wieder hieß der Finder nicht Kasimir.

26.6.16
11:55
STF
Da war ich wohl doch
etwas zu langsam und so
wurde es nur der zweite Platz.
TFTC

Marathoni

Jochen nahm sein Smartphone und gab seinen Kollegen via WhatsApp Entwarnung. Erst dann legte er den Cache wieder an seine ursprüngliche Stelle. Anschließend ging er den Weg zurück zu seiner Parkbank. Die Verfolgung des Joggers hätte sich womöglich schwierig gestaltet, dachte sich Jochen und teilte seinen Gedanken auch den Kollegen mit, die ihm recht gaben.

Jochen war auf seinem Posten und hatte Durst. In der Ferne sah er Ralf im Biergarten an einem Glas Schorle trinken. Die Frechheit war, dass er Jochen auch noch zuprostete. Jochen nahm sein Handy und sendete ihm einen virtuellen Totenkopf. Er sah, dass Ralf auf sein Gerät schaute, rübergrinste und erst recht noch einen tiefen Schluck nahm.

Es war Vincent, der dieses Geplänkel unterband und schrieb, dass seine Kollegen doch bitte die Konzentration hochhalten sollten.

Kapitel 41

26. Juni 2016
13:30 Uhr

Drei große, prallgefüllte Müllbeutel standen im Hausgang in Reih und Glied.

„War doch gar nicht so schlimm, oder?" Karin hatte die Hände in die Hüften gestemmt. Sie blies eine vorwitzige Haarsträhne nach oben weg und sah mit zufriedenem Gesichtsausdruck ihre zwei Liebsten an.

„Jetzt ist wieder Platz im Schrank und das Rote Kreuz freut sich über jede Menge Klamotten."

„Haben wir doch gerne gemacht, gell, Miri?" Siegfried wuschelte in den Haaren von seiner Tochter.

„Ja, unbedingt. Ich könnte mir am Sonntagmittag nichts Schöneres vorstellen. Das machen wir jetzt jede Woche." Mit säuerlich verzogenem Gesicht reparierte Mirjam wieder ihre Frisur.

„Höre ich da etwa Sarkasmus aus der Stimme meiner Tochter?", fragte Karin mit gespielt nachdenklichem Gesicht.

„Ne, niemals. Und jetzt hast du einen Grund, mit mir nächste Woche einkaufen zu gehen, dein armer Schrank ist ja sooo leer, der schreit nach Befüllung."

„Das würde dir so passen. Ich bin froh, dass ich jetzt wieder Platz habe und einen Überblick, was so an Klamotten im Schrank ist. Ich hab einige Stücke gefunden, die lange als vermisst galten, und deshalb wird der Schrank auch nicht mehr so zugeballert in Zukunft."

„Da leg ich meine Hand noch nicht ins Feuer", gab sich Siegfried skeptisch. „Ich seh dich schon im Laufe der Woche in die Läden rennen und rufen: ‚Ich hab nix anzuziehen, ich hab nix anzuziehen! Zu Hülf, zu Hülf'!"

Karin knuffte ihren Mann auf den Oberarm, der sich revanchierte und seine Frau aus dem Schlafzimmer trug, die sich quietschend und zappelnd ihres Schicksals zu erwehren versuchte und auf das Sofa geworfen wurde. Zu dritt balgte sich die Familie und lachte.

Keiner ahnte, dass es das letzte Mal war, dass die glückliche Familie zusammen lachen konnte.

„Nachdem ihr mir so schön geholfen habt beim Aussortieren, habt ihr den Nachmittag frei", gab sich Karin generös. Sie hob den Zeigefinger: „Aber vorher ladet ihr die Säcke noch ins Auto und stopft sie in einen Altkleidercontainer."

„Oh, wie nett von dir, große Meisterin. Gerne erfüllen wir dir diesen Wunsch." Siegfried verneigte sich theatralisch dankend, Mirjam stieg darauf ein und machte einen übertriebenen Diener.

„Ja, dann auf geht's, Babba. Nicht trödeln!"

„Ich eile, ich eile."

Lächelnd sah Karin zu, wie sich Vater und Tochter fertigmachten, um ihrem Hobby nachzugehen, und sagte: „Die Dose, die ihr sucht, ist im Jordanpark, stimmt's? Wir machen das so, ich räum hier noch ein bisschen auf, dann komm ich mit dem Rad später nach und wir können dort im Biergarten Brotzeit machen, so eine Mass Bier bei der Wärme wär schon was Feines."

„Sehr gute Idee, darauf hätte ich jetzt auch so richtig Lust, Mirjam bestimmt auch. Gell, Miri?", rief er in den Hausgang.

Ihre Tochter kam ins Wohnzimmer, sagte: „Klar", und präsentierte mit ausgestrecktem Arm einen Kreuzschlitzschraubendreher.

Vater und Mutter schauten Mirjam mit fragenden Augen an.

Mirjam grinste. „Da gucken sie, die Eltern. Beim Hallenbad in der Nähe gibt's doch diesen einen Cache, den wir auch noch nicht gemacht haben, den ‚Tool-Time' und dafür brauchen wir, man glaubt es kaum, ein Werkzeug, um den Cache zu öffnen. Und welches Werkzeug benötigt man dafür?" Mirjam sah mit einer nickenden Kopfbewegung auf den vorgestreckten Schraubendreher. „Außerdem liegt der Cache ja ganz in der Nähe des Parks.

„Stimmt, den haben wir noch gar nicht gesucht, weil wir nie das Werkzeug dabeihatten. Schön, dass du dran denkst." Siegfried wuschelte erneut durch die Haare seiner Tochter. „Also, dann wollen wir mal, jeder nimmt sich einen Sack und dann geht's hinab zum Auto." Ächzend wuchtete sich Siegfried den größten auf die Schulter und steuerte den Aufzug an. Mirjam ordnete ihre Haare.

„Du musst nicht mit runterkommen, das schaffen wir schon", sagte Siegfried zu Karin, nachdem die Säcke im Aufzug abgestellt waren, und gab ihr einen Abschiedskuss.

Der betagte Mazda stand vor einem Altkleidercontainer auf dem Gelände des Roten Kreuzes, und Siegfried versuchte, einen der Säcke hineinzustopfen. Mit einigem Schieben und Fluchen schaffte er es, die Klappe zu schließen.

Siegfried setzte sich in das Auto und wuchtete die Türe zu. „Wir müssen noch zu einem anderen Container, der hier ist voll."

„Stell halt die Säcke einfach daneben. Macht doch jeder so."

„Wir sind aber nicht ‚jeder'."

„Boah, nerv. So kommen wir heut schon noch zum Cache suchen." Mirjam verschränkte die Arme und schob niedlich die Unterlippe vor.

„Das sind bloß ein paar Minuten – wenn der nächste Container auch voll ist, dann stell ich die Säcke wirklich daneben, versprochen", lenkte Siegfried ein.

„Dann bist du aber auch ein *Jeder*", konterte Mirjam.

„Stimmt, aber so weit wird es nicht kommen. Im nächsten ist bestimmt Platz."

Siegfried hatte recht behalten; in einem Container auf dem Weg zum Badepark fand sich noch ausreichend Platz für die beiden verbliebenen Säcke, und Minuten später stellte Siegfried das Auto am Parkplatz ab, der für das Bad, das Eisstadion und den Jordanpark gedacht war.

Mirjam sah auf das GPS-Gerät und gab Auskunft, dass sie 300 Meter vom ‚Tool-Time' entfernt waren. Während Siegfried noch den Wagen absperrte, war Mirjam bereits, permanent auf das Gerät starrend, unterwegs zu ihrem ersten Ziel. Siegfried musste sich sputen, um ihr zu folgen.

„Miri, hast du den Kreuzschlitz?", fragte er ihren Rücken. Mirjam hob wortlos, ohne vom Display hochzusehen, das Werkzeug mit ausgestrecktem Arm nach oben.

„Gut. Wohin?"

„Hier geht gleich 'ne Straße nach rechts, ein Stück geradeaus und dann einen schmalen Weg wieder nach rechts", antwortete Mirjam sachlich und nüchtern.

„Ich folge dir unauffällig." Mirjam antwortete nicht und schweigend folgten die beiden der Navigation.

20 Meter vor dem Ziel blickte Mirjam hoch und sagte nur: „Dort", um zielstrebig zu einem Baum zu gehen, der sich als alt und hohl entpuppte. Sie bückte sich und zerrte nach Sekunden einen ausgedienten elektrischen Kasten hervor, der eine Kantenlänge von etwa 20 cm hatte. Dieser Kasten war mit vier Schrauben verschlossen. Um an das Logbuch zu gelangen, mussten die Schrauben entfernt werden. Mit handwerklichem Geschick setzte die 16-Jährige das Werkzeug an und reichte ihrem Vater die jeweils gelöste Schraube. Nachdem alle entfernt waren, hob Mirjam den Deckel ab und holte das Logbuch heraus, blätterte zum letzten Eintrag und schrieb:

26.06.2016
Den wollten wir schon lange machen, heute war es endlich
soweit. Sehr schön gemachter Cache.
Vielen Dank sagen KaSiMir

Mirjam zeigte ihrem Vater den Logeintrag, der zustimmend nickte, woraufhin seine Tochter das Logbuch zurücklegte.

„Zuschrauben mag ich. Ich will schließlich auch was tun für den Cache", verlangte Siegfried.

„Na gut, meinetwegen." Mirjam reichte ihrem Vater den Schraubendreher, er schraubte den Kasten wieder zu und versteckte ihn in dem hohlen Baum, verstaute das Werkzeug in seiner Cargo-Hose und klatschte sich zufrieden die nicht schmutzigen Hände ab, bevor er mit Mirjam ein High five machte. Gut gelaunt machten sich Vater und Tochter auf den Weg zum nächsten Cache mit dem Namen Monopteros.

Kapitel 42

26. Juni 2016
13:30 Uhr

Sieben Mal wurde bereits der Cache geloggt, aber keiner davon war Kasimir. Immer wieder der Spannungsaufbau, wenn ein Kandidat auf die Dose zuging, die schnelle Kontrolle des Logbuches, ob es sich diesmal um ihre Zielperson handelte, die Enttäuschung, wenn dies wieder nicht der Fall war und der abschließende Spannungsabfall. Langsam machte sich Lethargie unter den Kommissaren breit. Dazu kam, dass es jetzt nach Mittag unangenehm warm wurde. Die 25 °C wurden locker übersprungen. Und obwohl der Park reichlich Schatten spendete, schwitzten die vier Kommissare in ihren langen Kleidungsstücken. Doch blieb ihnen nichts anderes übrig als zu schwitzen und zu warten; die Jacke oder das Jackett konnte aus naheliegenden Gründen nicht ausgezogen werden. Manche Spaziergänger schauten verwundert und dachten sich wahrscheinlich, warum der Mann auf der Bank seine Jacke nicht auszog, wenn ihm doch offensichtlich so warm war. Wenigstens konnten die Beamten ihre Plätze durchwechseln; so kam jeder einmal in den Genuss des besten Beobachtungspostens beim Biergarten um sich auch noch eine Erfrischung zu gönnen.

Da sich Langeweile breitmachte, kommunizierten die Polizisten über ihre WhatsApp-Gruppe, die sie mangels kreativer Ideen schlicht ‚Superbullen' nannten.

Carlo
Spannend, so ein Tag im Park. Wollte ich schon immer mal machen

Ralf
Ich habe vor, das jetzt jeden Sonntag zu machen. Das ist soooo schön

Jochen
Ich hab meine Bank hier schon fast durchgesessen, mir tut dermaßen der Hintern weh

Ralf
Chef, wie lange dürfen wir eigentlich noch den schönen Tag hier
im Park genießen?

Vince
Bis unser Kasimir kommt

Ralf
Angenommen, er kommt gar nicht mehr heute. Sollen wir Wurzeln
schlagen, oder haben wir auch mal Feierabend? Ich habe
nicht vor hier zu übernachten

Jochen
Haste Schiss?

Carlo

In diesem Park wimmelt es nur so von Bären und Wölfen, da kann
man schon mal Angst kriegen, gell, Ralfi?

Ralf
Deppen

Vince
Leute, bitte.
Was wollt ihr denn? Ihr sitzt im Park und bekommt die Zeit dafür
auf euer Stundenkonto gepackt und das mit Sonntagszuschlag. Es
gibt schlimmere Jobs

Carlo
Aber es ist sauwarm

Jochen
Mimimi

Carlo
Ich komm gleich rüber

Vince
Niemand kommt irgendwo hin!
Vorschlag: Wir setzen uns ein Zeitlimit bis 20 Uhr. Sollten wir bis
dahin keinen Erfolg haben, blasen wir die Sache ab und müssen
uns etwas Neues überlegen.

Jochen
Vince, du hast dich vertippt, da steht 20 Uhr

Vince
Da steht 20 Uhr, richtig

Jochen
Pfff

Carlo
Pfff

Ralf
Pfff

Vince
Danke für euer Verständnis

Ralf
Oh, Augen geradeaus!

Ralf hatte die Sekretärin Annett erblickt, die eine Stofftüte mit sich führte. In ihrer hellblauen Bluse und dem langen, leichten Rock sah sie hinreißend aus. Ihre Haare hatte sie zu einem Zopf gebunden, der bei jedem Schritt lustig hin und her schwang. Sie erblickte Ralf und ging zielstrebig auf ihn zu, setzte sich zu ihm, fasste in die Tüte und förderte eine Leberkässemmel hervor, die sie ihm in die Hand drückte.

„Annett, du bist die Beste, du rettest mir das Leben, ich war schon fast verhungert."

„Ja, wahrscheinlich. Du wärest übrigens der Erste, der neben einem Biergarten verhungert", lächelte sie ihn an.

Ralf biss herzhaft in die Semmel hinein, dass der scharfe Senf aus derselben quoll.

Annett klopfte ihm auf den Schenkel und stand auf. „Mal die anderen versorgen. Wo sind die eigentlich?"

Ralf zeigte in die Richtung von Vincent. Sprechen konnte er nicht, mit dem vollen Mund.

Annett klapperte die anderen Polizisten ab, wobei sie Vincent statt einer Leberkässemmel, eine Art Gemüseburger gab. Mit dem leeren Beutel zog Annett anschließend wieder von dannen. Am Parkausgang grüßte sie einen Vater mit Tochter, die nett zurückgrüßten.

Zufrieden mampften die Kommissare ihren Snack und fühlten sich gestärkt. Mit frischer Motivation wurde die Arbeit des Beobachtens fortgesetzt. Minuten später meldete sich Jochen wieder per WhatsApp.

Jochen
Kundschaft!

Vince
Oha

Ralf
Die zwei da? Die sind mir gerade eben praktisch fast über die Füße
gelatscht

Jochen

Vater und Tochter, denk ich mi,r und die gehen direkt auf den Cache zu. Typisches Verhalten, das Mädel schaut ständig auf ein Gerät

Vince
Ich habe das Gefühl, dass unsere Warterei ein Ende hat. Höchste Aufmerksamkeit!

Carlo
Alles klar

Kapitel 43

26. Juni 2016
14:05 Uhr

Siegfried und Mirjam kannten dieses Bauwerk. Oft genug waren sie durch den Park gegangen und hatten den Blickfang bewundert, der mitten im Jordanpark umgeben von alten Bäumen stand. Aber wirklich an dem Gebäude waren sie noch nie. Aus nächster Nähe sah man erst viele Details, die einem aus der Ferne entgingen. So erfuhren die beiden auch, dass der Monopteros vor über 100 Jahren dank einer Stiftung erbaut wurde. Sie besahen sich das auf sechs Säulen gestützte Kupferdach und waren einigermaßen beeindruckt. Das war das Schöne an Geocaching. Man wurde immer wieder zu schönen Stellen geführt, die man nicht kannte, oder so wie in diesem Falle, meist nur daran vorbeiging, ohne sich weiter damit zu beschäftigen.

„So, wo ist denn nun unser Döschen?", unterbrach Siegfried die Geschichtsstunde.

Mirjam sah auf das GPS-Gerät, drehte sich etwas im Kreis und zeigte dann in die Büsche.

„Hier gleich, in fünf Metern." Mirjam stopfte das Handy in ihre Gesäßtasche und ging resolut auf das Ziel zu. Kaum war sie dort verschwunden, sagte sie schon halblaut: „Ich hab's."

Siegfried ging gebückt hinter ihr her, rutschte aus, fing sich aber mit den Händen ab. Am Gras wischte er sich die Erde provisorisch von seinen Händen. Als er bei Mirjam ankam, sah er, dass seine Tochter bereits den Deckel von der Dose gehoben hatte.

„Du musst dich immer vordrängeln, gell? Ich würd auch gern mal wieder einen Cache vor dir finden."

„Okay, Babba. Die nächste Dose lass ich dich suchen."

„Deal." Vater und Tochter klatschten sich ab.

„Aber reinschreiben, das kannst mich schon mal übernehmen lassen", verlangte er, und Mirjam gab ihm zögernd den Kugelschreiber, worauf Siegfried das Logbuch öffnete und feststellte, dass schon einige bekannte Namen in dem Büchlein drinstanden.

„Schau mal, wär eh nix geworden mit dem FTF. Der erste war schon um kurz nach 11 da. Da waren wir noch beim Frühstück." Siegfried zeigte ihr das Buch und schrieb schließlich:

26.6.16
14:10
So ein schöner Tag, da bietet es sich doch an
in den Park zu gehen und wenn man dann noch
mit einem Cache belohnt wird, was will man mehr.
Vielen Dank fürs Legen und Pflegen sagen
KaSiMir

Siegfried gab Mirjam, die den Eintrag las und zufrieden nickte, den Kugelschreiber und das Logbuch zurück. Sie packte das Büchlein in den Cache, machte die Verschlüsse zu, versteckte den Behälter wieder an der Fundstelle und tarnte ihn mit Zweigen und Blättern.

„Und jetzt gehen wir in den Biergarten auf Mama warten?"

„So lautet der Plan, ja. So eine Radlermass haben wir uns doch verdient, oder?" Siegfried zog seine Tochter kurz an den Schultern zu sich her und küsste sie auf die Haare. „Also, gehen wir. Da vorne ist eine Trinkwasserpumpe, mit so dreckigen Händen brauch ich nicht in den Biergarten gehen."

Kapitel 44

26. Juni 2016
14:13 Uhr

Jochen sah, dass die zwei Personen aus den Büschen hervorkamen und sich aufmachten auf dem gekiesten Pfad Richtung Eisstadion. So schnell und unauffällig es ihm möglich war, lief er auf den Cache zu, beobachtet von seinen Kollegen, riss den Deckel herunter, blätterte ungeduldig das Logbuch durch, und dann machte sein Herz einen Satz. Es war Kasimir. Schnell hob er den Daumen in Richtung Vincent und zeigte auf die zwei Zielpersonen. Vorsorglich tippte er über WhatsApp das Wort „KASIMIR!!!" in sein Smartphone, damit auch Ralf und Carlo sicher wussten, was Sache ist. Vincent nickte und stand von seiner Bank auf. Die zwei Personen kamen direkt auf ihn zu. Als die beiden nur noch fünf Meter von ihm entfernt waren, holte er seinen Dienstausweis aus der Jacke, den er dem Mann entgegenhielt. Die Zielpersonen blieben wie angewurzelt stehen, die etwa 16-Jährige mit fragendem Gesicht, die männliche Person mit erschrockenem Blick.

„Hauptkommissar Zeller, Kripo Kaufbeuren, wir hätten ein paar Fragen zu Jakob Musch ... Scheiße!!!"

Kapitel 45

26. Juni 2016
14:16

Siegfried rannte plötzlich los in Richtung Vincent, die beiden Schultern trafen aufeinander und der Kommissar wurde nach hinten geworfen. Das verschaffte Siegfried einige wertvolle Sekunden, in denen er den Weg entlangrannte, bis sich Vincent wieder hochgerappelt hatte. Vom Monopteros kam bereits Jochen angelaufen und half Vincent auf die Beine.

Siegfried hechtete indes über eine Hecke und kam in einem Sandkasten des eingefriedeten Spielplatzes zum Liegen.

„Kümmere dich um das Mädchen!", befahl Vincent, „wir wissen nicht, wie sie in der Sache mit drinsteckt."

Jochen wendete sich Mirjam zu, die immer noch regungslos auf dem Weg stand und offensichtlich die Situation überhaupt nicht einschätzen konnte.

Vincent zog seine Pistole aus dem Schulterhalfter und verbarg sie unter der Jacke, um die Passanten nicht unnötig zu beunruhigen. Angespannt und vorsichtig ging er auf die Hecke zu und versuchte, einen Blick darüber hinweg zu erhaschen, bis er einen überraschten Schrei eines Kleinkindes hörte.

„Verdammt!", zischte er leise und überlegte. In dem Moment richtete sich Siegfried auf. Wollte er sich ergeben? Doch diese Hoffnung wurde zunichtegemacht, als Vincent erkannte, dass der Geflüchtete ein etwa vierjähriges Kind im Arm hielt und diesem Kind einen Schraubendreher an den Hals drückte. Das kleine Mädchen schaute mit aufgerissenen Augen zum Hauptkommissar. Es weinte nicht, es schrie nicht, lediglich sein steifer Körper signalisierte, dass es geschockt war.

„GEHEN SIE WEG!", rief Siegfried, „ich will doch niemandem wehtun."

„Kasimir, machen Sie sich nicht unglücklich, das Mädchen kann doch nichts dafür!", rief Vincent zurück und machte mit der flachen Hand eine beschwichtigende Geste. Mit der anderen Hand zeigte er seinem Gegenüber an, dass er die Pistole wegsteckte.

„Siegfried."

„Bitte?" Vincent war verwirrt.

„Ich heiße Siegfried und nicht Kasimir."

„Okay, Siegfried, ich bin Vincent. Hören Sie zu. Wir können über alles reden. Ich bin sicher, wir finden eine Lösung für die Situation, aber lassen Sie um Himmels willen das Mädchen los. Sehen Sie sich die Kleine an, sie hat Angst. Sie haben doch selber eine Tochter dort hinten, auch sie hat Angst, und das wollen Sie doch nicht."

„Hey, was soll der Scheiß, du Arsch. Lass meine Kleine los, sonst kracht's." Von der Hinterseite des Spielplatzes stampfte die stämmige Mutter des Kindes heran und ahnte nichts von der Gefahr, die von diesem Mann ausging.

Vincent wendete sich an die Mutter und sagte: „Meine Dame, ich bin von der Polizei, ich habe alles unter Kontrolle."

„Einen Scheiß haben Sie, so wie ich das sehe", fauchte die aufgebrachte Frau.

Ralf war mittlerweile vom Biergarten herübergekommen und widmete sich direkt der Mutter, die er mit sanfter Gewalt, beruhigend auf sie einredend, aus dem Gefahrenbereich brachte. Sträubend und zeternd gab sie dem Polizisten schließlich nach.

„Ich weiß genau, was Sie wollen", rief Siegfried. „Sie wollen mich verknacken, weil ich den Jakob kalt gemacht habe."

Mit diesem Geständnis war Vincent nun eindeutig klar, dass er es mit dem Mörder von Muschke zu tun hatte, er fragte dennoch nach. „Haben Sie Jakob Muschke getötet?"

„Ja, das hab ich. Und wenn ich könnte, würde ich ihn nochmal erschlagen und nochmal und nochmal, bis seine beschissene Fresse nur noch aus Mus besteht. Wenn einer den Tod verdient hat, dann diese Drecksau." Das letzte Wort spuckte Siegfried förmlich aus.

„Siegfried, ich kenne nicht die Gründe, warum Sie so eine Wut auf diesen Mann haben. Vielleicht glauben Sie, dass er den Tod verdient hat, aber dieses Mädchen, das sie im Arm haben, das hat den Tod nicht verdient, sie wollte doch nur friedlich spielen, bis Sie kamen. Kommen Sie, Siegfried, lassen Sie das Mädchen gehen. Die Mutter macht sich doch auch Sorgen." Vincent machte einen Schritt auf Siegfried zu, doch immer noch betrug die Distanz gute zehn Meter.

„Bleiben Sie stehen, verdammt nochmal. Noch einen Schritt näher, dann muss ich der Kleinen wehtun, und das wollen *Sie* doch nicht, oder?" Siegfried zeigte mit dem Werkzeug auf Vincent, drückte den Schraubendreher aber schnell wieder an den Hals des Mädchens, das allmählich aus ihrer Erstarrung erwachte und leise vor sich hin weinte.

„Dieser Jakob, der jetzt in der Hölle verrottet, wissen Sie, was der gemacht hat? Ich vermute mal, die Antwort ist nein. Das war so ein ekelhafter Betrüger und er hat Leuten Schrottimmobilien in der DDR verkauft, und ich Arschloch bin auf den reingefallen. Der hat mich ruiniert, ich war völlig pleite. Mindestens 150.000 Euro hat mich das gekostet, dass ich meinem ... *Freund* ... vertraut habe. Pfui Teufel! Jahrelang musste meine Familie am Hungertuch nagen, und der Jakob lebte in der ganzen Zeit in Saus und Braus. Weiß der Geier, wie viele andere Leute er kaputt gemacht hat, und viele werden mir dankbar sein, dass ich *ihn* kaputt gemacht habe." Siegfried lachte freudlos über sein Wortspiel.

„Siegfried, wir wissen, dass Jakob Muschke ein Betrüger war, zu Ihrem Leidwesen bekam er nie die Strafe, die er wohl verdient hätte. Aber ihn ermorden, dazu hatten Sie nicht das Recht."

„Wissen Sie, wie ich mich gefühlt habe, als ich ihm mit dem Fleischklopfer das Hirn eingeschlagen hatte? Ich fühlte mich seit 20 Jahren endlich wieder frei. Die ganzen Jahre wünschte ich ihm die Pest an den Hals, ich wünschte ihm alles, nur nichts Gutes, und dann traf ich ihn wieder. Der ganze Hass kam wieder so richtig hoch, und dann verhöhnt der mich auch noch, beleidigt mich und sonnt sich ohne einen Hauch von schlechtem Gewissen in seiner Kohle, die er durch so Deppen wie mich verdient hat." Das Mädchen wimmerte, weil Siegfried die Kleine in seiner Rage viel zu fest hielt und ihr Schmerzen zufügte.

„Siegfried, Sie tun dem Mädchen weh."

In der Ferne konnte man mehrere Martinshörner vernehmen, die schnell näherkamen. Ob einer seiner Kollegen Verstärkung gerufen hatte oder Passanten, wusste Vincent nicht und im Prinzip war es egal. Wichtig war, dass Beamte auf dem Weg waren.

„Legen Sie das Werkzeug weg, geben Sie auf. Sie hören doch, wer da kommt. Noch kann ich mit den Kollegen reden, wenn Sie sich stellen." Vincent streckte die geöffneten Hände in Richtung des Mörders, als plötzlich mehrere Dinge gleichzeitig geschahen.

Kapitel 46

26. Juni 2016
14:29 Uhr

„SIGI?!", schrie Karin. Sie hielt ihr Fahrrad noch am Lenker, als sie vom Parkplatz aus sah, dass ihr Mann ein Kind festhielt, ließ das Rad achtlos auf den Boden fallen und lief auf ihren Mann zu.

Als Siegfried den Schrei seiner Frau hörte, machte er eine erschrockene Bewegung in die Richtung des Rufes und zog ruckartig den Schraubendreher vom Kind weg. Eine Sekunde später zerriss ein Schuss die Atmosphäre im Park. Siegfried wurde zurückgeworfen und ließ dabei das Kind los. Eine weitere Sekunde später lag Siegfried im Sand, gleichzeitig rannte das Mädchen los zu ihrer Mutter. Die Augen schreckgeweitet.

Zwei Fahrzeuge der Streifenbeamten kamen zeitgleich am Park an. Vier Beamte sprangen aus den BMWs und versuchten, sich in kürzester Zeit ein Bild von der Szenerie zu machen.

Vincent umrundete mit gezogener Pistole die Hecke, bereit, einen finalen Schuss abzugeben, sollte der Mann noch nicht außer Gefecht sein und weiterhin eine Gefahr darstellen.

Karin blieb beim Schuss wie angewurzelt stehen und musste mit ansehen, wie ihr Mann zu Boden ging; sie wollte mit Entsetzen im Gesicht zu ihrem Mann, wurde aber von einem Streifenbeamten festgehalten. „SIGIII!", rief sie erneut, diesmal gequält. Von der anderen Seite rief Mirjam mit vor Angst schwingender Stimme: „BABAAA!", konnte aber nicht zu ihrem Vater, weil sie immer noch von Jochen festgehalten wurde.

Vincent steckte die Pistole in sein Halfter, nachdem er sah, dass von dem Mörder keine Gefahr mehr ausging, sah sich um und erblickte einen geschockten Carlo, der immer noch die Pistole mit beiden Händen umschlossen hielt.

„Ich musste es tun, Vincent. Es sah so aus, als würde er dem Mädchen das Werkzeug in den Hals rammen. Ich musste es tun, Vince."

„Kein Vorwurf, Carlo, hilf mir, den Mann zu fixieren." An einen Streifenbeamten gewandt rief er: „Wir brauchen einen Notarzt hier. Schusswunde an der Schulter. Das Opfer verliert viel Blut, akut noch nicht lebensbedrohlich. Ausführung!"

Der Angesprochene nahm sein Funkgerät von der Schulter und forderte mit knappen und präzisen Worten den Notarzt an.

Vincent zog seine Jacke aus und drückte sie auf die blutende Wunde, während gleichzeitig Carlo die Hände von Siegfried mit Handschellen fixierte. Siegfried war bei Bewusstsein, seine Pupillen waren riesengroß vor Angst, der Blick war starr. Das Adrenalin sorgte dafür, dass Siegfried keine Schmerzen verspürte.

„Hätten Sie doch aufgegeben, dann wäre Ihnen das erspart geblieben, Siegfried."

„Meine Frau, meine Tochter!", sagte Siegfried angestrengt.

Vincent gab Jochen und dem Streifenbeamten ein Zeichen, dass die Mutter und die Tochter zu ihrem Vater konnten.

„Sie können kurz mit ihm reden", sagte Vincent zur Ehefrau.

Karin und Mirjam knieten sich gemeinsam in den Sand. Unverständnis in ihrem Blick. „Sigi, was ist denn los, warum schießen die auf dich?", fragte Karin.

„Ich hab was ganz Schlimmes getan, mein Schatz." Siegfried schluckte trocken. „Der Tote vom Bärensee . Ich hab den Typen umgebracht, der uns ruiniert hat."

„Wie, aber …? Ich verstehe das nicht." Karin war verwirrt.

„Der, der mir die Wohnung in Leipzig angedreht hat. Den hab ich wieder getroffen, in den Wald gelockt und getötet. Ungefähr vor zwei Wochen."

Karin schlug eine Hand vor ihren Mund. Ihre Augen glänzten glasig. „Nein, nein, neinneinnein!"

„Babba?", sagte Mirjam nur. Ihr Vater, der immer so liebevoll und nett war. Der nie einer Fliege etwas zuleide tat, sollte ein Mörder sein? Sie hörte die Worte, konnte aber nicht begreifen.

„Er hat es so verdient, Karin. Ich musste es einfach tun, um endlich frei zu sein von ihm."

„Sigi, wir hatten doch alles überstanden. Uns ging es jetzt doch gut. Was hast du bloß getan?" Karin schluchzte auf.

Einzelne Tränen traten aus den Augen von Siegfried, die an seiner Schläfe eine feuchte Spur hinterließen, um schließlich im Sand zu versickern. Im Hintergrund hörte man den nahenden Notarzt.

Siegfried verlor das Bewusstsein.

Epilog

Allgäuer Zeitung vom 10. Januar 2017

8 Jahre Haft für Mörder vom Bärensee

Kaufbeuren *Siegfried D. (46) aus dem Kaufbeurer Stadtteil Neugablonz hatte im Juni 2016 den gleichaltrigen Jakob Muschke aus Kaufbeuren in einen Wald beim Hirschzeller Bärensee gelockt, hatte ihm aufgelauert und ihn dort ermordet. Die übel zugerichtete Leiche wurde erst eine Woche später von einer Spaziergängerin gefunden.*

Der Täter legte vor Gericht ein umfassendes Geständnis ab. Als Grund für seine Tat gab D. an, dass Muschke ihm vor über 20 Jahren eine völlig überteuerte sogenannte Schrottimmobilie verkauft hatte. Da Siegfried D. dem damaligen Freund vertraute, kaufte er diese Immobilie und wurde infolge dessen finanziell ruiniert.

Ein Gutachter attestierte D. eine außergewöhnliche psychische Belastung, die dadurch ausgelöst wurde, dass Siegfried D. seinen Widersacher, dem jahrelange betrügerische Geschäfte nachgewiesen wurden, nach einigen Jahren wiedersah, woraufhin D. den Mord plante und ausführte.

Der Richter blieb mit seinem Urteil deutlich unter dem vom Staatsanwalt geforderten Strafmaß von 10 Jahren und führte in seiner Begründung aus, dass Siegfried D. im Laufe seines Lebens nie mit dem Gesetz in Konflikt geriet und es durch sein finanzielles Desaster erst zu der Tat kommen konnte. Zudem wies der Richter auf das vollumfängliche Geständnis des 46-Jährigen hin, was die juristische Aufarbeitung des Falles vereinfachte.

Das Urteil nahm Siegfried D mit Fassung auf.

Staatsanwaltschaft und Verteidigung signalisierten, dass auf eine Revision verzichtet wird. Das Urteil ist somit rechtskräftig.

ENDE

Nachwort

Lieber Leser

Ich hoffe, Ihnen gefiel mein erster Roman. Es ist mein größtes Anliegen, dass ich Ihnen kurzweilige, spannende Stunden bereite. Wenn es mir gelungen ist, dann können Sie mir gerne an herrcharly@googlemail.com ein paar Zeilen schreiben.

Selbstverständlich stehe ich bei Nichtgefallen Ihren Anregungen oder Ihrer Kritik offen gegenüber. Auch auf Facebook können Sie mich finden über *Charly Essenwanger Autor*.

Neue Autoren leben davon, dass Sie bei Amazon bewertet werden. Daher hätte ich die Bitte, dass Sie eine Rezension verfassen. Ein paar Zeilen genügen schon.

Ich hatte vor einiger Zeit einen Fernsehbericht über dubiose Immobilienmakler gesehen, die gerade in der Zeit um die Wende agiert hatten. Den Menschen in Ost und West wurde das Blaue vom Himmel versprochen. Das Problem war, dass man als Immobilienmakler nicht viel nachweisen musste, um dem Gewerbe nachzugehen. Doch das ändert sich momentan. Das zog praktisch Leute an, die mit viel krimineller Energie und Skrupellosigkeit leichtgläubige Menschen in den Ruin trieben. Doch das ändert sich momentan. Noch in 2017 muss ein Immobilienmakler eine Ausbildung machen und einen abgeschlossenen Sachkundenachweis vorlegen. Dabei ist die Masche immer dieselbe gewesen. Dem ahnungslosen Kunden wurde erklärt, dass er zu viel Steuern zahlt. Ihm wurde suggeriert, dass er das doch bestimmt nicht will. Es wurde ihm groß und breit erklärt, wie Steuersparmodelle funktionieren, und zufällig hatte der Makler ein passendes Angebot für unsere armen Siegfrieds dieser Nation. Natürlich wollte unser Kunde die Immobilie gerne sehen, aber schade, die ist viel zu weit weg und die Zeit ist knapp, es gibt nämlich so viele Interessenten. Und man wird doch wohl dem Makler vertrauen, da er doch nur das Beste für einen wollte.

Für den Makler war es nun weiterhin wichtig, Druck zu machen und den Fisch an der Angel nicht loszulassen. So ergab es sich, dass ein Makler sich nach den normalen Bürozeiten extra noch Zeit nahm, um mit unserem Siegfried schnell den Vertrag zu unterzeichnen. Unser Opfer war überrumpelt und ehe er sich versah, war er Besitzer einer völlig übertreuerten Wohnung. Dass unsere Siegfrieds damals oft schon mehr als das Doppelte bezahlten, als die Wohnung ursprünglich wert war, wussten sie natürlich nicht.

Es ist durchaus möglich, dass diese dubiosen Makler damals an eine Wertsteigerung geglaubt haben. Vor allem in den neuen Bundesländern dachte man an einen unvergleichlichen Aufschwung. Aber diese Hoffnung erfüllte sich nicht. Wir wissen, viele ehemalige DDR-Bürger sind in den goldenen Westen gezogen, ganze Wohnviertel lagen brach und verwahrlosten. Es brachen die Mieter mit ihren Mieteinnahmen weg. Nachmieter waren schwer oder gar nicht zu bekommen, der Weg in den finanziellen Ruin unserer Opfer die logische Konsequenz.

Doch das waren keine Einzelfälle. Tausende und Abertausende glaubten an den Aufschwung Ost und diesen betrügerischen Maklern. Wie viele ruinierte Opfer nur noch einen Ausweg im Suizid sahen, das ist nicht geklärt.

Bei meinem Siegfried lief die Situation noch einigermaßen glimpflich ab, hatte er doch die Möglichkeit der Privatinsolvenz. Leider trug Siegfried immer diese Wut auf seinen Feind mit sich herum, der darin gipfelte, dass er Jakob ermordete. Erst dann kam seine Seele zur Ruhe. Selbstverständlich darf man Siegfried diesen Mord nicht durchgehen lassen, deshalb wurde er letztlich gefasst und verurteilt.

Ich möchte ausdrücklich darauf hinweisen, dass die meisten Makler hervorragende, seriöse Arbeit machen. Schwarze Schafe gibt es schließlich überall. Das bringt mich direkt zur ...

... Danksagung

An erster Stelle danke ich meiner Frau Ruth Essenwanger, die als selbstständige Immobilienmaklerin arbeitet. Sie überarbeitete das Manuskript, korrigierte es und gab mir entsprechende Hinweise, wie das Immobiliengeschäft im Detail funktioniert. Außerdem ist sie meine größte Kritikerin. Vielen Dank, mein Schatz.

Wenn Sie eine Immobilie verkaufen oder kaufen wollen, dann sind Sie bei ihr in den allerbesten Händen.

Einen Riesendank an meine Lektorin Angela Hochwimmer, die die zweite Version dieses Buches überarbeitet hat. Was sie mit ihrer Arbeit leistet, das ist unglaublich.

Danke an Dominik Haf, der mein Buchcover kreiert hat und mir mit tollen Ideen geholfen hat. Es ist besser geworden, als ich es mir vorgestellt hatte.

Dann möchte ich meinen Autorenkollegen danken, die mir Mut machten und mich anspornten, es endlich anzugehen, selbst ein Buch zu schreiben. Michael Pilipp stupste mich immer wieder an, ich solle doch mal eine Kurzgeschichte schreiben. Er war davon so begeistert, dass er mich dazu drängte, dieses Buch zu schreiben.

Aber auch Marco Monetha, der mit seinem ersten Buch einen tollen Erfolg hinlegte, ermunterte mich dazu, einen Roman zu schreiben und gab mir den einen oder anderen sehr wertvollen Tipp.

Es ist schön, sich mit Autorenkollegen auszutauschen und von ihnen zu lernen. Dazu zählen noch:

Matthias Bürgel
Renate Eckert
Noah Fitz
Ilona Bulazel
Salim Güler
Andrew Holland

Danke auch an meine Testleserinnen Claudia Schütz und Kerstin Eckert. Ich lege großen Wert auf eure Meinung.

Ein Dank geht auch an Polizeioberrat Mathias Maier von der Polizei Kaufbeuren, der sich geduldig meine Fragen anhörte und diese kompetent beantwortete.

Alle Personen, die in dem Buch vorkommen, sind fiktiv. Ähnlichkeiten mit realen Namen sind nicht beabsichtigt und absolut zufällig. Fehler gehen voll und ganz auf meine Kappe.

Die Örtlichkeiten sind meist so, wie ich sie beschrieben habe. Manchmal ist es aber notwendig, ein wenig die Realität zu strecken. Auch manche Caches, die im Buch vorkommen, liegen tatsächlich an den beschriebenen Stellen und können von Geocachern geloggt werden. Der Cache, der Jakob zum Verhängnis wird, wurde von mir gelegt. Sollten Sie diesen Cache einmal besuchen, würde es mich freuen, wenn Sie mir im Log mitteilen, dass Sie wegen des Buches hierherkamen.

Herzlichst, Ihr
Charly Essenwanger

Kaufbeuren, im August 2017